高 等 院 校 教 材

科 技 信 息 检 索

（第三版）

陈 英 主编

赵宏铭 蔡书午
李久平 胡 琳 编著

科学出版社

北 京

内 容 简 介

本书以第二版为基础,紧密结合信息检索系统的最新发展动态,再次修订而成。本书以现代信息检索技术为核心,对信息检索原理与方法、信息资源检索及信息资源的分析与利用三方面进行了全面的阐述。重点深入介绍了联机数据库信息、光盘数据库信息和网络数据库信息的检索方法与技巧,充分反映了现代科技信息检索的最新进展。本书内容全面、系统性强,结构合理,取材新颖,注重实用,是一部通用性和实用性很强,适应网络环境下学习现代信息检索方法和技能的专著,不仅为初学者提供了一个学习现代信息检索方法与技能的空间,同时也为人们学习、利用现代信息检索技术,全方位获取有关信息提供了相关的知识和必备的技能。

本书既可作为高校本科生和研究生学习现代信息检索方法与技能的教材,又可作为教学、科研、工程技术人员和社会各界人士检索信息时的必备参考工具书。

图书在版编目(CIP)数据

科技信息检索/陈英主编,赵宏铭等编著. —3 版. —北京:科学出版社,2007

(高等院校教材)

ISBN 978-7-03-019689-7

Ⅰ. 科… Ⅱ. ①陈… ②赵… Ⅲ. 科技情报-情报检索-高等学校-教材 Ⅳ. G 252.7

中国版本图书馆 CIP 数据核字(2007)第 128170 号

责任编辑:巴建芬 宛 楠/责任校对:陈玉凤
责任印制:张克忠/封面设计:陈 敬

科学出版社 出版
北京东黄城根北街16号
邮政编码:100717
http://www.sciencep.com

北京智力达印刷有限公司 印刷
科学出版社发行 各地新华书店经销

*

2001 年 5 月第 一 版　　开本:B5(720×1000)
2005 年 4 月第 二 版　　印张:14 3/4
2007 年 5 月第 三 版　　字数:281 000
2007 年 5 月第十一次印刷　　印数:41 001—46 000

定价:19.00 元
(如有印装质量问题,我社负责调换〈新伟〉)

第三版前言

信息检索作为一种科学的学习与研究方法，是人们获取知识信息，不断改善知识结构的重要途径。为适应网络环境，作者针对高校学生和教学、科研人员以及工程技术人员和社会各界人士对学习信息检索知识、掌握信息检索技能的需求特征，结合现代信息资源及信息检索技术的动态变化，对《科技信息检索》一书再次进行重新修订，主要特点如下：

1）突破了教育部关于"文献检索与利用"课程的教学基本要求的范围，紧密结合现代信息检索领域的最新发展，内容上作了较大的调整，将第二版中的第3章和第4章作了大量删节，分别融入第1、2章，第6～7章和第9章补充了网络信息资源检索和国外专业性、全文性网络数据库的内容，从更全、更新、更深的层面上体现了现代社会对"文献检索与利用"课程教学的基本要求。

2）在内容结构体系上，理论与实践紧密结合，注重实践。将第二版中传统的手工检索部分与现代信息检索系统融为一体，重要章节均有实例，突出了对掌握现代信息检索技能的训练。

3）在内容取材方面，其素材直接来源于国内外著名信息检索系统的最新版本，代表了国内外信息检索系统的最新进展并展示了其使用方法，新颖性突出，充分体现出信息时代的主要特征并具有高的使用价值。

全书由信息检索原理与方法技术、信息资源检索及信息资源的再生与利用三大部分组成，共分11章，各章节编写人员如下：

陈　英：第1章、第2章、第7章。

胡　琳：第3章。

赵宏铭：第4章、第6章、第8章、第11章。

蔡书午：第5章、第9章。

李久平：第10章。

全书由陈英策划和统稿，杜桑海主审。

本书作为四川大学重点教材资助项目，得到学校及教务处、图书馆领导的关心与支持，同时参阅了同行的有关论著，在此一并表示衷心的感谢！

由于作者学识所限，书中难免有谬误和疏漏之处，敬请同行和读者指正。

作　者
2007年5月

目　　录

第1章 信息概论

1.1 信息、知识、文献

1.1.1 信息

信息是用文字、数据或信号等形式通过一定的传递和处理来表现各种相互联系客观事物在运动变化中所具有特征内容的总称。因而可以这样认为，信息是事物存在的方式、形态和运动规律的表征，是事物具有的一种普遍属性，它与事物同在，存在于整个自然界和人类社会。

1. 信息的属性

信息所具有的基本属性可归结为以下四方面：

（1）普遍性和客观性。世间一切事物都在运动中，都具有一定的运动状态和状态方式的改变，因而一切事物随时都在产生信息，即信息的产生源于事物，是事物的普遍属性，是客观存在的，它可以被感知、被处理和存储、被传递和利用。

（2）相对性和特殊性。世间一切不同的事物都具有不同的运动状态和方式，并以不同的特征展现出来，因而不同的事物给人们带来不同的信息。

（3）实质性和传递性。事物在运动过程中和形态改变上所展现出的表征，是事物属性的再现，被人们认知后，就构成了信息的实质内容，并依附于一定的载体传递后，才能被接受和运用。

（4）媒介性和共享性。信息源于事物，但不是事物本身，是人们用来认识事物的媒介，信息能够共享是区别信息不同于物质和能量的最主要特征，即同一内容的信息在同一时间、同一地域可以被两个以上的用户分享，其分享的信息量不会因分享用户的多少而受影响，原有的信息量也不会因之而损失或减少。

2. 信息的类型与载体

（1）信息的类型可从不同的角度划分。按形成的领域可分为自然信息和社会信息；按存在的状态可分为瞬时信息和保留信息；按表现的形式可分为文字信息、图像信息、语音信息等。

（2）信息本身不是实体，必须借助于一定的载体才能表现、传递和利用。载体是信息得以保存的物质实体。从古代的甲骨、金石、锦帛、竹简到现今的纸张、感光材料、磁性材料，信息载体和存储技术已发生数次质的飞跃，为人类存储、检索和利用信息提供了极大的方便。

在人类步入信息社会的时代，信息同物质、能量构成人类社会的三大资源。物质提供材料，能量提供动力，信息提供知识与智慧。因而，信息已成为促进科技、经济和社会发展的新型资源，它不仅有助于人们不断地揭示客观世界，深化人们对客观世界的科学认识，消除人们在认识上的某种不定性，而且还源源不断地向人类提供生产知识的原料。

1.1.2　知识

与信息密切相关的另一概念是知识。知识是人类在认识和改造世界的社会实践中获得的对事物本质认识的成果和结晶，即人类通过有目的、有区别、有选择地利用信息，对自然界、人类社会及思维方式与运动规律的认识、分析与掌握，并通过人的大脑进行思维整合使信息系统化而构成知识，因此，知识仅存在于人类社会。

1. 知识的基本属性

知识的属性主要有：

（1）意识性。知识是一种观念形态的东西，只有通过人类的大脑才能认识它、产生它、利用它。

（2）信息性。信息是生产知识的原料，知识是经人类认识、理解并经思维重新整合后的系统化信息，知识是信息中的一部分。

（3）实践性。实践是产生知识的基础，也是检验知识的标准，知识又对实践具有重大的指导作用。

（4）规律性。人们在实践中对事物的认识，是一个无限的过程，人们在这种无限过程中所获得的知识从一定的层面上揭示了事物及其运动过程的规律性。

（5）继承性。每一次新知识的产生，既是原有知识的继承、利用、深化与发展，又是下一次知识更新的基础和前提。

（6）渗透性。随着人类认识世界的不断深化，各种门类的知识可以相互渗透，构成知识的网状结构。

2. 知识的类型

根据国际经济合作发展组织（OECD）的定义，人类现有的知识可分为四大类：

（1）Know what（知道是什么）——关于事实方面的知识。

（2）Know why（知道为什么）——关于自然原理和规律方面的知识。

（3）Know how（知道怎么做）——关于技能或能力方面的知识。

（4）Know who（知道归属谁）——关于产权归属的知识。

1.1.3 文献

1. 文献的构成要素

文献是记录有知识的一切载体，即知识信息必须通过文献载体进行存储和传递。构成文献的三个最基本要素如下：

（1）构成文献内核的知识信息。

（2）负载知识信息的物质载体。

（3）记录知识信息的符号和技术。

2. 文献的基本属性

（1）知识性。知识性是文献的本质，离开知识信息，文献便不复存在。

（2）传递性。文献能帮助人们克服时间与空间上的障碍，在时空中传递人类已有的知识，使人类的知识得以流传和发展。

（3）动态性。文献并非处于静止状态，其载体形式和蕴含的知识信息将随着人类社会和科技的发展而不断有规律地运动和变换着。

综上所述，信息、知识、文献三者的关系可归结为：信息是生产知识的原料，知识是被人类系统化后的信息，文献是存储、传递知识信息的载体。

1.2 信息资源及其类型

1.2.1 信息资源

1. 信息资源的含义与特点

信息资源是信息与资源两个概念整合而衍生出的新概念。如前所述，信息是事物的一种普遍属性；资源，就其一般而言，是自然界和人类社会中一切对人类有用的资财。结合资源概念来考察信息资源，可以这样来描述信息资源：信息并非都能成为资源，只有经人类开发与重新组织后的信息才能成为信息资源，即信息资源是信息世界中对人类有价值的那一部分信息，是附加了人类劳动的、可供人类利用的信息。因此，构成信息资源的基本要素是：信息、人、符号、载体。信息是组成信息资源的原料，人是信息资源的生产者和利用者，符号是生产信息资源的媒介和手段，载体是存储和利用信息资源的物质形式。信息资源与其他资源相比，具有可再生性和可共享性的特点。可再生性是指它不同于一次性消耗资源，它可以反复利用而不失去其价值，对它的开发利用越深入，它不仅不会枯竭，反而会更加丰富和充实。可共享性是指它能为全人类所分享而不失去其信息量。

2. 信息资源的使用价值

构成信息资源使用价值的主要要素有二：一是真实度。科学研究的客观性和科学实验的可再现性是信息资源真实度的体现。形象地说，信息资源的真实度如同矿产资源的品位，品位越高，其真实度就越高，因而就更能减少信息利用者的不确定性，使用价值就越高。二是时效性。信息资源的时效性主要体现在其滞后性和超前性。由于事物皆处于运动之中，作为反映事物运动状态和方式的信息也在不断变化，以信息为源头的信息资源也或多或少地具有滞后性。信息的滞后性体现了认识总是落后于客观存在，如不能及时地使用最新信息，信息的价值就会随其滞后使用的时差而减值。信息的超前性体现出在把握了客观事物规律的前提下，能够对可能发生的事物进行预测。因此，对具有继承性和创造性两重性的科学研究，信息资源可以帮助研究人员在科学研究活动中选择正确的研究方向或技术路线，避免重复劳动。

1.2.2　信息资源的类型

1. 以开发的程度为依据，可分为潜在信息资源和现实信息资源

潜在信息资源是指人类在认识和思维创造的过程中，存储在大脑中的信息，只能为本人所利用，无法为他人直接利用，是一种有限再生的信息资源。现实的信息资源是指潜在人脑中的信息通过特定的符号和载体表述后，可以在特定的社会条件下广泛地传递并连续往复地为人类所利用，是一种无限再生的信息资源。

2. 按表述的方式和载体为依据可分为口语信息资源、体语信息资源、实物信息资源和文献信息资源

口语信息资源是人类以口头方式表述但未被记录的信息资源，通常以讲演、授课、讨论等方式交流与利用。体语信息资源是人类在特定的文化背景下，以表情、手势、姿态等方式表述的信息资源，通常以表演、舞蹈等方式表现与交流。实物信息资源是人类通过创造性劳动以实物形式表述的信息资源，通常以样品、模型、雕塑等实物进行展示与交流。文献信息资源是人类用文字、数据、图像、声频、视频等方式记录在一定载体上的信息资源。只要这些载体不被损坏或消失，文献信息资源就可以跨越时空无限循环的为人类所利用，还可以按人类的需求整理成具有优化结构的文献信息资源体系，为此，文献信息资源是本书研究的主体。

1.3 文献信息资源的类型与特点

1.3.1 以载体材料、存储技术和传递方式划分

1. 印刷型

以纸质材料为载体，采用各种印刷术把文字或图像记录存储在纸张上而形成。它既是文献信息资源的传统形式，也是现代文献信息资源的主要形式之一。主要特点是便于阅读和流通，但因载体材料所存储的信息密度低，占据空间大，难以实现加工利用的自动化。

2. 缩微型

以感光材料为载体，采用光学缩微技术将文字或图像记录存储在感光材料上，有缩微平片、缩微胶卷和缩微卡片之分。主要特点有，存储密度高（存储量高达 22.5 万页的全息缩微平片已问世），体积小，重量轻（仅为印刷型的 1/100），便于收藏；生产迅速，成本低廉（只有印刷型的 1/15～1/10）；须借助缩微阅读机才能阅读，设备投资较大。现在可以通过计算机缩微输入机（CIM）把缩微品上的信息转换成数字信息存储在计算机中，使缩微品转换为磁带备用，也可以通过计算机缩微输出机（COM）把来自计算机中的信息转换成光信号，摄录在缩微平片或胶卷上，摄录速度可达每秒 12 万字符，大大缩短了缩微型信息资源的制作周期。

3. 声像型

以磁性和光学材料为载体，采用磁录技术和光录技术将声音和图像记录存储在磁性或光学材料上，主要包括唱片、录音录像带、电影胶卷、幻灯片等。主要特点是存储信息密度高，用有声语言和图像传递信息，内容直观，表达力强，易被接受和理解，但须借助于一定的设备才能阅读。

4. 电子型

按其载体材料、存储技术和传递方式，主要有联机型、光盘型和网络型之分。联机型以磁性材料为载体，采用计算机技术和磁性存储技术，把文字或图像信息记录在磁带、磁盘、磁鼓等载体上，使用计算机及其通信网络，通过程序控制将存入的有关信息读取出来。光盘型以特殊光敏材料制成的光盘为载体，将文字、声音、图像等信息刻录在光盘盘面上，使用计算机和光盘驱动器，将有关的信息读取出来。网络型是利用 Internet 中的各种网络数据库读取有关信息。电子

型信息资源具有存储信息密度高、读取速度快，易于网络化和网络化程度高，高速度、远距离传输信息，使人类知识信息的共享能得到最大限度实现的特点，在文献信息资源的各种不同载体中已逐步占有主导地位。

1.3.2　以撰写的目的和文体划分

文献信息资源以撰写的目的和文体划分，主要可分为著作、学术论文、专利说明书、科技报告、技术标准、技术档案、产品资料等。其中信息含量大、学术价值高和使用频率较高的为前五种。

1. 著作

著作是作者或编著者在大量收集、整理信息的基础上，对所研究的成果或生产技术经验进行全面归纳、总结、深化的成果。从内容上具有全面、系统，理论性强，技术成熟可靠的特点。著作一般以图书的形式出版发行。根据其撰写的专深程度，使用对象和目的，著作主要可以分为下列几类：

（1）科学著作。反映某一学科或专题研究的各类学术性成果，对其中所涉及的问题及现象研究有一定的深度，创造性突出。主要包括科学家撰写的专著和著作集，科研机构、学会编辑出版的论文集等，可供高水平的研究人员使用。

（2）教科书。专供学习某一学科或专业的基本知识的教学用著作。以教学大纲要求和学生的知识水平为编写准则，着重对基本原理和已知事实做系统的归纳，具有内容全面系统，定义表达准确，叙述由浅入深，循序渐进的独到之处，能给予学习者新的体会和领悟，便于自学。

（3）技术书。供各级各类工程技术人员参考的技术类著作。系统阐述各种设备的设计原理与结构，生产方法与工艺条件、工艺过程，操作与维修经验等方面的知识，对指导生产实际操作有重要参考价值。

（4）参考工具书。供查考和检索有关知识或信息的工具性著作。广泛汇释比较成熟的知识信息，按一定的规则组织编写而成。主要向使用者提供可资参考的知识信息，如事实、数据、定义、观点、结论、公式、人物等。各种百科全书、年鉴、手册、大全、名录、字典、词典等是参考工具书的主要代表。其特点是：①知识信息准确可靠，提供的知识多由高水平的专家审定或编撰；②所提供的知识信息既广采博收，又分析归纳，论述简要不繁；③知识信息组织科学，易查易检。参考工具书特有的功能是：①查名词术语定义；②查事实事项；③查机构、人物；④查产品；⑤查数据；⑥查物名；⑦查图谱、表谱等。

若要对某学科或某专题获得较全面、系统的知识，或对不熟悉的问题要获得基本的了解时，选择著作是行之有效的方法。

2. 学术论文

学术论文特指作者为发布其学术观点或研究成果而撰写的论述性文章。论文内容一般是某一学术课题在理论性、实践性或预测性上具有新的研究成果或创新见解，或是某种已知原理应用于实践中取得新进展的科学总结，向使用者提供有所发现、有所发明、有所创造的知识信息。学术论文具有信息新颖、论述专深、学术性强的特点，是人们交流学术思想的主要媒介，也是开展科学研究参考的主要信息源之一，一般以期刊的形式刊载发表。学术论文按撰写的目的可分为，以论述科学研究理论信息为主的科学论文，以论述科学技术信息为主的技术论文，以某一特定研究主题作专门论述的专题论文，以为申请授予相应学位而撰写的学位论文等。若要了解某学科或某专题的研究现状与成果、发展动态与趋势，选择学术论文进行分析研究，可达到事半功倍的效果。

3. 专利说明书

专利说明书特指专利申请人向专利主管部门呈交的有关发明创造的详细技术说明书，是具有知识产权特性的信息资源，主要包括经实审批准授权的专利说明书和未经实审的专利申请公开说明书，一般由专利主管部门出版发行。专利说明书数量庞大，累计已达 4000 余万件，每年以约 100 万件的速度递增，反映了近 30 万项新的发明。专利说明书涉及的技术内容广博，新颖具体，从高深的国防尖端技术到普通的工程技术以及日常生活用品无所不包，具有融技术信息、经济信息、法律信息为一体的特点。根据 WIPO（世界知识产权组织）统计，全世界每年发明创造成果信息的 90%～95% 都能在专利说明书中查到，并且许多发明创造只通过专利说明书公开。因此，在应用技术研究中经常参阅和利用专利说明书，可以缩短研究时间的 60%，节省开发费用的 40%，是了解掌握世界发明创造和新技术发展趋势，制定科技发展规划，实施技术改造的最佳信息资源。

4. 科技报告

科技报告是描述一项研究进展或取得的成果，或一项技术研制试验和评价结果的一种文体。它反映了新兴学科和尖端学科的研究成果，能代表一个国家的科学技术水平，各国都很重视。在世界的科技报告中，以美国的四大报告为最著名。即 AD 报告（军用工程）、PB 报告（民用工程）、DOE（能源工程）、NASA（航空航天工程）。科技报告具有信息新颖、叙述详尽、保密性强、有固定的机构名称和较严格的陈述形式的特点。按研究阶段可分为进展报告和最终报告。每份报告单独成册，是获取最新技术研究成果信息的重要信息资源。

5. 技术标准

技术标准是对产品和工程建设各个方面所作的技术规定，是进行科研和生产的共同依据，有单行本和汇编本（图书形式）两种出版发行方式。技术标准具有计划性、协调性、法律约束性的特点，它可促使产品规格化、系列化和通用化，对提高生产水平，产品质量，节约原材料，推广应用研究成果，促进科技发展等，有着十分重要的作用。根据使用的范围，可分为国际标准、区域标准、国家标准和企业标准。按内容可分为基础标准、产品标准、工艺及工艺装备标准和方法标准等。因此，它可作为了解各国的技术政策、经济政策、生产水平和标准化水平的参考，也可为组织生产活动和制定出口策略提供依据。

1.3.3　以加工的深度划分

1. 零次文献信息资源

零次文献信息资源是指未以公开形式进入社会流通使用的实验记录、会议记录、内部档案、论文草稿、设计草稿等。具有信息内容新颖、不成熟、不定型的特点，因不公开交流，而难以获得。

2. 一次文献信息资源

一次文献信息资源是指以作者本人的研究工作或研制成果为依据撰写，已公开发行进入社会流通使用的专著、学术论文、专利说明书、科技报告等。因此，一次文献信息资源包含了新观点、新发明、新技术、新成果，提供了新的知识信息，是创造性劳动的结晶，具有创造性的特点，有直接参考、借鉴和使用的价值，是检索和利用的主要对象。

3. 二次文献信息资源

二次文献信息资源是对一次文献信息进行整理、加工的产品。即把大量的、分散的、无序的一次文献信息资源收集起来，按照一定的方法进行整理、加工，使之系统化而形成的各种目录、索引和文摘，或各种书目型数据库。因此，二次文献信息资源仅是对一次文献信息资源进行系统化和压缩，无新的知识信息产生，具有汇集性、检索性的特点。它的重要性在于提供了一次文献信息资源的线索，是打开一次文献信息资源知识宝库的钥匙，可节省查找知识信息的时间。

4. 三次文献信息资源

三次文献信息资源是根据一定的目的和需求，在大量利用一、二次文献信息资源的基础上，对有关知识信息进行综合、分析、提炼、重组而生成的再生信息资源。如各种教科书、技术书、参考工具书、综述等都属三次文献信息的范畴。三次文献信息资源具有综合性高、针对性强、系统性好、知识信息面广的特点，有较高的实际使用价值，能直接提供参考、借鉴和利用。

5. 高次文献信息资源

高次文献信息资源是在对大量一、二、三次文献信息资源中的知识信息进行综合、分析、提炼、重组的基础上，加入了作者本人的知识和智慧，使原有的知识信息增殖，生成比原有知识品位更高的知识信息新产品。如专题述评、可行性分析论证报告、信息分析研究报告等，具有参考性强、实用价值高的特点，社会效益和经济效益显著。

综上所述，从零次文献信息资源到一次、二次、三次、高次文献信息资源，是一个从不成熟到成熟，由分散到集中，由无序到有序，由博而略，由略而深，对知识信息进行不同层次加工的过程。每一过程所含知识信息的质和量都不同，对利用知识信息所起的作用也不同。零次文献信息资源是最原始的信息资源，虽未公开交流，但它是生成一次文献信息资源的主要素材。一次文献信息源是最主要的信息资源，是检索和利用的主要对象。二次文献信息资源是一次文献信息资源的集中提炼和有序化，是检索文献信息资源的工具。三次文献信息资源是将一、二次文献信息资源，按知识门类或专题重新组合高度浓缩而成的知识产品，是查考数据信息和事实信息的主要信息资源。高次文献信息资源是对已知知识信息进行整理、分析与评价的成果，可为研究选题、可行性技术论证、发展前景预测等提供参考、借鉴。

1.4 电子信息资源的类型与特点

1.4.1 电子信息资源及其发展

电子信息资源是以电子数据的形式，把文字、声音、图像等形式的信息存储在光、磁等介质上，以电信号、光信号的形式传输，并通过计算机和其他外部设备再现出来的一种新型信息资源，因此，电子信息资源实质上是一类机读型信息资源。电子信息资源始于 20 世纪 60 年代初美国国家医学图书馆（NLM）设计的第一个大型的批式检索数据库——MEDLARS。20 世纪 70 年代以来，公用通信网络与计算机技术、数据库技术相结合的国际联机检索系统进入实用阶段，实现了电子信息资源的远距离传输，使知识信息在世界范围得到广泛的传播和高度的共享。利用国际联机检索系统数据库得到的电子信息资源具有实时、快速和参考、实用价值较高的优点，但联机费用昂贵，一般信息用户难以承受。20 世纪

70 年代发展起来的光盘存储技术，具有信息存储密度高、容量大、成本低等优点，用光盘作为信息存储载体的光盘数据库降低了电子信息资源的利用成本，得到广泛的应用。1993 年，美国率先提出国家基础设施建设计划（NII），兴建以 Internet 为雏形的"信息高速公路"。Internet 是一个国际性的计算机网络，拥有不同领域、不同学科、不同性质和不同种类的信息资源，人们既可共享网上资源，又可将自己的信息发送到网上。Internet 网络资源已成为人类进行科学研究、发布信息、展示自己的一个共享空间。

1.4.2　电子信息资源的类型与特点

从信息检索的角度，电子信息资源主要是指通过计算机等设备以数字信号传递的数字信息资源。数字信息资源按不同的划分标准，可分为下列几类。

　1.　按信息的载体和通信方式分

（1）联机信息资源。由计算机联机信息服务系统提供的信息资源，如著名的 Dialog、STN 和 ORBIT 系统，为全世界用户提供了丰富的电子信息资源。用户使用检索终端设备，通过通信设施（如通信网、调制解调器、自动呼叫器、通信控制器等），直接与中央计算机相连，检索远程数据库中的信息资源。在检索过程中是人-机对话式，可随机或脱机浏览、传递所得信息，并可根据需求随机修改检索策略，具有实时、快速、信息追溯年代长、查准率高的特点，但检索费用较昂贵。

（2）光盘信息资源。光盘信息资源主要包括各种信息数据库，它有单机版可进行单机检索，有网络版可在网上进行检索，还可以与联机检索系统联网进行联机检索。光盘信息资源的检索过程与联机检索极为相似，主要不同之处是信息追溯年代不如联机系统检索年代长，但检索费用大大低于联机费用，在通信不发达的地区，利用单机光盘信息资源是一种获取信息的有效途径。

（3）网络数据库信息资源。数据库是在计算机存储设备上按一定方式，合理组织并存储的相互有关联的数据的集合，通过网络进行检索，是计算机技术、网络通信技术和信息检索技术相结合的产物，是电子信息资源的主体，是信息检索系统的核心部分之一，是本书研究的主要对象。

（4）Internet 网络信息资源。Internet 是通过标准通信方式（TCP/IP 协议）将世界各地的计算机和计算机网络互联而构成的一个结构松散、交互式的巨型网络。它目前是世界上最大的信息资源库，其中大部分资源是免费的，与前两类相比，具有信息更新速度快，随时都在刷新的特点，用户得到的信息总是新的。此外，Internet 中的万维网 WWW 信息系统（又称 Web 信息系统），采用客户机/服务器的模式，以超文本的方式链接分散在 Internet 上 WWW 服务器中的信息。

用户通过 WWW 浏览器可以方便地访问网上遍布世界各地的 WWW 服务器中的信息。WWW 信息服务的特点是在网上进行多媒体信息的收集、分类、存放、发布和交流，并向网上的用户提供信息检索及其他交互式服务，它与传统的网络信息服务的区别在于：从提供信息的形式上，WWW 服务器上提供的是多媒体信息，在页面设计上具有结构合理、可读性强、用户界面友好程度高等优点，而传统网络信息服务提供的信息是单一的。从信息内容上看，WWW 服务器上提供的信息是包罗万象的，而传统网络信息服务提供的信息大部分是行业性的。从提供信息服务的情况看，WWW 服务器上提供的信息更具有及时性，入网费用也低于传统的网络信息服务，在网页上展现的各种链接可随时让用户获得更多的相关信息。

2. 按信息的表现形式分

(1) 文本信息资源。一般的文本信息资源是按知识单元的线形顺序排列，具有较大的局限性和片面性。

(2) 超文本信息资源。超文本信息资源是按知识单元及相互关系建立的知识结构网络。它通过网络上各节点的链路把相关信息有机地结合在一起。检索超文本信息资源时，可从任何一个节点开始，以知识片段及其关系作为检索、追踪的依据。

(3) 多媒体信息资源。是包括文本、图像和声音等各种信息表达的总称。多媒体信息资源能使人们获得的信息不仅同具图、文、声，而且还丰富多彩。

(4) 超媒体信息资源。是超文本和多媒体技术的结合，具有超文本和多媒体两种信息资源的特点，具有高度的交互性。在超媒体信息系统中，不同类型的媒体信息能高度综合和集成，空间上图、文、声并茂，时间上媒体信息同步实现。

3. 电子信息资源的特点

(1) 以磁性介质和光介质作为信息存储载体，以现代信息技术作为记录手段，信息以数字化的形式存在，既可在计算机内高速处理，又可借助于通信网络进行远距离传送，使得全球资源共享得以实现。

(2) 信息表现形式为文本、超文本、多媒体和超媒体，使得信息的组织方式发生了质的变化，即知识信息单元由线形排列转化为可按照自身的逻辑关系组成直接的、相互联系的、非线形的网状结构，便于检索与利用，提高了信息资源的利用价值。

1.5　文献信息资源与现代科技、经济的发展

1.5.1　文献信息资源与现代科技的发展

当今世界，科学技术突飞猛进，给世界生产力和人类经济的发展带来了极大的推动力。现代科技发展的主要特点是高速化和综合化。科技发展高速化的明显特征是科技成果增长迅速，据不完全统计，20世纪前50年的科技成果远远超过19世纪。进入20世纪60年代之后，科技的新发明、新发现比过去2000年的总和还要多。仅在宇航技术领域，就出现了12 000余种过去不曾有过的新技术与新产品。随着科技成果转化为直接生产力的速度加快，新技术、新产品从研究到实际应用的周期日趋缩短。与此同时，新技术、新产品的更新速度也越来越快。科技发展综合化主要体现在：综合学科、边缘学科和交叉学科大量出现。如信息技术、生物技术、新材料技术等。这些学科的产生和发展，不仅填补了传统学科之间的空白，同时还加强了传统学科之间的联系，将现代科技紧密地连接成一个有机整体；其次体现在，自然科学与社会科学之间的相互汇流。现代社会提出的重大课题，往往有一些既包含自然科学，又包含社会科学知识的综合性课题，只有通过二者的协作才有可能完成。例如国家发展的战略与策略、国力的综合利用等，不是仅有社会科学知识或自然科学知识就能囊括和解决的。文献信息资源从客观上记载了科学研究升华后的技术与成果和失败的教训，利用文献信息资源是进行科学研究和技术开发必不可少的前期工作，是提高科学研究和技术发展效率的重要方法与手段。通过文献信息资源，人们才会考察到科技的过去和现在的状态、特征以及发展趋势，了解前人和当代人做了些什么，现在应该怎么做。文献信息资源与现代科技发展的关系主要体现在以下几方面。

1. 信息量急剧增长

随着科技成果的迅速增长，全世界的信息量正以前所未有的速度增长。其增长量，可用文献的增长来表述。据不完全统计，全世界每年出版图书80万种以上，发表科技论文约600万篇，发行科技报告约70万件，公布专利说明书约100万件。不同学科，信息量增长速度也不相同。科技文献比哲学、社会科学文献增长的速度快，前者又以化学化工文献增长为最快。化学化工信息的数量和递增速度，在科技领域的各门学科中始终占领先地位。其增长速度可从《美国化学文摘（CA）》历年收录的信息条数说明，见表1-1。信息量剧增的速度还可以Internet上数以千万计的网站来表述。

表 1-1 CA 历年收录信息条数

年　份	收录条数
1907	7975
1917	15 601
1927	32 909
1937	63 038
1947	38 386
1957	101 027
1967	243 982
1977	409 841
1987	477 177
1997	716 564
2006	1 016 669

2. 文献信息的使用寿命缩短

现代科技发展日新月异，每时每刻都有新的发明和创造，文献信息也随之出现新陈代谢加快、老化加剧、使用寿命缩短的趋势。文献学家贝尔（J. Bernal）、保尔登（R. Barton）和凯布勒（R. Kebler）先后提出了文献老化的半生期（half-live）。用半生期的概念来解释某学科文献信息的老化速度及使用寿命。即某学科现时尚在利用的全部文献中的一半，是在多长时间内发表的。例如，化学文献的半生期为 8.1 年，就是指现正在利用的化学信息的 50%，其出版年限不超过 8.1 年。文献的半生期越短，说明其知识信息的老化速度越快，使用寿命就越短。文献的老化速度与学科文献信息量的增长有关。有关学科文献的半生期见表 1-2。

表 1-2 有关学科文献的半生期

学科名称	半生期（年）	学科名称	半生期（年）
生物医学	3.0	化学	8.1
冶金学	3.9	植物学	10.0
物理学	4.6	数学	10.5
化工	4.8	地质学	11.8
机械制造	5.2	地理学	16.0

3. 文献信息载体的多样化和信息传播、检索的多途径化

计算机技术和现代信息存储技术的应用，使文献信息的载体从传统的纸媒介向光学、磁性媒介发展，文献信息的缩微化、电子化已成为主要的发展趋势。尤其是始于 20 世纪 70 年代的电子信息资源，已形成单机版和网络版两大系列。电子单机版主要以磁盘、光盘（CD-ROM）、集成电路卡等为载体，其中光盘以海量存储器为著称，配以多媒体技术，发展尤为迅速。电子网络版以数据库和电信网络为基础，以计算机的硬盘为载体。电子文献具有容量大、体积小，能存储图文音像信息，可共享性高，检索速度快，易于复制和保存，具有很大的发展前景。计算机技术、电子技术、远程通信技术、光盘技术、视听技术、网络技术等，构成了信息的现代传播技术。联机检索、交互式图文检索、电子原文传递等现代化信息传播方式已进入实用阶段。信息检索已发展到网络化阶段，国内外著名的索引、文摘检索系统已有了网络版，人们可以利用"Internet"这一分布全球的互联网，多途径、多选择、多层次地检索所需求的信息。

1.5.2　文献信息资源与现代经济的发展

人类社会对文献信息资源与现代经济发展关系的探索与研究始于 20 世纪 60 年代。文献信息资源是重要的资源已得到国际社会的广泛公认，并作为"信息是现代经济发展的保证"这一论断的理论和实践的依据。20 世纪后期，在工业发达国家已由物质投入转为知识信息的投入，即由工业经济向知识经济过渡。人类社会经济发展的规律可表述为：原始经济→农业经济→工业经济→知识经济。20 世纪 90 年代初，国际经济合作发展组织（OECD）在《以知识为基础的经济》报告中定义：知识经济是建立在以知识和信息的生产、分配和使用之上的经济。知识经济是以知识为基础，人力资本和技术是知识经济的主要推动力，高技术产品和服务部门是知识经济的支柱，强大的科学系统是知识经济的坚强后盾。在这种新型的经济中，知识劳动力是最重要的因素，知识的生产、学习与创新将成为人类最重要的活动。知识经济的主要特征是：

（1）科技、知识和信息相互融合。即科技是第一生产力，蕴涵着知识信息的文献信息资源成为提高生产率和实现经济持续增长的最重要的直接资源。

（2）经济结构不断软化。即知识和信息在生产中的投入越来越多。

（3）产品制造模式转向知识密集型。即产品的知识含量普遍提高，如专利、商标、版权等知识产品不断增多。

（4）不断学习知识和更新知识变得越来越重要。即需要建立具有获取、运用并能创新知识的现代人才教育体系。

第2章　信息检索原理及检索技术

2.1　信息检索概述

2.1.1　信息检索的含义与实质

信息检索通常是指从以任何方式组成的信息集合中，查找特定用户在特定时间和条件下所需信息的方法与过程，完整的信息检索含义还包括信息的存储。从而可知，信息检索的全过程应包括以下两个主要的方面。

(1) 信息标引和存储过程。对大量无序的信息资源进行标引处理，使之有序化，并按科学的方法存储，组成检索工具或检索文档，即组织检索系统的过程。

(2) 信息的需求分析和检索过程。分析用户的信息需求，利用已组织好的检索系统，按照系统提供的方法与途径检索有关信息，即检索系统的应用过程。

因此，信息检索的实质是将描述特定用户所需信息的提问特征，与信息存储的检索标识进行大小、异同的比较，从中找出与提问特征一致或基本一致的信息。提问特征是对信息的需求进行分析，从中选择出能代表信息需求的主题词、分类号或其他符号。例如，要查找关于"硅藻土在塑料工业中的应用"方面的信息，根据信息需求的范围和深度，可选择"硅藻土"和"塑料"为第一层面的提问特征，"硅藻土"和"通用塑料、工程塑料、特种塑料"为第二层面的提问特征，"硅藻土"、"聚氯乙烯、聚乙烯、聚丙烯、聚酰胺、聚酰亚胺、聚酯，玻璃钢"等塑料品种名称为第三层面的提问特征。检索标识是信息存储时，对信息内容进行分析提出能代表信息内容实质的主题词、分类号或其他符号。例如，在分析、标引、存储有关"硅藻土在塑料工业中的应用"方面的信息时，可选择"硅藻土"和"塑料"或"聚烯烃、聚酰胺、聚酯"等作为存储和检索的标识。检索时，将提问特征同检索标识进行对比匹配，若达到一致或部分一致，即为所需信息。

2.1.2　信息检索的重要意义与作用

信息检索的重要意义和作用主要体现在以下两方面。

1. 充分利用信息资源，避免重复劳动

科学研究具有继承和创造两重性，科学研究的两重性要求科研人员在探索未知或从事研究工作之前，应该尽可能地占有与之相关的信息，即利用信息检索的

方法，充分了解国内、国外，前人和他人对拟探索或研究的问题已做过哪些工作？取得了什么成就？发展动向如何？等等。这样才能做到心中有数，防止重复研究，将有限的时间和精力用于创造性的研究中。因此，信息检索是科学研究必不可少的前期工作。

2. 为人们更新知识，实现终生学习提供门径

在当代社会，人们需要终生学习，不断更新知识，才能适应社会发展的需求。美国工程教育协会曾估计，学校教育只能赋予人们所需知识的 20%～25%，而 75%～80% 的知识是走出学校后，在研究实践和生产实践中根据需要，不断再学习而获得的。因此，掌握信息检索的方法与技能，是形成合理知识和更新知识的重要手段，是做到无师自通、不断进取的主要途径。

2.1.3　信息检索的类型与特点

信息检索根据检索的目的和对象不同，可以分为书目信息检索、全文信息检索、数据信息检索和事实信息检索。

1. 书目信息检索

书目信息检索以标题、作者、摘要、来源出处、专利号、收藏处所等为检索的目的和对象，检索的结果是与课题相关的一系列书目信息线索，即检索结果不直接解答课题用户提出的技术问题本身，只提供与之相关的线索供参考，用户通过阅读后才决定取舍。因此，书目信息检索是一种相关性检索。例如，检索"甲壳素水解制壳聚糖"的国内外专利技术有哪些，就属书目检索的范畴。

2. 全文信息检索

全文信息检索以论文或专利说明书等全文为检索的目的和对象，检索的结果是与课题相关的论文或专利说明书的全部文本，检索结果也不直接解答用户提出的技术问题本身。因此，全文信息检索也是一种相关性检索，它是在书目信息检索基础上更深层次的内容检索。通过对全文的阅读，可进行技术内容及技术路线的对比分析，掌握与研究课题的相关程度，为研究的创新点提供参考与借鉴。

3. 数据信息检索

数据信息检索以具有数量性质，并以数值形式表示的数据为检索的目的和对象，检索的结果是经过测试、评价过的各种数据，可直接用于比较分析或定量分析。因此，数据信息检索是一种确定性检索。例如，查找各种物质的物理化学常数、各种统计数据和工程数据等属于数据检索的范畴。

4. 事实信息检索

事实信息检索以事项为检索的目的和对象，检索的结果是有关某一事物的具体答案。因此，事实信息检索是一种确定性检索。但事实信息检索过程中所得到的事实、概念、思想、知识等非数值性信息和一些数值性信息须进行分析、推理，才能得到最终的答案，因此要求检索系统必须有一定的逻辑推理能力和自然语言理解功能。目前，较为复杂的事实信息检索课题仍需人工才能完成。例如，要想得到中国发明专利历年的申请案中，国外来华申请历年所占的百分比是多少这一事实信息，就需要对历年的数据进行统计，然后进行比较分析，才能得出具体答案。

综上所述，书目信息检索是从存储有标题项、作者项、出版项或文摘项的检索系统中获取有关的信息线索，如利用各种目录、题录和文摘检索系统或书目数据库。全文信息检索是从存储整篇论文、专利说明书乃至整本著作的检索系统中获取全文信息，如利用各种论文全文数据库、专利说明书全文数据库系统。数据信息检索是从存储有大量数据、图表的检索系统中获取数值性信息，如利用各种手册、年鉴、图谱、表谱等检索系统。事实信息检索是从存储有大量知识信息、事实信息和数据信息的检索系统中获取某一事项的具体答案，如利用各种百科全书、年鉴和名录等检索系统。

2.2 信息检索原理

2.2.1 信息检索效率

信息检索效率是研究信息检索原理的核心，是评价一个检索系统性能优劣的质量标准，它始终贯穿信息存储和检索的全过程。衡量检索效率的指标有查全率、查准率、漏检率、误检率、响应时间等。目前，人们通常主要以查全率和查准率这两个指标来衡量。

1. 查全率

利用检索系统进行某一课题检索时，检索出的相关信息量（w）与该系统信息库中存储的相关信息量（x）的比率再乘以 100%，称为查全率（R），用公式可表示为

$$R = w/x \times 100\%$$

2. 查准率

利用检索系统进行某一课题检索时，检出的相关信息量（w）与检出信息总

量（m）的比率再乘以 100%，称为查准率（P），用公式可表示为

$$P = w/m \times 100\%$$

从检索要求来说，希望查全率和查准率都同时达到 100%，即系统中存储的所有相关信息都被检索出（$x = w = m$），这是最为理想的效果。但事实上很难达到全部检出和全部检准的要求，而只能达到某个百分比，总会出现一些漏检和误检。其漏检率（O）和误检率（N）也可用公式表示为

$$O = 1 - w/x \quad N = 1 - w/m$$

如果一个检索系统中与某一课题有关的信息共 250 条，实际检出 400 条，其中相关信息为 200 条，此次检索效率可计算为

查全率 $R = (200/250) \times 100\% = 80\%$　　漏检率 $O = 1 - 80\% = 20\%$

查准率 $P = (200/400) \times 100\% = 50\%$　　误检率 $N = 1 - 50\% = 50\%$

由此可见，查全率与漏检率为互补关系，查准率与误检率为互补关系，要想取得较高的检索效率，就须尽可能降低漏检率和误检率。从以上计算结果也可知，查全率和查准率之间存在着相互制约的现象，即提高查全率会使查准率下降，提高查准率会使查全率下降。因此，在实际检索过程中，必须同时兼顾查全和查准，不可片面追求某一方面。

2.2.2　信息检索系统

信息检索系统是拥有一定的存储、检索技术装备，存储有经过加工的各类信息，并能为信息用户检索所需信息的服务工作系统。检索系统由下列要素构成：①信息数据库；②存储、检索信息的装备；③存储、检索信息的方法；④系统工作人员；⑤信息用户。因而，信息检索系统具有吸收信息、加工信息、存储信息和检索信息等功能。信息检索系统按使用的技术手段可分为手工检索系统、机械检索系统和计算机检索系统。目前，常用的是手工检索系统和计算机信息检索系统。

1. 手工检索系统

手工检索系统又称传统检索系统，是用人工查找信息的检索系统。其主要类型有各种书本式的目录、题录、文摘和各种参考工具书等。检索人员可与之直接"对话"，具有方便、灵活、判断准确，可随时根据需求修改检索策略，查准率高的特点。但由于全凭人的手工操作，检索速度受到限制，也不便于实现多元概念的检索。

2. 计算机信息检索系统

1）概述

计算机信息检索系统又称现代化检索系统，是用计算机技术、电子技术、远

程通信技术、光盘技术、网络技术等构成的存储和检索信息的系统。存储时，将大量的各种信息以一定的格式输入到系统中，加工处理成可供检索的数据库。检索时，将符合检索需求的提问式输入计算机，在选定的数据库中进行匹配运算，然后将符合提问式的检索结果按要求的格式输出。主要特点是：①检索速度快，能大大提高检索效率，节省人力和时间；②采用灵活的逻辑运算和后组式组配方式，便于进行多元概念检索；③能提供远程检索。

计算机检索系统，按使用的设备和采用的通信手段，可分为联机检索系统、光盘检索系统和网络检索系统。

联机检索系统主要由系统中心计算机和数据库、通信设备、检索终端等组成，能进行实时检索，具有灵活、不受地理限制等优点，但检索费用较高。

光盘检索系统主要由光盘数据库、光盘驱动器、计算机等组成，具有易学易用、检索费用低的优点，根据使用的通信设备，又可分为单机光盘检索系统和光盘网络检索系统。

网络检索系统是将若干计算机检索系统用通信线路联结以实现资源共享的有机体，是现代通信技术、网络技术和计算机技术结合并高度发展的产物，它使各大型计算机信息系统变成网络中的一个节点，每个节点又可联结很多终端设备，依靠通信线路把每个节点联结起来，形成纵横交错、相互利用的信息检索网络。

2）数据库类型

按所提供的信息内容，数据库主要可分为参考数据库和源数据库。

（1）参考数据库。主要存储一系列描述性信息内容，指引用户到另一信息源以获得完整的原始信息的一类数据库。主要包括书目数据库和指南数据库。

书目数据库。存储描述如目录、题录、文摘等书目线索的数据库，又称二次文献信息数据库。如各种图书馆目录数据库、题录数据库和文摘数据库等属于此类，它的作用是指出了获取原始信息的线索。图书馆目录数据库，又称机读目录，其数据内容详细，除描述标题、作者、出版项等书目信息外，还提供索取原始信息的馆藏信息。题录、文摘数据库描述的数据内容与印刷型的题录、文摘相似，它提供了论文信息或专利信息等的信息来源。

指南数据库。存储描述关于机构、人物、产品、活动等对象的数据库。与其他数据库相比，指南数据库提供的不仅仅是有关信息，还包括各种类型的实体，多采用名称进行检索。如存储生产与经营活动信息的机构名录数据库、存储人物信息的人物传记数据库、存储产品或商品信息的产品指南数据库、存储基金信息的基金数据库等属于此类，它的作用是指引用户从其他有关信息源获取更详细的信息。

（2）源数据库。主要存储全文、数值、结构式等信息，能直接提供原始信息或具体数据，用户不必再转查其他信息源的数据库。它主要包括全文数据库和数值数据库。

全文数据库。存储原始信息全文或主要部分的一种源数据库。如期刊全文数据库、专利全文数据库、百科全书全文数据库。用户使用某一词汇或短语，便可直接检索出含有该词汇或短语的全文信息。

数值数据库。存储以数值表示信息为主的一种源数据库，和它类似的有文本-数值数据库。与书目数据库比较，数值数据库是对信息进行深加工的产物，可以直接提供所需的数据信息。如各种统计数据库、科学技术数据库等。数值数据库除了一般的检索功能外，还具有准确数据运算功能、数据分析功能、图形处理功能及对检索输出的数据进排序和重新组织等方面的功能。

3) 数据库结构

(1) 书目数据库的结构。书目数据库是以文档形式组织的一系列数据，这些数据被称为记录，一个记录又包含若干字段。

文档。按一定结构组织的相关记录的集合。文档是书目数据库数据组织的基本形式，文档的组织方式与检索系统的硬件和软件功能密切相关。在书目数据库中，文档结构主要分为顺排文档和倒排文档。

顺排文档。记录按顺序存放，记录之间的逻辑顺序与物理顺序是一致的，相当于印刷型工具中文摘的排列顺序，是一种线形文档。顺排文档是构成数据库的主体部分，但其主题词等特征的标识呈无序状态，直接检索时，必须以完整的记录作为检索单元，从头至尾查询，检索时间长，实用性较差。

倒排文档。将顺排文档中各个记录中含有主题性质的字段（如主题词字段、标题字段、叙词字段等）和非主题性质字段（如作者字段、机构字段、来源字段等）分别提取出来，按某种顺序重新组织得到的一种文档。具有主题性质的倒排文档，称基本索引文档，非主题性质的倒排文档，称辅助索引文档。

综上所述，顺排文档和倒排文档的主要区别是：顺排文档以完整的记录为处理和检索单元，是主文档；倒排文档以记录中的字段为处理和检索单元，是索引文档。计算机进行检索时，先进入倒排文档查找有关信息的存取号，然后再进入顺排文档按存取号查找记录。

记录与字段。记录是作为一个单位来处理有关数据的集合，是组成文档的基本数据单位。记录中所包含的若干字段，则是组成记录的基本数据单位。在书目数据库中，一个记录相当于一条题录或文摘，因此，一个记录通常由标题字段、作者字段、来源字段、文摘字段、主题词字段、分类号字段、语种字段等组成。在有些字段中，又包含多个子字段，子字段是字段的下级数据单位。如，主题词字段含有多个主题词。按照字段所代表记录的性质不同，字段通常分为基本字段和辅助字段两类。

(2) 全文数据库的结构。一般的全文数据库结构与书目数据库相似，全文数据库的一个记录就是一个全文文本，记录分成若干字段。其主文档是以顺排形式组织的文本文档，倒排文档是对应于记录可检字段的索引文档。

（3）数值数据库的结构。数值数据库的结构要综合考虑数据库的内容及检索目的，即，在内容上，数值数据库的主要内容是数值信息，但不排除含有必要的说明性的文本信息，在检索上，便于单项检索和综合检索，还能对数值进行准确的数据运算、数据分析、图形处理及对检索输出的数据进行排序和重新组织。数值数据库的数据结构可以是单元式，也可以是表册形式。前者是对原始数据的模拟，后者则是对统计表格的机读模拟。数值数据库通常有多种文档，如顺排文档、倒排文档、索引文档等。顺排文档是由数值数据组成，为主文档，另有相应的索引文档，为便于存取，索引文档采用基本直接存取结构的组织形式。倒排文档也有相应的索引文档，索引文档采取分级组织形式。数值数据库的文档结构，使所有文档都可以用于检索，所有数据都可用来运算，构成了数值数据库的特点。

（4）指南数据库的结构。指南数据库的结构兼有书目数据库、全文数据库和数值数据库的特点，有顺排文档、倒排文档、索引文档和数据字典。一般而言，对涉及主题领域较多、内容综合性较强的大型指南数据库，顺排文档（主文档）可采用多子文档的结构；对单一主题领域和内容较专的，则采用单一主文档和不定长、多字段的记录格式为宜。

2.2.3 信息检索语言

检索语言又称标引语言、索引语言、概念标识系统等，是信息检索系统存储和检索信息时共同使用的一种约定性语言，以达到信息存储和检索的一致性，提高检索效率。因此，信息检索语言与其他语言相比，突出的特点是：①具有必要的语义和语法规则，能准确地表达科学技术领域中的任何标引和提问的中心内容和主题；②具有表达概念的唯一性，即同一概念不允许有多种表达方式，不能模棱两可；③具有检索标识和提问特征进行比较和识别的方便性；④既适用于手工检索系统又适用于计算机检索系统。其主要功能是沟通信息存储、检索的全过程，是信息标引存储人员与信息检索人员和用户之间进行交流的媒介，以保证信息检索过程的顺利实施。检索语言按表述信息内容特征划分，可分为分类语言和主题语言。分类语言包括体系分类语言、组配分类语言和混合分类语言。主题语言包括标题词语言、单元词语言、叙词语言和关键词语言。在信息的标引存储和检索应用过程中，目前应用得最广的是体系分类语言、叙词语言和关键词语言。

1. 体系分类语言

1）体系分类语言的特点

体系分类语言是按照一定的观点，以学科分类为基础，用逻辑分类的原理，结合信息的内容特征，运用概念划分的方法，按知识门类从总到分，从上到下，层层划分，逐级展开组成分类表，并以分类表来标引、存储信息和检索信息。体系分类语言的特点是，能较好地体现学科的系统性，反映事物的平行、隶属和派生关系，适合于人们认识事物的习惯，有利于从学科或专业的角度进行族性检索，达到较高的查全率；采用国际上广泛使用的拉丁字母和阿拉伯数字作概念标识的分类号，比较简明，便于组织目录系统。但是，由体系分类语言编制的体系分类表，由于受自身结构特点的限制，存在着某些明显的不足之处，主要表现为

（1）体系分类表具有相对稳定性，难以随时增设新兴学科的类目，不能及时反映新学科、新技术、新理论方面的信息，对检索结果的查全率和查准率有一定的影响。

（2）体系分类表属直线性序列和层垒制结构，难以反映因科学技术交叉渗透而产生的多维性知识空间，对检索结果的查准率带来一定的影响。

尽管如此，体系分类语言仍然广泛地应用于信息的存储与检索。目前，国际上通用的体系分类表有《国际十进分类法》（UDC)，国内通用的体系分类表有《中国图书馆图书分类法》（《中图法》）。

2）《中图法》第四版分类体系组成及结构

《中图法》由基本部类和基本大类、简表、详表、通用复分表组成。

（1）基本部类和基本大类 。基本部类，又称基本序列，由五大部类组成。基本大类，又称大纲，是在基本部类的基础上展开的第一级类目，由 22 个大类组成，见表 2-1。

表 2-1　《中图法》基本部类和基本大类表

基本部类	基本大类
1. 马克思主义、列宁主义、毛泽东思想	A. 马克思主义、列宁主义、毛泽东思想、邓小平理论
2. 哲学	B. 哲学、宗教
3. 社会科学	C. 社会科学总论 D. 政治、法律 E. 军事 F. 经济 G. 文化、科学、教育、体育 H. 语言 I. 文字 J. 艺术 K. 历史、地理
4. 自然科学	N. 自然科学总论 O. 数理科学和化学 P. 天文学、地球科学 Q. 生物科学 R. 医药、卫生 S. 农业科学 T. 工业技术 U. 交通运输 V. 航空、航天 X. 环境科学、安全科学
5. 综合性图书	Z. 综合性图书

（2）简表。是在基本大类上展开的二级类目表，通过简表可了解分类概貌。工业技术大类的简表见表 2-2。

（3）详表。是分类表的主体，它依次详细列出类号、类目和注释。

（4）通用复分表。是对主表中列举的类目进行细分，以辅助详表中的不足。通用复分表由总论复分表、世界地区表、中国地区表、国际时代表、中国时代

表、世界种族与民族表、中国民族表和通用时间、地点表组成，附在详表之后。

表 2-2　《中图法》T 工业技术大类简表（二级类目表）

TB 一般工业技术	TL 原子能技术
TD 矿业工程	TM 电工技术
TE 石油、天然气工业	TN 无线电电子学、电信技术
TF 冶金工业	TP 自动化技术、计算机技术
TG 金属学与金属工艺	TQ 化学工业
TH 机械、仪表工业	TS 轻工业、手工业
TJ 武器工业	TU 建筑科学
TK 能源与动力工程	TV 水利工程

2. 主题语言

主题语言是采用表达某一事物或概念的名词术语用于标引、存储、检索的一种检索语言。根据选词原则，词的规范化处理，编制方法和使用规则的不同，主题语言可分为标题词语言、关键词语言、单元词语言和叙词语言。

1) 标题词语言

标题词语言是主题语言中使用最早的一种类型。标题词语言是一种规范化的检索语言，标题词是从自然语言中选取的、经过规范化处理的、表示事物概念的词、词组或短语。标题词按字顺排列，词间语义关系用参照系统显示，并以标题词表的形式体现。如美国工程信息公司编制的《工程主题词表》（SHE）就是其主要代表之一。

由于使用标题词语言编制的标题词表中的主、副标题词已事先固定组配，标引和检索时，只能选用已"定型"的标题词作标引词和检索词，所反映的主题概念必然受到限制。尤其是代表现代科技主题的内涵与外延越来越复杂，几乎不可能用一对主、副标题词完全、确切地表达出来，就需补充其他的主、副标题词，结果不仅增加了标引和检索的工作量，而且还降低了标引和检索的准确性，直接影响到检索系统存储信息和所得检索结果的质量以及检索效率。因此，标题词语言已不适应现代信息检索系统的发展，著名的标题词语言——《工程主题词表》（SHE）1993 年已由《工程索引叙词表》（EI thesaurus）取代。

2) 关键词语言

关键词语言是直接从原文的标题、摘要或全文中抽选出来，具有实质意义的，未经规范化处理的自然语言词汇，作为信息存储和检索依据的一种检索语言。运用关键词语言编制的关键词索引，其关键词按字顺排列构成索引款目，所抽选的关键词都可以作为标引词在索引中进行轮排，作为检索"入口词"进行检索。但关键词索引不显示词间关系，不能进行缩检和扩检，对提高检索效率有一定的限制。由于关键词表达事物、概念直接、准确，不受词表控制，能及时反映新事物新概念。目前，关键词语言已被广泛地应用于手工检索和计算机检索系统中的索引编制，并采取了编制禁用词表和关键词表等方法，以提高关键词抽取的准确性，并对词间关系进行控制，以提高检索效率。关键词索引的主要类型有题内关键词索引、题外关键词索引、普通关键词索引、词对式关键词索引、双重关键词索引等。其中，常见的是题内关键词索引和普通关键词索引。如美国《化学题录》（CT）中的"题内关键词索引"、《化学文摘》（CA）中的"关键词索引"就是其主要代表。

3）单元词和叙词语言

单元词语言是在标题词语言基础上发展起来的一种规范化检索语言。单元词又称元词，是能表达主题最小的、最基本的、字面上不能再分的词汇单位（如"计算机"、"软件"），作为主题概念的标识。单元词具有相对的独立性，词与词之间没有隶属关系和固定组合关系，检索时根据需要进行组配。由于单元词的专指度较低，词间无语义关系，对查准率有较大的影响，现已被叙词语言取代。

叙词语言是以自然语言为基础，以概念组配为基本原理，并经过规范化处理，表达主题的最小概念单元，作为信息存储和检索依据的一种检索语言。叙词语言吸收了其他检索语言的优点，并加以改进。例如，叙词语言吸收了体系分类语言的等级关系，编制了词族表；吸收了标题词语言的规范化处理方法和参照系统，达到了一词一义，发展了词与词之间的逻辑关系，形成语义网络，编制了叙词表；吸收了单元词语言的组配原理，并取代了单元词语言；吸收了关键词语言的轮排方法，编制了各种叙词索引。因而，叙词语言在直观性、单义性、专指性、组配性、多维检索性、网络性、语义关联性、手检与机检的兼容性、符合现代科技发展的适应性诸方面，都较其他检索语言更加完善和优越。叙词语言的基本特性表现为如下：

（1）叙词的概念组配性。叙词语言以概念—语言—事物的逻辑关系来描述主题，并通过概念组配来检索所描述主题的信息。叙词的概念组配方式有四种：

a. 概念相交组配。是指两个或两个以上交叉关系叙词的组配，其结果形成一个新的概念。这个新概念是原来用以组配的两个概念的下位概念，如

$$汽车部件 * 发动机 = 汽车发动机$$

b. 概念限定组配。表示事物的叙词与表示事物方面的叙词组配，其结果形成一个新的概念，这个新概念可用来表示这一事物的某一属性或某一个方面。如

$$电视机 * 数字化 = 数字电视机$$

以上两种组配方式，所得到的新概念，都是原组配概念的下位概念，缩小了

检索范围，提高了叙词概念的专指度，达到提高检准率的目的。

c. 概念并列组配。具有概念并列关系的叙词间的组配，其结果使概念检索的范围扩大，如

$$环境污染＋环境保护＝环境污染和环境保护$$

d. 概念删除组配。是指两个具有上下位关系的叙词间的组配，其结果使概念检索的范围缩小，如

$$计算机－模拟计算机＝数字计算机$$

显然，并列组配与删除组配具有的功能完全相反。前者使检索范围扩大，可提高查全率，后者使检索范围缩小，可提高查准率。

由上可知，叙词的概念组配是用布尔逻辑运算来实现的，其运算原理，详见2.4.1"布尔检索"。

（2）叙词的规范性。叙词的规范化处理有：

a. 词义规范。对同义词（如计算机与电脑）、近义词（如实验与试验）、学名和俗名（如发动机与马达）、不同译名（激光与莱塞）、简称与全称（如中国与中华人民共和国）、不同写法（如 X 射线与爱克斯射线）等进行选择；对多义词、同形异义词进行限定说明，如杜鹃既表示一种鸟，也表示一种花，就须限定说明为，杜鹃（动物）、杜鹃（植物）。

b. 词类规范。即确定词类的范围。能用作叙词的词类一般要求控制在具有实质意义的名词或动名词的范围之内。

c. 词形规范。即对词的繁简体、词序、字母符号等的规定。

上述几个方面的规范中，只有满足一词一义一型要求的词才有可能成为叙词。

（3）叙词的语义性。叙词与叙词之间存在一定的语义关系。叙词之间的语义关系主要有同义关系、属分关系和相关关系。叙词语言对语义关系的揭示方法，主要通过各种语义参照符号来反映和联系。叙词语言的语义关系特性，是通过叙词表体现的。国内用叙词语言编制的叙词表已有七八十种之多。最常用的有《汉语主题词表》、《化工汉语主题词表》、《机械工程主题词表》、《电子技术汉语主题词表》、《国防科学技术叙词表》等。常见的国外叙词表有《INSPEC 叙词表》、《工程索引叙词表》、《工程与科学叙词表》等。下面以《汉语主题词表》为例，说明其词表结构和功能。

4）汉语主题词表

《汉语主题词表》是我国第一部大型的多学科词语的动态性综合词表。该词表按社会科学和自然科学两大系统编制，由主表（字顺表）、附表、词族索引、范畴索引和英汉对照索引组成，共分 3 卷 10 个分册出版。全表收录正式叙词91 158条，非正式叙词 17 410 条。

（1）主表（字顺表）。是《汉语主题词表》的主体部分，由全部正式叙词款目和非正式叙词款目组成，所有款目严格按汉语拼音音序排检。

（2）附表。从主表衍生出来的一种专用词汇表，共有四种，系世界各国政区名称、自然地理区划名称、组织机构名称和人名。

（3）词族索引。又称族系索引、等级索引。是将主表中具有属种关系、部分整体关系和包含关系的正式主题词，按其本质属性展开，显示词间从属关系的一种词族系统。作用是揭示主题词之间族系关系，满足族性检索的需要。

（4）范畴索引。又称分类索引，是按照学科范畴并结合词汇分类需要，将主表中的全部款目主题词，按社会科学和自然科学两大范畴划分为 58 个大类，以便从分类角度查找某一范畴内容有关的主题词，是主表的一种辅助工具。

（5）英汉对照索引。按主题词英译名字母顺序排列的一种主题索引，是通过英译名来选择主题词的辅助工具。

2.3　信息检索方法

检索方法是为实现检索计划或方案所提出的检索目的而采取的具体操作方法或手段的总称。检索获取知识信息的方法主要有两种：直接检索和间接检索。直接检索是通过浏览各种出版物上发表的学术论文、专利说明书等，以了解有关学科或专题发展动态的一种最简单的检索方法。其优点是能立即明确判断所包含的知识信息是否具有针对性和实用价值，不足是存在较大的盲目性和偶然性，查全率较低。间接检索是借助于各类检索系统，从数量庞大的信息集合中，迅速、准确地查找特定课题有关知识信息的常用检索方法，其优点是所获得知识信息的全面性和准确性都较高。本节仅对间接检索方法进行讨论，间接检索方法的全过程，一般可分为信息需求分析、制定检索策略、实施检索策略和索取原始信息。

2.3.1　信息需求分析

信息需求是人们在客观上或主观上就一特定研究课题所需信息的要求，这种需求是检索信息的基本出发点，也是评价检索效果的依据。信息的需求分析主要包括以下两方面。

1. 明确检索的目的与要求

检索目的是指明确所需信息的用途，是为编写教材、撰写学科总结或进行专题综述系统收集信息？还是为申请专利或鉴定科技成果需利用信息为依据说明其新颖性和创新性？还是为解决某一技术问题，需利用相关的技术信息提供借鉴或参考？还是为技术预测或决策提供背景材料？等等。检索要求是指明确所需信息的类型、语种、数量、检索的范围和年代等，以对查全率和查准率进行控制。显然，检索目的和检索要求，是制定检索策略的基本依据。

2. 进行主题分析

主题分析是在明确检索目的的基础上进行的。检索目的不同，主题分析选取主题范围的广度与深度则不同。若要系统、全面收集有关信息，选取主题范围的面要宽些，所得信息的泛指性要强些；若需有关信息为某一技术问题提供解决的方案作参考或借鉴，选取主题范围的面要窄些，所得信息的专指度要高些。

2.3.2　制定检索策略

检索策略是为达到检索目标而制定的具体检索方案或对策。制定检索策略一般包括：检索系统的选择、确定检索途径或检索单元、拟定检索程序。按检索系统使用的检索设备和检索手段，有手工检索策略和上机检索策略之分。

1. 手工检索策略

1）选择检索系统

要考虑选择以信息需求结合紧密、学科专业对口、覆盖信息面广量大、报道及时、揭示信息内容准确、有一定深度、索引体系完善的手工检索系统为最佳，如文摘类和题录类检索系统。

2）确定检索途径

检索途径由所选择的检索系统提供，主要有：分类途径、主题途径、作者途径、号码途径等。其中分类和主题途径是最常用的检索途径。分类检索途径以学科体系为入口进行检索，具有族性检索的特点，查全率较高。但一般只能满足单维概念的检索，对多维概念的检索，查准率较低。若信息需求范围较宽，泛指性较强时，宜选用分类途径。主题检索途径以叙词或关键词为入口进行检索，具有特性检索的特点，查准率较高，能满足多维概念的检索，并能及时地反映新兴学科、交叉学科和边缘学科的发展。若信息需求范围窄，专指性要求强时，宜选用主题途径。无论哪种检索途径，都有各自的特点，究竟确定哪一种，既要根据检索的目的与要求，还要根据所选检索系统可提供的检索途径来确定。当选择的检索系统提供的检索途径较多时，各种途径可交叉运用产生互补效应，从而使检索效果更接近需求。

3）拟定检索程序

在手工检索过程中，是由人的手查、眼阅，检索提问与存储标识之间的比较是靠大脑随时思维作判断而完成的，检索需求往往只存于人的大脑，因此，检索程序不必写成书面的表达语句，可以边查边思维，根据需求随时修改检索策略。

2. 上机检索策略

1）选择检索系统

除了要考虑所选择计算机检索系统是否包含有与信息需求结合紧密、学科专业对口、覆盖信息面广量大、报道及时、揭示信息内容准确、有一定深度的数据库外，还要考虑系统的检索功能是否完善。如国际著名的 Dialog 系统，不仅数据库所包含的文档多，而且学科的涵盖面也大，其检索功能也相当完善。

2）确定检索单元

检索单元是表达信息需求的基本单元，也是与系统中有关数据库进行匹配运算的基本单元。检索单元选择得当与否，会直接影响其检索效果。检索单元可分为两类，一类是表示主题概念的检索词，如叙词（经规范化处理的自然语言词汇）和自由词（未经规范化处理的自然语言词汇），是常用的检索单元。另一类是某些特殊的符号，如分类号、代码、作者姓名等。检索词的选择与确定，主要遵循下列两个原则。

（1）根据检索课题所涉及的学科专业和技术内容选词。少数检索课题，可直接选用课题名称中的主要概念作检索词。例如，检索"甲壳素水解制壳聚糖"技术方面的信息，选用"甲壳素、水解"，"壳聚糖、制备"这两组四个检索词，就基本能表达该课题所需信息的要求。但大多数检索课题，须从专业、技术的角度对研究内容进行仔细分析，才能找出全面确切表达主题概念的检索词。例如，检索"染料的电化学性能研究"方面的信息，若仅从课题名称中所包含的主题进行分析，似乎选"染料"、"电化学性能"作检索词就行。深入分析课题所涉及的具体内容，就会发现，该课题是以研究染料的电化学性能为基础，采用电混凝方法处理印染废水。显然，检索词应选择"印染废水处理"、"染料"和"电混凝"、"电化学"才能比较全面确切地表达课题检索的需求。

（2）对检索词进行处理。在机检系统中，计算机只能从词形上辨别所扫描的记录是否符合检索要求，不可能像人的大脑那样去考虑检索词的含义。因此，要考虑所选择的检索词是否与数据库相容，须将检索词作如下处理：

a. 使用有关数据库的词表或相应的印刷型词表进行比较对照，使其从概念上、词形上与词表上的词表达一致。此时，检索词作叙词使用。

b. 如选择的检索词无词表可查，或未在词表中反映出来，此时，检索词作自由词使用。自由词作检索词时，要注意尽量从专业技术角度出发，使用国际上通用的术语，如"贫铜矿"宜用"低品位铜矿"，也尽可能不使用一词多义的词汇，如"Cell"，既表示生物学中的"细胞"，又表示电学中的"电池"，易造成误检。

经过以上处理的检索词，一般都能提高它们与数据库的相容性，从而保证其检索效果。值得提出的是，由于存储器容量的不断增大，检索软件的不断完善，自由词在计算机检索系统中得到广泛的应用。这是因为自由词的数量很大，覆盖面广，它与叙词相比，相应的自由词与数据库有更大的相容性和匹配性，自由词之间的关系，可用全文检索技术来控制。

　3）拟定检索程序

　　在计算机检索过程中，检索提问与存储标识之间的对比匹配是机器进行的，拟定检索程序的核心是构造一个既能表达检索课题需求，又能为计算机识别的检索提问式。检索提问式是检索策略的具体体现，是上机检索的依据。构造检索提问式主要使用布尔逻辑算符、位置逻辑算符、截词符、限制符等，将检索词进行组配，确定检索词之间的概念关系或位置关系，准确地表达课题需求的内容，以保证和提高信息的查全率和查准率。在构造检索提问式中使用的各类算符的确切含义和具体用法，将在本章第 4 节作专门叙述。

2.3.3　实施检索策略和索取原始信息

1. 实施检索策略，获取信息线索

　　手工检索策略的实施，主要靠人的大脑将检索策略中信息需求所涉及的有关提问特征，如主题词、分类号、作者姓名等与检索系统中提供的检索标识进行比较分析，筛选出与信息需求一致或基本一致的检索结果。上机检索策略的实施，是将构造好的检索提问式，输入计算机检索系统，使用检索系统认可的检索指令进行逻辑匹配运算，并输出显示检索结果。在这个过程中，对检索结果进行粗读和筛选。对筛选出的信息线索，要进行信息来源类型的辨析。辨析信息来源的类型，主要依据信息来源出处的特征为区分标志。

　　（1）著作的区分标志。著作一般以图书的形式出版，在来源出处著录有出版社、出版地、版次、国际标准书号。例如：Photochemistry and Photophysics of Metal Complexes（书名）. Plenum Press. New York A Division of Plenum Publishing Corporation（出版社），233 Spring Street，New York，N. Y 10013（出版地）. ISBN-0-306-44694-4（国际标准书号）。

　　（2）论文的区分标志。论文一般以期刊的形式发表，在来源出处著录有期刊的刊名、卷、期、年代、国际标准刊号、语种等。例如：The Journal of Physical Chemistry A（刊名），v104（卷），n21（期），2000（年代），ISSN1089-5639（国际标准刊号），In English（语种）。若是会议论文，在来源出处著录有会议或会议录名称、主办单位、会议召开地点、时间等，其显著的区分标志是著录有 Proceedings、Conference、Meeting、Symposium、Workshop、Colloquium、Convention 等字样。若是学位论文，在来源出处著录有学位名称（如 Ph. D）、

授予学位的校名（West Virginia University）、导师姓名（Chair：Syd S. peng）、论文编号（Order Number DA9121891）等。

（3）专利说明书的区分标志。来源出处著录有专利国别、专利号、批准公布日期等。如 EP761743 12 Mar 1997。

（4）科技报告的区分标志。来源出处著录有报告字样、报告机构代号和报告号等。如 Report AD-A264915。

（5）技术标准的区分标志。来源出处著录有 Standard、specification 字样及标准机构代号，如 ISO、IEC、GB 等。

2. 整理信息线索，索取原始信息

将所得的信息检索结果按来源类型、语种进行归类整理并按参考价值的重要程度进行排序，就进入原始信息的获取阶段。获取原始信息的基本原则是由近及远，常用的方式有：

（1）利用报道单一信息机构的馆藏目录，了解馆藏情况和索取号，借阅或复制原始信息。

（2）利用报道多个信息机构的馆藏目录，了解收藏机构名称、馆藏情况和索取号，借阅或复制原始信息。

（3）利用联机信息系统，用联机传递或脱机邮寄原始信息。

（4）利用网络信息系统，网上申请订购，获取原始信息。

（5）利用有关全文数据库，打印或下载原始信息。

采用何种方式索取原始信息，可根据当地、当时的具体条件而定，具体操作步骤请参见第 5 章至第 9 章。

2.4　信息检索技术及其应用

信息检索技术是指利用现代信息检索系统，如联机数据库、光盘数据库和网络数据库检索有关信息而采用的相关技术，主要有布尔检索、词位检索、截词检索和限制检索。

2.4.1　布尔检索

利用布尔逻辑算符进行检索词的逻辑组配，是常用的一种检索技术。

1. 布尔逻辑算符的形式及含义

（1）逻辑与。逻辑与是一种具有概念交叉或概念限定关系的组配，用"＊"或"AND"算符表示。如要检索"大气污染控制"方面的有关信息，它包含了

"大气污染"和"控制"两个主要的独立概念。"大气污染—air pollution"、"控制—control"可用"逻辑与"组配，即"air pollution AND control"表示两个概念应同时包含在一条记录中。"逻辑与"组配的结果如图 2-4-1（a）所示。A 圆代表只包含"air pollution"的命中记录条数（619），B 圆代表只包含"control"的命中记录条数（23 290），A、B 两圆相交部分为"air pollution"、"control"同时包含在一条记录中的命中条数（54）。由图 2-4-1（a）可知，使用"逻辑与"组配技术，缩小了检索范围，增强了检索的专指性，可提高检索信息的查准率。

（2）逻辑或。逻辑或是一种具有概念并列关系的组配，用"＋"或"OR"算符表示。例如要检索"聚氯乙烯"方面的信息，"聚氯乙烯"这个概念的英文名可用"PVC"和"Polyvinyl chloride"两个同义词来表达，采用"逻辑或"组配，即" PVC OR Polyvinyl（w）chloride"，表示这两个并列的同义概念分别在一条记录中出现或同时在一条记录中出现。"逻辑或"组配的结果如图 2-4-1（b）所示。A、B 两圆及其两圆相交部分均为检索命中数（341＋76＝364）。由图 2-4-1（b）可知，使用"逻辑或"检索技术，扩大了检索范围，能提高检索信息的查全率。

（3）逻辑非。逻辑非是一种具有概念排除关系的组配，用"－"或"NOT"算符表示。例如，检索"不包括核能的能源"方面的信息，"能源"、"核能"采用"逻辑非"组配，即"能源 NOT 核能"，表示从"能源"检索出的记录中排除含有"核能"的记录。"逻辑非"组配结果如图 2-4-1（c）所示。A 圆代表"能源"的命中数（25 283），B 圆代表"核能"的命中数（4945），A、B 两圆之差为命中记录数。由图 2-4-1（c）可知，使用"逻辑非"可排除不需要的概念，能提高检索信息的查准率，但也易将相关的信息剔除，影响检索信息的查全率。因此，使用"逻辑非"检索技术时要慎重。

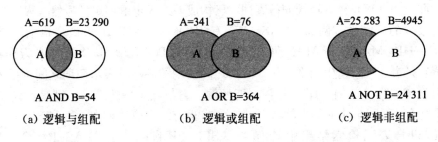

A=619 B=23 290

A

B

A AND B=54

（a）逻辑与组配

A=341   B=76

A

B

A OR B=364

（b）逻辑或组配

A=25 283 B=4945

A

B

A NOT B=24 311

（c）逻辑非组配

图 2-4-1

2. 布尔逻辑算符的运算次序

用布尔逻辑算符组配检索词构成的检索提问式，逻辑算符 AND、OR、NOT 的运算次序，在不同的检索系统中有不同的规定。在有括号的情况下，括号内的逻辑运算先执行。在无括号的情况下，有下列几种处理顺序：

（1）NOT 最先执行，AND 其次执行，OR 最后执行。

（2）AND 最先执行，NOT 其次执行，OR 最后执行。

（3）OR 最先执行，AND 其次执行，NOT 最后执行。

（4）按自然顺序，AND、OR、NOT 谁在先就先执行谁。

作为检索人员，需要事先了解检索系统的规定，避免逻辑运算次序处理不当而造成错误的检索结果。因为，对同一个布尔逻辑提问式，不同的运算次序会有不同的检索结果。

2.4.2　词位检索

词位检索是以数据库原始记录中的检索词之间的特定位置关系为对象的运算，又称全文检索。词位检索是一种可以不依赖叙词表而直接使用自由词进行检索的一种技术。这种检索技术增强了选词的灵活性，采用具有限定检索词之间位置关系功能的位置逻辑符进行组配运算，可弥补布尔检索技术只是定性规定参加运算的检索词在检索中的出现规律满足检索逻辑即为命中结果，不考虑检索词词间关系是否符合需求，而易造成误检的不足。在不同的检索系统中，位置逻辑算符的种类和表达形式不完全相同，使用词位检索技术时，应注意所利用系统的使用规则。这里以著名的 Dialog 系统常用的位置逻辑符为例，说明其检索技术如下。

1. 邻位检索

邻位检索技术中，常用的位置逻辑算符有（W）与（nW）、（N）与（nN）。

（1）（W）与（nW）算符。两词之间使用"W"，表示其相邻关系，即词与词之间不允许有其他词或字母插入，但允许有一空格或标点符号，且词序不能颠倒。即使用（W）算符连接的检索词，已构成一个固定的词组，显然（W）算符具有较强的严密性。例如，GAS（W）CHROMATOGRAPH 表示检索结果为 GAS CHROMATOGRAPH 和 GAS-CHROMATOGRAPH 形式的才为命中。（nW）是由（W）衍生而来。如在两词之间使用"nW"，表示两词之间可插入 n（$n=1$，2，3，…）个词，但词序不能颠倒，它与（W）的唯一区别是，允许在两词之间插入 n 个词，因而，严密性略逊于（W）。例如，LASER（1W）PRINTER 表示检索结果中具有"LASER PRINT"、　"LASER COLOUR PRINTER"和"LASER AND PRINT"形式的均为命中记录。

（2）（N）与（nN）算符。两词之间使用（N）也表示其相邻关系，两词之间不能插入任何词，但两词词序可以颠倒。例如，　"WASTEWATER（N）TREATMENT"表示检索结果中具有"WASTEWATER TREATMENT"和"TREATMENT WASTEWATER"形式的均为命中记录。（nN）除具备（N）

算符的功能外，不同之处是允许两词之间可插入 n 个词。

2. 子字段和同字段检索

使用邻位检索显然能使检索结果更为准确，但由于人们使用语言词汇的角度有差异，同一概念的表达可能会出现不同的形式，为提高查全率，可采用子字段检索技术。子字段包括文摘字段中的一个句子或标题字段的副标题等。子字段检索使用的位置逻辑算符是"S"。在两词之间使用"S"，表示两词必须同时出现在记录的同一子字段中，不限制它们在此子段中的相对次序，中间插入词的数量也不限。例如，"HIGH（W）STRENGTH（S）STEEL"表示只要在同一个句子中检索出含有"HIGH STRENGTH 和 STEEL"形式的均为命中记录。对子字段的检索结果进一步扩大，可采用同字段检索技术。同字段检索中使用的位置逻辑算符是"F"。在两词之间使用"F"，表示两词必须同时出现在同一个字段中，词序可以变化。例如，"AIR（W）POLLUTION（F）CONTROL"，表示只要在同一字段中检索出含有"AIR POLLUTION 和 CONTROL"形式的均为命中记录。

以上位置逻辑算符在检索提问式中可连用，使用顺序为（W）→（S）→（F），查准率高的顺序为 W＞S＞F。

2.4.3　截词检索

截词检索是预防漏检提高查全率的一种常用检索技术，大多数系统都提供截词检索的功能。截词是指在检索词的合适位置进行截断，然后使用截词符进行处理，可节省输入的字符，又可达到较高的查全率。尤其在西文检索系统中，使用截词符处理自由词，对提高查全率的效果非常显著。在截词检索技术中，较常用的是后截词和中截词。按所截断的字符数分，有无限截词和有限截词两种。截词算符在不同的系统中有不同的表达形式，这里以 Dialog 系统使用的符号为例，说明其截词技术如下。

1. 后截词

后截词，从检索性质上，是满足前方一致的检索。

（1）有限后截词。主要用于词的单、复数，动词的词尾变化等。如 book 用 book? 处理，表示截一个词，可检索出含有 book 和 books 的记录；acid?? 表示截两个词，可检索出含有 acid，acidic 和 acids 的记录。由此可知，"?"为截词符，截几个词就在词根后加几个"?"。

（2）无限后截词。主要用于同根词。如 solubilit 用 solub? 处理，可检索出含有 solubilize，solubilization，soluble 等同根词的记录。由此可知，在词根后加一个"?"，表示无限截词符号。

2. 中截词

中截词也称屏蔽词。一般来说，中截词仅允许有限截词，主要用于英、美拼写不同的词和单复数拼写不同的词。如 organi? ation 可检索出含有 organisation 和 organization 的记录。由此可知，中截词使用的符号为"?"，即用"?"代替那个不同拼写的字符。

从以上各例可知，使用截词检索具有隐含的布尔逻辑或（OR）运算的功能，可简化检索过程。

2.4.4　限制检索

使用截词检索，简化了布尔检索中的逻辑或功能，并没有改善布尔检索的性质。使用位置检索，只能限制检索词之间的相对位置，不能完全确定检索词在数据库记录中出现的字段位置。尤其在使用关键词进行全文检索时，需要用字段限制查找的范围，以提高信息的查准率。在现代检索系统中，常用的字段代码有标题（TI）、文摘（AB）、叙词或受控词（DE 或 CT）、标识词或关键词（ID 或 KW）、作者（AU）、语种（LA）、刊名（JN）、文献类型（DT）、年代（PY）等。这些字段代码在不同的系统中有不同的表达形式和使用规则，在进行字段限制检索时，应参阅系统及有关数据库的使用说明，避免产生检索误差。

2.4.5　信息检索方法及技术应用实例

检索课题：聚苯硫醚树脂制备及其复合材料研究

1. 信息需求分析

1）明确检索目的与要求

（1）检索目的：学位论文开题查新。

（2）检索要求：国内外聚苯硫醚树脂制备方法与工艺；聚苯硫醚树脂复合材料的制备技术。

2）进行主题分析，确定主题范围

根据检索目的与要求，该课题涉及的主题范围重点为：聚苯硫醚、复合材料、制备。

2. 制定检索策略

1）选择检索词

根据主题分析确定的主题范围，选择检索词如下：

♯1 聚苯硫醚—poly（phenylene sulfide）；polyphenylene sulfide；PPS

♯2 制备—preparation　　　　♯3 合成—synthesis

♯4 复合材料—composite

2) 使用相关检索技术构造提问式

检索式 1：聚苯硫醚 and（合成 or 制备）

检索式 2：聚苯硫醚 and 复合材料

检索式 3：[poly（phenylene sulfide? ?）or polyphenylene sulfide? ? or PPS] and（synthesis or preparation）

检索式 4：[poly（phenylene sulfide? ?）or polyphenylene sulfide? ? or PPS] and composite? ?

第3章　网络信息资源的检索

3.1　网络信息资源概述

3.1.1　网络信息资源的特点

网络信息资源是一类新型的数字化资源，与传统的信息资源相比，网络信息资源在数量、结构、分布、传播范围、类型、载体形态、内涵、控制手段、传递方式等方面都显示出新的特点。这些新的特点赋予了网络信息资源新的内涵，可按照一定的标准从不同角度来阐述。

1. 内容角度

(1) 海量化。网络信息资源在数量上呈几何级增长，具有海量化的特征。据称，网络上向公众开放的网页正以每天730万页的速度增加。

(2) 类型多样。网络信息资源多种多样，包罗万象，覆盖了不同学科、不同领域、不同地区、不同语言的信息资源；在发布形式上，包括了文本、图像、音频、视频、软件、数据库等，堪称是多媒体、多语种、多类型信息的集合体。

(3) 更新速度快、代谢频率高。在互联网上，信息内容处于不断的变动之中，信息资源的更替、消亡无法预测。

(4) 复杂性。网络信息资源的各种信息质量良莠不齐，政府、机构、企业、个人都可以在网上自由发布信息，真伪难辨，给选择、利用信息带来了障碍。

2. 形式角度

(1) 数字化存储、传递。网络信息资源由印刷文字变为磁性介质上的电磁信号或者光介质上的光信息，所存储的信息密度高、容量大，可以无损耗地重复使用。

(2) 动态性。信息技术的低成本以及信息发布的随意性，网络中各种信息、各类网站网页、各信息源等都处于经常性的变动之中，使网络信息资源具有明显的动态性和不稳定性。

(3) 开放性。互联网是一个面向全球的开放系统，网络信息的分布、传递交流都具有开放性。

(4) 组织无序，稳定性差。各网站虽然实现了对本站点信息组织的局部有序化，但从整体上来看，互联网上的信息仍然处于无序的混乱状态中。

（5）非线性。网络信息的组织不是简单的线性编排，而是网络化组织的。

3. 效用角度

（1）共享性。互联网除具备一般意义上的信息资源共享外，网页上的信息可供所有的互联网用户快速和随时登录访问，不存在传统信息资源由于副本数量的限制以及信息机构服务时间、场所的限制而产生信息不易获取的现象。

（2）时效性。网络信息资源的更新速度和频率都是非常快的，内容时刻在更新，具有很强的时效性。

（3）交互性。交互性是网络信息传播的一大特点，具体体现在它具有主动性、参考性、交谈性和可操作性。

4. 检索角度

（1）网络信息通道的双向性和信息检索的网络性。

（2）网络信息关联度强，检索快捷。

3.1.2　网络信息资源的类型

1. 按照所采用的传输协议划分

万维网（WWW）信息资源、电子邮件信息资源、FTP 信息资源、Telnet 信息资源、用户服务组信息资源、Gopher 信息资源等。

2. 按信息交流的方式划分

正式出版的信息（如各种数据库、联机杂志和电子杂志、电子版工具书、报纸、专利信息）、半正式出版的信息（如从各种学术团体和教育机构、企业和商业部门、国际组织和政府机构、行业协会等单位的网址或主页上所查到的"灰色"信息）、非正式出版的信息（包括电子邮件、专题讨论小组和论坛、电子会议、电子布告板、新闻等）。

3. 按信息资源的分布划分

企业和公司站点、大学和科研院所站点、信息服务机构站点、行业机构站点等。

4. 按照信息内容的表现形式和内容划分

全文型信息（各种网上报纸、专在网上发行的电子期刊、印刷型期刊的电子版、网上出版的学术会议论文、标准全文等)、事实型信息 (城市或景点介绍、工程实况及记录、企事业机构名录、指南、字典、词典、百科全书、年鉴、手册等)、数值型信息 (产品或商品的规格及价格、各种统计数据等)、数据库信息 (各种网络数据库)、实时活动型信息 (各类投资行情和分析、娱乐、聊天、网络新闻组讨论、邮件讨论组、BBS、网上购物等)、其他类型信息 (图片、动画、音乐、影视、广告等)。

　　5. 按照信息资源的有偿性划分

　　收费类信息资源和免费类信息资源。

3.1.3　网络信息资源的评价

　　1. 网络信息资源机构的权威性和可信度

　　网络信息资源机构的权威性和可信度是利用网络信息重要的和首要的选择标准。首先，要看网页主办者的声誉，网站及其建站机构的权威性与知名度。一般来说，权威机构或者知名机构 (人士) 发布的信息在质量上比较可靠，尤其是政府机构、著名研究机构或大学发布的信息，在可信度上来说是比较好的。其次，要看网络文献作者的个人情况。比如作者的声誉与知名度如何，作者的 E - mail 地址、电话，能否与作者取得联系等。通常某领域的著名专家、学者或者社会知名人士发布的信息可信度较高，更能赢得用户的信任。

　　2. 网络信息资源的内容

　　(1) 科学性和客观性。科学性和客观性，是评价和选择网络信息的一个重要方面。首先，网络信息的内容要具有科学性，有一定的科学研究价值，并采用科学的方法和形式进行阐述。其次，网络信息要具有客观性，需列出可供核查事实的信息来源、数据和依据，同时也要看网络信息是否公正，提供的事实中是否有带倾向性的宣传和评论，并且在介绍有争议的观点时是否持中立立场，并提供公正的评判。最后，要看其行文是否流畅，有无明显的错误，有无错别字等。

　　(2) 独特性和新颖性。人们通常利用发布时间较新且比较独特、有参考价值的信息，对于网络信息资源的利用更是如此。网络信息所反映的主题是否特别、是否还有其他的提供方式 (如是否有印刷形式或者别的电子形式)、网络信息创建或发布的日期以及最近的更新日期、更新间隔周期等，都会影响其利用效果。只有信息内容独特，观点新颖，才能提升网络资源的价值，提高利用效率。

　　3. 网络信息资源的覆盖面和针对性

　　网络信息资源所涵盖的范围是否广泛，是否针对相关领域或专业；本网页制作的目的，有何针对性，是否面对特定的用户；所提供信息的广度、深度如何；包括哪些网络资源类型，是书目、索引、文摘，还是网络期刊或者网上图书，等等。据调查，80％以上的用户在检索学术资料时，更加倾向于利用专业网站或专题数据库。另外，用户利用网络，也更愿意浏览那些专注于新闻报道的网站或网页，而较少浏览专门的网上购物及各种娱乐网站。特别是用户在利用虚拟图书馆时，更多的是查询书目、索引和文摘等工具检索信息，其次是利用相关专业的网络期刊，查找最新最全的信息，对于网络图书，其利用率就要低得多。

4. 网络信息资源的检索途径

通常人们查阅某一主题的网络资源时，习惯链接到其相关主题的信息，扩大检索范围，以防漏检所需信息。因而，网络信息的超链接将位于不同页面的各种信息（文字、图像、表格等）有效连接起来，具有很大的灵活性，以方便用户检索相关文信息。显然，用户所需要的信息是否具有易检性，检索途径是否方便，利用起来是否顺畅等，都会影响到用户对文献质量的选择和评价。总的来说，用户访问和点击率越高的网站，信息资源的价值在某种程度上就会越大，用户的评价就越高，其利用率也就越高。

3.2　网络信息资源检索概述

3.2.1　浏览与检索

浏览是追踪由其他网络用户创建的超文本链接踪迹的过程，只需要点击这些链接就可以方便地检索、获取到所需信息。正是凭借它的这一特性，浏览网络才变得既容易又直观。检索是依靠功能强大的软件，设法将网络上最为相关的文件与规定的关键词相匹配。有效的检索需要学会怎样使用检索软件和很多技能，才能取得令人满意的结果。

3.2.2　检索网络信息资源的工具

网络信息资源检索工具有多种多样，按照其检索机制可分为：主题指南（目录型检索工具）、搜索引擎、图书馆的网络导航（学科导航）等。从功能上来看，主题指南和图书馆的网络导航类似图书中的目次，而搜索引擎则更像索引。

1. 主题指南

主题指南由信息管理专业人员在广泛搜集网络资源及进行加工整理的基础上，按照某种主题分类体系编制的一种可供检索的等级结构式目录。在每个类目及子类下提供相应的网络资源站点地址，并给以简单的描述，通过浏览该目录，在目录体系的导引下检索到有关的信息，主题指南因此也叫目录型检索工具。此类检索工具比较适合于对不熟悉领域的一般性浏览或检索概况性强、类属明确的主题，检索质量较高，但因为人工操作成本较高使得内容相对较少，收录不全面，新颖性不够。代表性的主题指南有：Yahoo、Galaxy、搜狐等。

2. 搜索引擎

搜索引擎使用自动索引软件来发现、收集并标引网页，建立数据库；以Web 形式提供检索界面，供用户输入关键词、词组或短语等检索项；代替用户在数据库中找出与提问相匹配的记录；按一定的相关度排序返回结果。搜索引擎强调的是检索功能，而非主题指南那样的导引、浏览。搜索引擎适合于检索特定的信息及较为专深、具体或类属不明确的课题，信息量大且新，速度快，但检索结果准确性相对较差。其代表有 Google、百度、AltaVista 等。

3. 图书馆的网络导航

许多图书馆从协调整个网络资源的角度出发，对互联网上的相关学术资源进行搜集、评价、分类、组织和有序化整理，并对其进行简要的内容揭示，建立分类目录式资源组织体系、动态链接、学科资源数据库和检索平台，发布于网上，为用户提供学科信息资源导航和检索服务。另外，脱胎于传统图书馆职能的数字图书馆，其所拥有的信息资源经过加工整理，可以通过标题、关键词、作者、内容分类特征等“元数据”进行关联检索，甚至可以进行简单的全文任意词检索，使网络信息资源的选择变得更为方便、快捷。因此，与其他网上导航工具相比，图书馆的网络导航具有专业性、易用性、准确性、时效性和经济性等优势，所含内容切合主题，实用价值较高。不足之处是所建立的数据库规模较小，在某些类目下收集的文件数量有限。常见的国外一些学术性网络导航系统有：加利福尼亚州大学图书馆的 INFOMINE、麻省理工学院图书馆的 Virtual Reference Collection 等。国内主要有各高校学科导航库，尤以“211 工程”重点高校的学科导航库为特色，如清华大学的材料科学与工程重点学科导航库、四川大学的口腔医学网络资源导航库等。

3.3　搜索引擎

搜索引擎是指互联网上专门提供查询服务的一类网站，是一种利用网络自动搜索技术，对互联网各种信息资源分门别类地进行标引建库，能够对用户提出的各种检索查询做出响应的强有力的检索工具。它是为满足用户对网络信息搜索需求应运而生的网络工具，既是互联网信息查询的导航针，也是沟通用户与网络信息的重要桥梁。从本质上看，搜索引擎是收录网页全文索引的数据库，当使用搜索引擎时，实际上是在检索这些被搜索到的网页的数据库，而不是检索网络本身。

3.3.1　搜索引擎的工作原理

搜索引擎一般由搜索器、分析器、索引器、检索器和用户接口等 5 个部分组成，如图 3-3-1 所示。

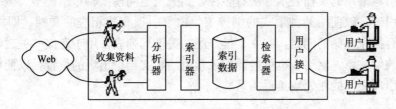

图 3-3-1　搜索引擎的组成

1. 搜索器

由于 Web 信息的大容量、分布性和动态性，保持全面而又最新的资料收集是影响搜索引擎性能的重要方面。搜索器是一个机器人程序 Robot（也称为 Spider、Crawler 或 Wander），它自动地在互联网中搜集信息下载到本地文档库。

2. 分析器

分析器对本地文档库进行分析以便用于索引。文档分析技术包括分词、过滤和转换等。一般"词"能够表达完整的语义对象，所以通常选用词作为文本特征的元数据。在分词时，大部分系统从全文中抽取词条，也有部分系统只从文档的某些部分（如标题等）抽取词条。由于中文的基元是字而不是词，句子中各词语间没有固定的分隔符，汉语语义及结构上的复杂性和多边性给中文分词带来极大困难。汉语分词主要有 2 大类方法：基于词典与规则，或者基于统计。前者应用词典匹配，汉语词法或其他汉语语言知识进行分词，如最大匹配法、最小分词方法等，其性能依赖于词典的完备性、规则的一致性。后者基于字和词的统计信息，如相邻字间互信息，词频及相应的贡献信息等应用于分词。分词后通常要使用禁用词表（stop list）来删除出现频率很高的无义词条，如 an、the、of 等。另外需要对词条进行单/复数转换、词缀去除、同义词转换等工作，如将 jumps、jumped、jumper 都归结成 jump 进行索引。

3. 索引器

索引器的功能是理解搜索器所搜索的信息，从中抽取出索引项，将文档表示为一种便于检索的方式并存储在索引数据库中，生成文档库的索引表。索引项有客观索引项和内容索引项两种。客观索引项与文档的语意内容无关，如作者名、URL、更新时间、长度、链接流行度等；内容索引项可分为单索引项和多索引项（或称短语索引项），用来反映文档内容，如关键词及其权重、短语、单字等。

索引器采用的文档表示方法有多种，如矢量空间模型、布尔模型、概率模型等。索引表一般使用某种形式的倒排表，由索引项查找相应的文档。即将 Web 文档集合排序存储的同时，有一个排好序的关键词列表，用于存储"关键词⇒文章"的映射关系，索引表也可能要记录索引项在文档中出现的位置，以便检索器计算索引项之间的相邻或接近关系。

4. 检索器

检索器的功能是根据用户的查询在索引库中找出相关文档，进行文档与查询的相关度评价，返回相关度符合某一阈值的文档集合。其检索方法有以下几种：①基于关键词的检索；②基于概念的检索；③基于内容的检索。

5. 用户接口

用户接口的作用是为用户提供可视化的查询输入和结果输出界面，提供用户相关性反馈机制。在输出界面中，搜索引擎将检索结果展现为一个线性的文档列表，其中包含了文档的标题、摘要、所在 URL 等信息，用户需要逐个浏览以寻找出所需的文档。

3.3.2 搜索引擎的类型

1. 按照信息搜集方法和服务提供方式的不同分类

（1）全文搜索引擎（Full Text Search Engine）。全文搜索引擎是名副其实的搜索引擎，国外具代表性的有 Google、AllTheWeb、AltaVista 等，国内著名的有百度、搜狗、天网等。它们都是通过从互联网上提取各个网站的信息（以网页文字为主）而建立的数据库中检索与用户查询条件匹配的相关记录，然后按一定的排列顺序将结果返回给用户。从搜索结果来源的角度，全文搜索引擎又可细分为两种。一种是拥有自己的检索程序（Robot），并自建网页数据库，搜索结果直接从自身的数据库中调用；另一种则是租用其他引擎的数据库，并按自定的格式排列搜索结果，如 Lycos。该类搜索引擎的优点是信息量大、更新及时、毋须人工干预，缺点是返回信息过多，有很多无关信息，必须从结果中进行筛选。

（2）目录式搜索引擎（Search Index/Directory）。目录式搜索引擎以人工方式或半自动方式搜集信息，由编辑员查看信息之后，人工形成信息摘要，并将信息置于事先确定的分类框架中，提供按目录分类的网站链接列表，完全可以不用进行关键词（Keywords）查询，仅用分类目录也可找到需要的信息。该类搜索引擎由于加入了人的智能，所以信息准确，导航质量高，缺点是需要人工介入，维护量大，信息量少，信息更新不及时。国外最具代表性有 Yahoo、Open Directory Project（DMOZ）、LookSmart 等，国内的网易也属于这一类。

（3）元搜索引擎（META Search Engine）。元搜索引擎没有自己的数据，而是将用户的查询请求同时向多个搜索引擎递交，将返回的结果进行重复排除、重新排序等处理后，作为自己的结果返回给用户。这类搜索引擎的优点是返回结果的信息量更大、更全，缺点是只能提交简单的检索，不能传送使用布尔逻辑或其他运算符来限制或改进结果的高级检索提问式，用户需要做更多的筛选。换言之，通常元搜索引擎是以检准率为代价来提高搜索结果的潜在相关性。当要检索一个不熟悉的主题时，为了了解哪些关键词对特定的搜索引擎更为有效，即应当使用元搜索引擎；当使用由一个或两个单词组成的提问式，想快速得到结果，不考虑其效果时，可使用元搜索引擎。著名的英文元搜索引擎有 Xisoso、InfoSpace、Dogpile 等，中文元搜索引擎中具代表性的有万纬搜索、百度狗、metaFisher 等。

2. 按照专业范畴的不同，可分为综合性搜索引擎和专业性搜索引擎

（1）综合性搜索引擎。主要以 Web 网页和新闻组为搜索对象，信息覆盖范围广，适用用户广泛。如 Google、百度、Yahoo、搜狐等均属综合性搜索引擎。

（2）专业性搜索引擎。重点针对某些用户的特殊用途，可查找某一特定领域的信息，如针对科学的、专业领域信息的 Scirus；查询个人地址、电话、电子邮件及相关信息 Peopplesearch、Address、Finder 等；查询地图及相关信息的 Mapblast、Mapquest、图行天下（Go2map）等；查询多媒体信息的 VisualSEEK、Virage 等。

3.3.3 搜索引擎的基本检索功能

1. 初级搜索功能

（1）搜索入门。只需要在搜索框内输入需要查询的内容，点击搜索按钮，就可得到符合查询需求的网页内容。

（2）使用空格。使用多个词搜索，不同词语之间用一个空格隔开（逻辑与的关系），可以找到更精确的结果。注意，虽然搜索引擎可以自动将不同的词语拆分后搜索，但是在查询词比较复杂时，最好在不同词语之间输入空格，可使结果更准确。

（3）使用 OR。如果几个关键词中任意一个出现在结果中就满足搜索条件时，可在关键词之间使用 OR 连接符。注意，OR 必须大写。

（4）使用双引号。当输入较长的查询词时，搜索引擎会依据查询字符串做拆字处理。若需要得到精确、不拆字的搜索结果，可在关键词前后加上双引号。

（5）使用减号。如果发现在搜索结果中，有很多网页包含不希望看到的某些特定词，可以使用减号去除这些网页。注意，前一个关键词和减号之间必须有空格，否则，减号会被当成连字符处理，而失去减号逻辑非功能。减号和后一个关键词之间，有无空格均可。

（6）使用通配符。可以用通配符"＊"来替代检索词中的一个或多个字符。如用检索式"中＊科＊院"可以检出中国科学院、中国社会科学院等结果。而通配符"＊"用于英文单词的检索时，可将不同时态、用法的词一并检出。

（7）禁用词的使用。为提高查准率，搜索引擎将常用的一些介词、冠词、数字和单个字母等高频词作为禁用词，在检索时自动忽略，如果必须使用禁用词时可用＋或""。

2. 高级搜索功能

（1）将搜索范围限定在网页标题中——intitle。网页标题通常是对网页内容提纲挈领式的归纳。将查询内容限定在网页标题中，有时能获得良好的效果。使用的方式，是将查询内容中特别关键的部分，用"intitle："领起来。注意，"intitle："和后面的关键词之间无空格。

（2）将搜索范围限定在特定站点中——site。如果知道某个站点中有需要的信息，可将搜索范围限定在这个站点中，提高查询效率。其方法是在查询内容的后面，加上"site：站点域名"。注意，"site："后面的站点域名，不要带"http：//"；另外，"site："和站点名之间无空格。

（3）将搜索范围限定在 URL 链接中——inurl。网页 URL 中的某些信息，常常有某种有价值的含义，如果对搜索结果的 URL 做某种限定，可获得良好的效果。其方法是用"inurl："，后跟需要在 URL 中出现的关键词。注意，"inurl："和后面的关键词无空格。

（4）将搜索范围限定在网页〈body〉部分中——intext。即只搜索网页〈body〉部分中包含的文字，而忽略标题、URL 等的文字。其方法是用"intext："，后跟需要在网页〈body〉部分中出现的关键词。注意，"intext："和后面的关键词无空格。

（5）限定搜索的文件类型——filetype。很多有价值的重要文档在互联网上存在的方式往往不是普通的网页格式，而是 Office 文档或者 PDF 文档。搜索引擎支持对 Office 文档（包括 Word、Excel、Powerpoint）、Adobe PDF 文档、RTF 文档进行全文搜索。要搜索这类文档，只需要在普通的检索词后面，加一个"filetype："来对文档类型进行限定。"filetype："后可以跟 DOC、XLS、PPT、PDF、RTF 等文件格式。

3.3.4　主要搜索引擎简介

1. Google（http：//www.google.com）

1997 年，Larry Page 和 Sergey Brin 在斯坦福大学的学生宿舍内共同开发了全新的在线搜索引擎，即 Google。2007 年 1 月 15 日，美国一家名为 comScore 的互联网行业调查机构发布报告说，Google 公司在美国市场所占份额达到 47.4%，高居第一。而跨国品牌调研及咨询公司明略行（Millward Brown）在 2007 年 4 月最新公布的 2007 年度全球最强势品牌排行榜中，Google 以 664.34 亿美元的品牌价值遥遥领先于通用、微软等其他知名品牌。虽然近年来因为 Google 网站的稳定性不佳等因素导致 Google 在中国的市场份额下降并落后于百度，但在英文信息的检索领域，Google 仍然保持着它的特色和优势，其主页如图 3-3-2 所示。

图 3-3-2　Google 主页

Google 只提供搜索引擎功能，其界面简洁、易用，搜索速度快捷，所输入的任何关键字或信息均能得到快速响应。Google 凭借其独特的网页级别技术 PageRank 提供高命中率的搜索结果，其语链分析的算法还会将搜索结果排列出优先次序，从而使重要的结果排列在前，节省查询时间。Google 的网页级别利用了互联网独特的民主特性及其巨大的链接结构。简单地说，当从网页 A 链接到网页 B 时，Google 就认为"网页 A 投了网页 B 一票"。同时，Google 将网页级别与完善的文本匹配技术结合在一起，它所关注的远不只是关键词在网页上出现的次数，还会对该网页的内容（以及该网页所链接的内容）进行全面检查，从而确定该网页是否满足用户的查询要求。

2. 百度（http：//www.baidu.com）

2000 年 1 月 1 日，百度由两位北大校友李彦宏、徐勇创立于北京中关村。2000 年 5 月，百度首次为门户网站——硅谷动力提供搜索技术服务，之后迅速占领中国搜索引擎市场，成为最主要的搜索技术提供商之一。2001 年 10 月 22 日，百度搜索引擎正式发布，专注于中文搜索。据新浪科技在于 2006 年 9 月 13 日公布的一份 2006 年中国搜索引擎市场调查报告显示，百度已经成为中国搜索引擎市场的老大，市场占有率领先 Google 40 多个百分点，达 64.5%，其主页如图 3-3-3 所示。

图 3-3-3　百度主页

作为目前全球最优秀的中文信息检索与传递技术供应商之一，百度在中文互联网拥有天然优势。百度是由中国人自主开发的搜索引擎，其服务器分布在中国各地，保证用户通过百度搜索引擎可最快的搜索到世界上最新最全的中文信息。百度开发出关键词自动提示功能，输入拼音，就能获得中文关键词正确提示；还开发出中文搜索自动纠错功能，如果误输入错别字，可自动给出正确关键词提示。2005 年 6 月 21 日，百度发布了"百度知道"，这是一个基于搜索的互动式知识问答分享平台，用户可根据具体需求有针对性地提出问题，通过积分奖励机制发动其他用户，来创造该问题的答案。同时，这些问题的答案又会进一步作为搜索结果，提供给其他有类似疑问的用户，达到分享知识的效果。

3. Yahoo（http：//www. yahoo. com）

Yahoo 由美国斯坦福大学电机工程系博士生杨致远和大卫·费罗于 1994 年创建，是全球第一个也是目前 WWW 环境下最著名的分类主题索引。有英、中、日、韩、法、德、意、西班牙、丹麦等 10 余种语言版本，各版本的内容互不相同，提供类目、网站及全文检索功能。目录分类比较合理，层次深，类目设置好，网站提要严格清楚，但部分网站无提要。网站收录丰富，检索结果精确度较高，有相关网页和新闻的查询链接。

在搜索方面，全面采用雅虎公司的世界顶级搜索技术。雅虎最早以人工分类和网址收集见长，随后斥资 26 亿美元收购了可与 Google 匹敌的 Inktomi、Overture（全球最大搜索广告商务提供商）、Fast、AltaVista、Kelkoo（欧洲第一大竞价网站）等 5 家国际知名搜索服务商，用一年多时间打造出独特的雅虎搜索技术（YST 技术）。雅虎搜索目前是国际两大顶级网页搜索引擎之一，也是全球使用最高的搜索引擎之一，具有全球第一的海量数据库。2004 年，阿里巴巴雅虎引入 YST 技术，并迅速成长为中国搜索市场的第二名。除了中文搜索之外，雅虎搜索凭借其遍布全球的网站渠道，也支持中国用户完成包括英文在内的 38 种语言搜索。

4. 北大天网中英文搜索引擎（http：//e. pku. edu. cn）

北大天网中英文搜索引擎由北京大学开发，提供全文检索、新闻组检索、FTP 检索（北京大学、中科院等 FTP 站点）。目前已经收集了过亿的 WWW 页面和 14 万篇 Newsgroup（新闻组）文章。支持简体中文、繁体中文、英文关键词搜索，不支持数字关键词和 URL 名检索。

5. 新浪搜索引擎（http：//search. sina. com. cn）

新浪搜索引擎是互联网上规模最大的中文搜索引擎之一。设大类目录 18 个，子目 1 万多个，收录网站 20 余万。提供网站、中文网页、英文网页、新闻、汉英辞典、软件等多种资源的查询。

6. AltaVista（http：//www. altavista. com）

AltaVista 有英文版和其他几种西文版，提供纯文字版搜索，提供全文检索功能，并有较细的分类目录。网页收录极其丰富，有英、中、日等 25 种文字的网页。搜索首页不支持中文关键词搜索，但有支持中文关键词搜索的页面。能识别大小写和专用名词，且支持逻辑条件限制查询。高级检索功能较强。提供检索新闻、讨论组、图形、MP3/音频、视频等服务以及进入频道区（zones），对健康、新闻、旅游等进行专题检索。有英语与其他几国语言的双向在线翻译等服务，有可过滤搜索结果中有关毒品、色情等不健康的内容的"家庭过滤器"功能。

7. Excite (http：//www. excite. com)

Excite 是一个基于概念性的搜索引擎，它在搜索时不仅搜索输入的关键字，还可"智能性"地推断要查找的相关内容并进行搜索。除美国站点外，还有中文及法国、德国、意大利、英国等多个站点。查询时支持英、中、日、法、德、意等 11 种文字，提供类目、网站、全文及新闻检索功能，目录分类接近日常生活，细致明晰。网站提要清楚完整，搜索结果数量多，精确度较高。有高级检索功能，支持布尔逻辑（AND 及 OR 搜索）查询。

8. Lycos (http：//www. lycos. com)

Lycos 是一个多功能搜索引擎，提供类目、网站、图像及声音等多种检索功能。目录分类规范细致，类目设置较好，网站归类较准确，提要简明扼要。搜索结果精确度较高，尤其是搜索图像和声音的功能很强。有高级检索功能，支持布尔逻辑查询。

9. AOL (http：//search. aol. com)

AOL 提供类目检索、网站检索、白页（人名）查询、黄页查询、工作查询等多种功能。目录分类细致，搜索结果有网站提要，按照精确度排序。支持布尔逻辑运算，支持邻近检索，包括 ADJ 以及 NEAR 等。有高级检索功能，可针对要求在相应范围内进行检索。

10. HotBot (http：//hotbot. lycos. com)

HotBot 提供详细类目的分类索引，搜索速度较快。有功能较强的高级搜索，提供有多种语言的搜索功能，以及时间、地域等限制性条件的选择等。另提供音乐、黄页、白页（人名）、Email 地址、讨论组、公路线路图、FTP 检索等专类搜索服务。

3.3.5　搜索引擎的检索技巧

1. 分析检索的主题

分析检索的主题，即分析所要查询的主题、目的和要求，包括确定需要的信息类型、查询方式、查询范围、查询语言等。

2. 选择检索工具

一般来说，如果是搜索英文信息，使用 Google 会更为有效，而搜索中文信息则倾向于使用百度，特别是有某个问题需要获得答案的情况下建议优先选择"百度知道"。

3. 提取合适的检索词

如果选一个完整的句子作为主题进行检索，往往很难得到符合要求的结果，如果只选一个检索词进行检索，则又会得到成千上万，甚至数以百万计的结果，从而失去检索意义。所以，应该从检索主题中提炼出简单的，与要求内容密切相关的检索词。同时，为了提高检索的准确度，应尽量选择专指词、特定概念或专业术语作为检索词，避免普通词和泛指概念。

4. 根据检索结果调整检索策略

首次提取的检索词一般很难得到满意的结果，如果在所列结果的前两页都没有找到有价值的信息，就应调整检索策略直到使检索结果越来越接近目标。Google 和百度在搜索结果页下方提供的"相关搜索"，就是罗列的一些和所检索主题很相似的一系列查询词，并按搜索热门度排序。另外，当检索结果数量太多且准确性不高时，可以通过增加密切相关的检索词来对结果进行进一步的提炼；当所得检索结果数量太少时，可以通过使用同义词、近义词来扩大检索范围。

5. 使用高级检索，提高检索效率

大多数搜索引擎都提供高级检索功能，它在默认值、灵活性、定位精确性、条件限定以及检索词间的逻辑组配等方面都优于普通搜索功能，特别适合于不熟悉信息检索技术的新手或者当搜索主题复杂，限定条件繁多的情况下使用，可以显著地提高检索效率，图 3-3-4 为百度的高级检索界面。

6. 使用"网页快照"

如果无法打开某个搜索结果，或者打开速度特别慢，可使用"网页快照"。"网页快照"是通过把网页存在搜索引擎的服务器里实现的。所以使用"网页快照"要比常规链接的速度快得多。尤其是当搜索的网页已经不存在时，可以使用"网页快照"功能应急。

7. 尝试直接到信息源查找

在检索特别是诸如政府工作报告、政策白皮书等信息时，如直接检索名称无

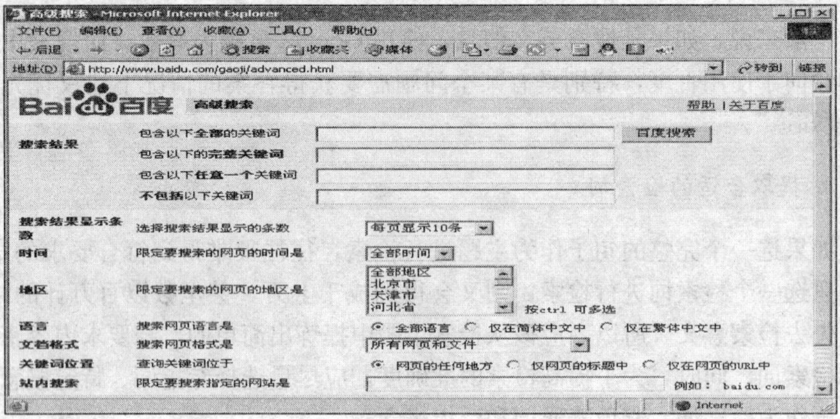

图 3-3-4　百度高级检索界面

法得到满意结果时，可尝试直接到信息源网站去查找。可先查发布相关资料的机构名称，再检索得到该机构的官方网站地址，然后利用该机构提供的站内搜索、主题分类等途径查找相关信息。

8. 对检索的结果进行层回推，放大信息量

比如在 google 里检索 "molecular biology" 得到了这样一个网址 "http：//www. icmb. ed. ac. uk/teaching/molbio/blakely. htm"，如果把它回推到 "http：//www. icmb. ed. ac. uk/teaching/molbio" 和上一层的 "http：//www. icmb. ed. ac. uk/teaching"，就可以得到很多意想不到的结果。

9. 对检索结果进行适当的筛选、鉴别

检索只是手段，最终目的是要找到真正有价值的信息，在检索结束之后，应对检索结果进行筛选、鉴别。因为即使是与目标密切相关的结果仍然有优劣之分，而搜索引擎按照它自己规则排列的优先次序也许与需求并不一致，所以适当的筛选必不可少。一般来说可以通过综合比较排序、网址链接、文字说明等来做分析，比如对于政府报告、白皮书等，其信息来源越权威的可信度越高，应优先选择网站后缀中带有 .gov、.mil 等官方机构的链接。

3.4　专业信息检索工具

3.4.1　学术类信息

1. Socolar（http：//www. socolar. com）

是中国教育图书进出口公司最新开发的一个开放获取免费电子期刊数据库平台，目前拥有 6115 种期刊、1 千余万篇期刊全文，是国内最大的开放获取（Open Access，OA）期刊论文的数据库。所谓开放获取是指由同行评审期刊论文、会议论文以及技术报告、学位论文和工作论文共同组成的资源，允许使用者检索、阅读、下载、复制、传播、打印这些文献的全文，并作为数据编入到软件中，而无费用、法律或技术的障碍，唯一的限制就是要求保证作者拥有保护作品完整性的权利，同时在使用作者作品时应注意相应的引用信息。

Socolar 提供开放存取机构仓储、开放存取期刊文章级检索与导航服务，支持简单检索、高级检索、逻辑检索，检索项目包括标题、作者、摘要、关键词、学科、出版年度、期刊名、ISSN、出版社等。

2. DOAJ（http：//www. doaj. org）

创建于 2003 年 5 月，由瑞典隆德大学图书馆（Lund University Libraries）主办、OSI 和 SPARC 协办整理的一份开放期刊目录。DOAJ 目前搜集整理了网上免费的、可获取全文的、高质量的开放访问期刊 2647 种，可获取全文 131 415 篇，是开放访问中最有影响的热点网站之一。DOAJ 可以通过期刊名称浏览和期刊的主题分类两种方式进行查询，收录了包括农业及食品科学、生物及生命科学、化学、健康科学、语言及文学、数学及统计学、物理及天文学、工程学、美学及建筑学、经济学、地球及环境科学、历史及考古学、法律及政治学、哲学及宗教学、社会科学等 15 个学科主题。

3. OpenDOAR（http：//www. opendoar. org）

由英国的诺丁汉（Nottingham）大学和瑞典的伦德（Lund）大学图书馆在 OSI、JISC、CURL、SPARC 欧洲部等机构的资助下于 2005 年 2 月共同创建的开放获取机构资源库、学科资源库的目录检索系统，可以通过机构名称、国别、学科主题、资料类型等途径检索和使用这些知识库，它和开放获取期刊目录 DOAJ 共同构成当前网络免费全文学术资源检索的主要平台。

4. Scirus（http：//www. scirus. com）

由爱思唯尔科学公司（Elsevier Science）于 2001 年 4 月 1 日推出，是互联网上最全面、综合性最强的科技文献门户网站之一。目前 Scirus 已将 9 千万个网页编入索引中，它还包括 1280 万条 MEDLINE 文摘；160 万篇 ScienceDirect 全文；90 万件 USPTO 专利；近 66 万篇 Beilstein 文摘；近 25 万篇 IDEAL 全文；10 310 篇 NASA 技术报告；近 20 万篇来源于 E-Print ArXiv 的电子文献；1410 篇来源于 CogPrints 的电子文献；565 种来自 Mathematics Preprint Server 的预印本；820 篇来源于 BioMed Central 的全文；465 种来自 Chemistry Preprint Server 的预印本；343 种来自 Computer Science Preprint Server 的预印本。Scirus 索引每月更新，可检索 1973～2002 年间发表的文献。缺省情况下，Scirus 将检索结果按相关度进行排序，也可将检索结果按日期排序。Scirus 提供的期刊资源可以免费查看题录和文摘。

5. Scholar（http：//scholar. google. com）

是 Google 于 2004 年 11 月推出的一项免费学术文献搜索服务，其服务对象主要是科学家和各类从事学术研究的人员，内容涵盖自然科学、人文科学、社会科学等学科。Scholar 是一个很好的学术资源发现工具，可同时对多个数据库资源进行检索。一方面它过滤了普通网络搜索引擎中大量对学术人士无用的信息，另一方面 Google 与众多学术文献出版商等合作，加入了许多普通搜索引擎无法搜索到的加密内容，并要求合作者至少免费提供文献的文摘。Scholar 本身并不提供原文服务，读者需要向资源出版者索要原文，索要原文的方式根据出版者的不同有着很大的差异。Scholar 提供了简单检索、限定检索、高级检索、逻辑表达式检索等检索方式。

3.4.2　工业类信息

1. 水网（http：//www. shuiwang. com/watersearch）

建于 2000 年初，是水行业创建最早、最具特色的网站之一，具有相当高的知名度，已得到国内外许多业内人士的好评。

2. 电力产品网（http：//www. powerproduct. com/search）

是电力行业的知名专业网站，设有产品供求、会展招标、人才科技和电力博客等几大板块，提供最专业、最有价值的商业资讯，是电力人的网上家园。目前网站在 alexa 排名稳居同行业之首，为电力行业第一品牌网站，是国内目前电力行业最大最全的搜索引擎。

3. 电气搜索（http：//www. cnelc. com/bid/guangyu. asp）

是世界上最大的电气信息搜索引擎，拥有全球最大的电器公司、产品与相关信息库。

4. SoABC 全球最大电器（电气）搜索引擎（http：//www. soabc. com）

主要从事电器（电气）搜索，网站主要推广功能有：网站排名、排名右侧推广、关键字广告等。

5. 中国电力（http：//www. chinapower. com. cn/sitesearch）

6. 电气搜索（http：//www. 71168. cn/AD/71168/20070101. htm）

7. 化工引擎（http：//www. chemyq. com/）

8. 化工搜索（http：//chemdoc. chem. cn）

3. 4. 3　医学类信息

1. 中国生物医学文献数据库（CBMdisc）（http：//www. imicams. ac. cn/cbm）

是中国医学科学院医学信息研究所开发的检索系统，收录了自 1978 年以来 1600 余种中国生物医学期刊中约 300 万篇文献，内容涉及基础医学、临床医学、预防医学、药学、中医中药及医院管理等，包括简单的题录（也包括引文在内的摘要），有关键词、作者及刊名等检索途径供查询。

2. Medical Matrix（http：//www. medmatrix. org）

由美国医学信息学会主办，是目前最重要的医学专业搜索引擎。它是一个可免费进入的 Internet 临床医学数据库，提供了关键词搜索和分类目录搜索，最适合临床医师使用。Medical Matrix 收集的内容专业、全面，而且对每一内容有评论和分级，是首选的医学专业搜索引擎。Medical Matrix 的使用方法与其他 Internet 信息检索工具的使用方法基本相同，有分类和关键词两种检索方式，其特点是提供免费 Mailing Lists，只要订阅了它的 Mailing Lists，即可定期收到网上新增医学节点的通知。

3. Medical World Search（http：//www. mwsearch. com）

是 1997 年建立的一个医学专业搜索引擎，它采用的是美国国立医学图书馆发展建立的统一医学语言系统（Unified Medical Language，UMLS），可以使用 500 000 多个医学术语，包括使用各种同义词进行检索，搜索的准确性很高。对注册的用户能自动记住最近的 10 次检索和最近通过 Medical world Search 进入的 10 个网页，以供随时调用。

4. Achoo（http：//achoo. 8media. org）

是美国 MNI 系统公司创建并维护的医学搜索引擎节点，是互联网上用户较多的医学类搜索引擎。在 Lycos 和 Top 排行榜中，Achcoo 不仅排列在医学搜索引擎的首位，也是医药卫生健康类节点的冠军。Achoo 收录了数以千计的医学资源，还辟专栏介绍每周新入节点和反映医学最新进展、最新发现的页面，可经主页直接进入查询页面，或是进入各个目录中浏览。

5. OMNI（http：//www. omni. ac. uk）

是由英国 Nottingham 大学维护的生物医学搜索引擎。Omni 的构建和使用方式与其他搜索引擎相似，它的特点是详细收集了英国和其他国家的 Web 节点信息。Omni 的菜单式浏览页面颇具特色，用户可以自己选择要查询的页面，各个文档是按照英文字母顺序排列，或是按照主题分类排列，或是按照 MeSH 主题顺序排列。

6. PUBMED（http：//www. ncbi. nlm. nih. gov/pubmed）

是美国国立卫生研究所（NIH）下属美国国立医学图书馆（NLM）开发的互联网检索系统，建立在国立生物医学信息中心（NCBI）平台上。PUBMED 主要提供基于 WEB 的 MEDLINE 数据库检索服务，其中包括医学文献的订购、全文在线阅读的链接、专家信息的查询、期刊检索以及相关书籍的链接等。

3.4.4　专利信息检索

专利信息是一种重要的文献信息资源，有很高的科技含量，具有新颖性、首创性和实用性等特点，是科研人员必须经常查阅的重要资源。各国专利部门和专利信息服务机构都通过互联网上提供各种专利信息服务，有的还免费提供专利全文信息。主要的专利信息网站及检索方法详见本书第 9 章。

3.4.5　标准信息

1. 中国标准网（http：//www. zgbzw. com）

由北京科技发展有限公司创办，是检索中国标准信息的专业网站，设有：在线查询、标准新书目、图书目录、标准知识、重点标准图书、图书分类索引等栏目。其中"在线查询"栏目可提供国家标准查询和行业标准查询（以标准号和标准名称为检索项）；图书查询（以题名为检索项）；国家标准详细分类查询（以起始分类号和结束分类号为检索项）。

2. 中国标准咨询网（http：//www. chinastandard. com. cn）

由中国技术监督情报协会、北京中工技术开发公司与北京超星信息技术发展有限责任公司于 2001 年 4 月正式开通运行的标准信息检索网站。数据每日更新一次，可提供国内外标准信息、质量认证信息等全方位的网上咨询服务。设有标准数据库、标准信息、技术监督法规信息、质量认证信息等栏目。其中"标准数据库"栏目可提供国际标准、国家标准的检索，可链接 ISO、IEC 等标准数据库。检索途径有：中文标准名称、标准号、发布日期等。检索时既可以单字段检索，也可以多字段同时检索，即将所有的检索项同时输入相对应的检索框，点击检索即可获得该标准的详细内容。

3. 中国标准服务网（http：//www. cssn. net. cn）

中国标准服务网标准信息数据库于 2001 年 4 月向社会开放，可免费检索查询中国国家标准、国际标准以及发达国家的标准数据库，标准全文需要付费获取。

4. PERINORM 标准数据库（http：//www. techstreet. com/perinorm. html）

提供了世界上 50 万余条工业技术标准文献及规范，其中包括 ETSI、ISO、IEC、ITU、ASTM、ASME、IEEE 等组织制定的标准，并有简要说明和订购价格。有快捷检索和高级检索两种检索方式。

5. ISO 国际标准化组织（http：//www. iso. org）

是世界上最大的非政府性标准化专门机构，成立于 1947 年，由 157 个不同国家的国际机构、政府、工业、商业和消费者代表构成，在国际标准化活动中占主导地位。ISO 可以按国际标准分类法（ICS）、标准名称、关键词、文献号等多种途径进行检索，所提供的检索结果包括相关标准的 ICS 类号、类名、标准号、标准名称、版次、页数等订购信息。

6. 国际电工委员会（http：//www. iec. ch）

是世界上成立最早的非政府性国际电工标准化机构，主要负责制定公布电气、电子、电讯等方面的国际标准。我国于 1957 年加入 IEC。IEC 的宗旨是促进电工标准的国际统一以及电气、电子工程领域中标准化及有关方面的国际合作。主要通过标准号、主题词进行检索。

7. 美国国家标准学会（http：//web. ansi. org）

是美国国家标准化中心，负责制定美国标准，或将其他团体制定的专业标准经审批后作为 ANSI 标准，提供 ANSI 机构标准化活动、业务等信息。

8. 美国国家标准网络系统（http：//www. nssn. org）

提供 National/ Regional Standards、US Standards in Development、ISO/ IEC/ITU Approved Standards、ISO/IEC Development、US DoD Approved Standards、CFR 等标准化信息的检索。

9. 英国标准协会的联机标准数据库（http：//bsonline. techindex. co. uk）

是英国标准协会（BSI）提供的最有权威性和最通用的查找英国、欧洲和国际标准的联机标准数据库。数据每日更新，内容涵盖了 38 500 多件正在起草的、现行的、以前执行的英国标准信息，16 000 多件英国采用的欧洲和国际标准信息。

3.4.6　科技报告

1. 美国 OSTI 灰色文献网（http：//www. osti. gov/graylit）

该网站始建于 2000 年 3 月，由美国能源部的科学和技术情报处联合 DOD/ DTIC（美国国防部与国防技术情报中心）、NASA（美国国家航空和宇宙航行局）和 EPA（美国环境保护署）共同开发，是联邦基金资助的研究和发展项目技术报告的一个网络入口。通过该网站可以检索 DTIC Report Collection、DOE Information Bridge、NASA Langley Technical Reports、EPA Reports-NEPIS 等技术报告，可以免费联机获取报告的全文信息。

2. 计算机科技报告（NCSTRL）（http：//www. ncstrl. org）

提供世界上非商业性质机构发布的有关计算机学科的科技报告，这些机构大多数为授予计算机科学和工程学博士学位的大学，也包括一些企业和政府的研究机构，可免费得到全文。

3. 美国国防技术情报中心（DTIC）（http：//stinet. dtic. mil）

提供美国国防技术情报中心最近 11 年来的公开技术报告，提供文摘，一部分提供全文。

3.4.7 统计数据

统计数据可科学、直观地反映某一领域内各项因素的现状，特别是通过不同领域内的同项指标的对比，或通过同一领域内某一指标在不同时间段的比较，清楚地反映出某项因素的发展动向，为科学研究和决策提供科学依据。互联网上常用的统计数据网址如下：

中华人民共和国统计局（http：//www. stats. gov. cn）

中国年鉴信息网（http：//www. chinayearbook. com/index. asp）

中华人民共和国交通部的统计数据（http：//www. moc. gov. cn/tongji/tongji. htm）

中国互联网络信息中心（http：//www. cnnic. net. cn）

美国劳工部（http：//www. bls. gov）

美国交通部（http：//www. bts. gov）

美国普查局（http：//factfinder. census. gov）

联合国教科文组织（UNESCO）统计（http：//www. uis. unesco. org）

世界贸易组织（http：//www. intracen. org/index. htm）

第4章 联机和光盘数据库信息的检索

4.1 联机和光盘数据库概述

4.1.1 联机数据库概况

早在 20 世纪 60 年代，美国就进行了联机检索的研究，并在 1969 年研制出第一个大型的联机检索系统。在 20 世纪 70 年代末至 80 年代中期是国外数据库发展速度最快的时期，从 1979 年到 1990 年全世界的联机检索系统从 59 个增加到现在的 644 个，数据库从 400 个增加到 4460 个。目前许多著名的联机检索系统（如 Dialog 联机检索系统等）已成为商业系统进入国际信息领域。由于国际联机检索系统具有速度快、查准率高等优点，目前已成为世界各国各个行业获得重要信息的来源。在世界上众多的联机检索系统中，影响较大并在我国使用的系统主要有：Dialog 系统、STN 系统和 ORBIT 系统。

4.1.2 光盘数据库概况

光盘数据库是 20 世纪 80 年代利用激光、计算机、数字通信和光电集成等现代高科技技术相结合的结晶。光盘是一种新型的信息载体，优点是存储密度高、信息量大、介质成本低、易于存放。根据可否重新读写，光盘分为可擦写光盘和只读光盘两种。根据使用的通信方式，光盘又可分为单机版和网络版。

光盘数据库内容广泛，涉及社会科学、自然科学、工程设计、计算机、生命科学、生物医学、地质、农业、商业等各个学科，到目前为止全世界有近 3000 家公司出版发行光盘 3000 多种，更新换代快，检索功能日趋完善。随着光盘数据库技术的不断发展，除最初的书目数据库外，还出现了数值型数据库、全文数据库以及图像型、音频型、软件型和多媒体的光盘产品。由于光盘数据库的软件在不断地升级，从最初的单机配备一台光盘驱动器，发展到以局域网形式共享光盘塔上数据。

光盘数据库所具有的独特性能，给联机检索带来了较大的竞争和挑战。与联机检索比较，光盘数据库在检索费用方面比联机费用低，用户在检索时不受时间限制，其检索功能也较强，除可随时调整检索策略，重新选择主题词进行检索，直至得到满意的检索结果外，同时还可保留检索策略，随时调用。另外光盘数据库可作联机检索时的预检，以了解主题词的相关词、同义词、近义词以及它的词干，还可用于了解各个主题词出现的词频，为进一步确定相关数据库，编制一个高质量的检索策略，既能缩短联机机时，又能获得较高的查全率和查准率。

4.2　联机数据库

4.2.1　Dialog 联机检索系统

1. 概况

Dialog 是世界上最大的联机检索系统，从 1972 年开始建立第一个商用数据库到现在，已成为拥有近 600 个集文献信息系统、专业信息库、事实信息和全文信息于一体的大型专业数据库，约占全世界机读文献总量的 50% 以上，收录世界各国 6 万多种期刊中的论文以及会议论文、专利说明书等 5 亿多条。学科范围涵盖综合科学、化学、工程、工业、农业、生物学、能源、环境保护、商业、财政、社会学、法律、教育、文艺等 18 个领域，几乎覆盖了各行各业的信息。它所收录的科技信息以书目型文摘居多，公司、厂商信息多为目录型数据，新闻和行业、商业报告则为全文，还有表格和图形文件等形式。信息更新频率可根据数据性质不同分为每分钟、每天、每月或每季度不等。Dialog 联机检索系统作为世界上一种权威性数据库的提供者，它的检索功能强大而精确，其信息数据库多数为实时更新而且种类丰富，因而备受世界各国用户的青睐。

Dialog 的优势不仅体现在信息资源的庞大，更在于其具有很高的权威性。Dialog 数据库的供应者均为世界各国著名专业信息机构、出版社和新闻媒体，如美国化学文摘社、D&B 公司、路透社、道琼斯、标准普尔等。Dialog 系统作为世界最受推崇和最权威的科技和商务信息资源，正在为 150 多个国家的 20 多万专业用户提供服务。Dialog 系统的数据来源于世界著名信息服务机构和专业数据库供应商，其信息有很强的延伸性，它不仅提供即时信息，而且可以迅速回溯查找一、两年前，甚至 20 多年前的历史数据，有利于了解整个事件的来龙去脉，以及行业、技术和公司发展的各阶段状况。Dialog 中还收集了大量国外著名市场研究机构的报告，如 EIU、Euromonitor、MAID 等。

在 Dialog 检索系统中，一般情况下一个数据库就构成一个文档，并给予一个文档号，大型的数据库可按年代划分为若干个文档，如化学文摘（CA）399 文档（1967～现在）、308 文档（1967～1971 年）、309 文档（1972～1976 年）、310 文档（1977～1981 年）、311 文档（1982～1986 年）、312 文档（1987～现在）。每个文档可单独检索，也可同时检索多个文档。DIALINDEX 是各个文档的总索引（即 411 文档），该文档不存储具体的记录内容，是存储 Dialog 系统全部文档的基本索引和辅助索引，只有命中记录数量。用户可用检索词或逻辑组配的检索式在这个文档中查阅有关记录的具体数量，以此验证所选择的检索词或逻辑组配的检索式是否正确，是否合理，以便选取最佳的检索策略和最合理的数据库。使用 411 文档的机时费较低，这对于 Dialog 系统用户来说是一种最实用的检索途径。另外 Dialog 系统还出版了一种蓝色活页的数据库说明书《Search DI-ALOG-The Complete Guide》，通常称蓝页。蓝页中对每个数据库的内容、文档结构、字段均有较详细的叙述，可帮助用户选择数据库及有关文档。

2. Dialog 系统的服务内容和方式

Dialog 系统除提供常规的联机检索服务外，还提供以下专项服务：

（1）Knowledge Index（知识检索）。是 1982 年推出的一种晚间联机检索，其检索方法简便，既可用简化的指令语言，也可用菜单检索，适合于家庭用户和办公室人员上机使用。

（2）Dialog Business Connection（商界联合服务）。是专门满足商界的信息需要而设计的一种服务。它提供简单的菜单驱动式的人机接口，可便利地查阅有关 Dialog 系统中各种经营管理类的数据库，并快速获得有关商业和财政分析所需要的事实和数据信息。

（3）One Search（多文档检索服务）。1987 年开始提供这种服务，允许用一个检索策略同时检索多个数据库（最多 20 个文档），还可以修改检索策略，显示检索结果和删除重复。检索时，可以直接指定文档号为检索词，如 BEGIN 350、351、310、312 等。

（4）Electronic Mail（电子邮件服务）。该服务可以把检索结果传输到用户的电子信箱中，另外，它还可与其他电子邮政系统连接。

（5）DIALORDER（原文订购服务）。用户在联机检索过程中可以提出订购某些原文的请求，该服务便立即处理用户与原文提供商之间的订购业务。

3. 检索功能及打印格式

1）检索功能

Dialog 系统的检索功能较强，约有 60 多条命令，其中常用的有 20 多种，见表 4-1。

除表 4-1 所述功能外，Dialog 系统还同时提供布尔逻辑组配功能，即 AND、OR、NOT。为了更能准确表达词间的关系，避免用"AND"组配的关键词范围更宽，该系统还可使用（W）或（）、（nW）、（n）、（nN）、（S）、（F）、（L）、（T）等位置和限制功能。系统有 an、and、by、for、from、of、the、to、with 9 个禁用词，这些禁用词均可用位置算符代替。另外，还可采用截词符，以减少其输入量，提高查全率。Dialog 系统规定的截词符有 3 种形式，即开放式、限制式和嵌入式，截词符用"?"表示。有关布尔逻辑算符、位置算符及截词符的具体用法参见第 2 章。

表 4-1　Dialog 系统的命令及功能

命　　令	功能、格式	举　　例
BEGIN	文档选择，? B［数据库文档号］	? B 350，351
ADD	增加检索数据库，变成多库检索	? ADD 399，631
SELECT 或 S	进行关键词检索	? S Polymer light Conductive
COMBINE 或 C	组配检索	? C 1 and 2
SELECT STEPS 或 CC	步进检索，用 SS 可产生每个关键词步骤号和结果	? SS Metal and Nanocomposite
SET FILES 或 SF	? SF［文档号系列或一级类目名或三级类名］	? SF 6，351，8
SET DETALL ON	多库检索时，分别显示各个数据库命中记录数量	
SET SELECT SHORT	关闭检索词的词频显示，只显示命中记录数量	
RANK FILES 或 RF	将 SF 命令后跟的多文档检索结果按命中记录数量排序，并给一个文档配个 N 号，此号可在下一步多文档一次检索 BEGIN 命令中	
DISPLAY 或 D	显示记录，? D［检索步骤号/显示格式/记录序号］	? D S5/AU/1-18
TYPE 或 T	联机打印	? T S6/TI，SO，AB/all
PRINT 或 P	脱机打印	? P S7/TI，AU，SO，AB/all
SAVE	保留检索式	
Recall	调用保留检索式? RECALL［文件名］	
RELEASE	取消保留检索式 ? RELEAS［文件名］	
EXECUTE STEPT	执行保留检索式 ? EXE［文件名］	
EXPAND 或 E	词表扩展。? E［文件名］	
SORT	排序输出，A 表示升序，D 表示降序	
ORDER ORDERITEM	联机原文订购	
LOGOFF OFF 或 LOG	结束检索，关机	

2) 打印格式和存储功能

Dialog 系统打印格式见表 4-2。

表 4-2　Dialog 系统打印格式

打印格式	含　义
Format 1	DIALOG Accession Number
Format 2	Bibliographic Citation and Keyword Phrase
Format 3	Bibliographic Citation
Format 4	Full record with Tagged Fields
Format 5	Full record
Format 6	Title and Journal Reference
Format 7	Citation and Abstracts
Format 8	Title, Keyword Phrase (s) and Descriptors
Format 9	Title Only (no accession number)

注：不同的数据库其著录格式和打印格式是不相同的。

Dialog 系统的检索存储功能有四种，即 SAVE、SAVE MAP、SAVE ALERT和MAP。

SAVE 指令格式为：SAVE〈文件名〉。该存储指令表示系统长期保留从 BE-GIN 指令开始检索的所有检索策略，以便在其他时间、其他文档中执行存储的检索策略。

SAVE MAP 指令格式为：SAVE MAP〈文件名〉。该指令表示暂时保留检索指令，暂时保留期限为 7 天，保留期间存储免费。在该期间，系统可随时在任何文档中调用，到期限则自动消除，常用于 DIALINDEX 数据库索引（411 文档）的存储中。MAP 指令是为 Dialog 用户提供的一种非常有用的存储功能，它可以从一个或一组记录规定的字段中自动提取和存储检索项，可在任何一个标引规定的字段中使用。MAP 和 SAVE 的用法相同。

4. Internet 环境下 DIALOG 检索系统的应用

随着 Internet 的问世，Dialog 也相应地在因特网上设立了网站，用户可以通过 Internet 检索 Dialog 系统，其检索平台主要有：远程登录、Dialogclassic、Dialogselect、DialogWeb 等四种方式。DialogWeb 是基于 IE 浏览方式，其网址为 http：//www. dialogweb. com，其信息来自 Dialog 精选的 250 多个数据库（表 4-3）。DialogSeclet 提供一种傻瓜智能型检索界面，主要为非专业检索人员提供检索，其网址是 http：//www. dialogselect. com，其信息来自 Dialog 精选的 250 多个数据库。DialogClassic 是一种为专业检索人员使用的界面，其网址：www. dialogclassic. com，也可以通过专业联机软件登陆 DialogSeclet 进行检索，如 Dialog Link5. 0 STN STN Express 6. 0。

用 Internet 检索 Dialog 系统，检索费只包括联机检索费和本地 Internet 费用，不必考虑字符通信费。此外，Dialog 系统在 DialogWeb 方式上设立了免费 411 文档——Diaolg 索引数据库模拟检索界面。可对拟定好的检索式，在 411 文档进行预检，根据初步检索结果和课题特点判断检索式是否合理，然后再进行修改调整，再进入正式文档进行检索，既能提高检索效率和降低费用，又能保证检索效果。

表 4-3　Dialog 系统常用数据库

文 档 号	数据库名	内容领域	数据库类型	时间范围	中文译名
15	AB/INFORM	商业、工业、经营管理	书目型	1990.7～	美国商业经营与管理文摘
88	Academic American Encyclopedia	综合性	全文型	1989.5～	美国学术百科全书
14	ISMEC	机械工程，工程管理	书目型	1973～	机械文摘
5 55 205	Biosis Previews	生命科学类	书目型	1969～ 1985～ 1990～	生物学文摘
256	Business Software Database	计算机软件	指南型	1989.6～	商业软件数据库
308，312，399	CA Search	化学化工及其应用	书目型	1967～	美国化学文摘
319	Chemical Business Newsbase	化工经济	书目型	1984～	化学品商品新闻
19	Chemical Industry Notes	化工经济	书目型	1974～	化学工业札记
101	CIS	议会出版物	数目型	1970～	美国国会出版物索引
242	Claims Compound Registry	有关化合物的专利	书目型	近期	专利化合物登记数据库
24，224，225	Claims-US Patent Abstract	美国专利	书目型	1950～	美国专利文摘
8	Compendex	工程技术	书目型	1950～	美国工程索引
275	Computer Database	计算机科学、电子学	书目型	1983.1～	计算机数据库文摘
35	Dissertation Abstracts Online	综合性	书目型	1861～	学位论文文摘

续表

文 档 号	数据库名	内容领域	数据库类型	时间范围	中文译名
72，172，173	EMBASE	医学	书目型	1974.6～	荷兰医学文摘
165	Enviroline	环境科学	书目型	1971～	世界环境文摘
51，251	Food Sciences and Technology Abstracts	食品科技及相关学科	书目型	1969～	食品科技文摘
2，3，4，213	INSPEC	物理学，电工 与电子学，计算机与控制	书目型	1969～	英国科学文摘
32，832	Metadex	金属学，冶金	书目型	1966～	金属文摘
34，432，433	Sci search	自然科学与技术科学	书目型	1974～	科学引文索引
350，351	World Patents Index	全世界专利	书目型	1963～	世界专利索引

需要指出的是，Dialog 的在线服务添加了特温特世界专利索引（DWPI）的扩展版本。汤姆森公司提供的 DWPI 数据库中包括了丰富的附加价值的专利信息。扩展版本的 DWPI 数据库（Dialog 数据库中的 350、351 和 352 文档）对原有的数据库进行内容和功能上的扩展。同时为了适应 2006 年 1 月 1 号正式生效的国际专利分类法（第八版），该文档也经过重新设计，所有重新分类而受影响的 DWPI 记录逐步升级，并将对应的 IPC 项添加到在线文档中。整个 DWPI 数据库以文本形式提供了 750 000 多条摘要，扩展后的数据库文档中还增加了一些新的子项，以了解如原始专利标题、文摘等信息，以及发明人名、相关地址、专利代理人地址和专利机构等信息。

5. 联机检索实例

课题名称：对磺酸钾苯甲酸的制备

关键词：4-sulfobenzoic acid 对磺酸苯甲酸

P-sulfobenzoic potassium 对磺酸钾苯甲酸

登记号：RN＝ 5399-63-3

使用远程登录方式，键入 WWW. DIALOG. COM，输入用户密码，即进入检索界面，检索过程如下：

Welcome to DIALOG

Dialog level 42.08..03B

······

? b411；sf 19，318，399，351　　　　（注：进入 411 总索引）

……

$ 0. 05 Estimated total search cost 0. 008Hrs

? ss (4 or P) (s) sulfobenzoic () acid? ? (s) potassioum () salt? ? or

　　rn＝5399-63-3　　　（注：输入检索式）

Processing　　　2　　19：　Chem. Industry Notes _ 1974-1998/Iss 37

　　　　　　　　19　399：　　CA SEARCH® _ 1967-1996/UD＝12511（注：

　　　　　　　　411 总索引的检索命中结果）

? save temp cust2　　　　（注：存储检索式）

Temp Search Save "TBCUST" stored　　　（注：存储的文件名）

? b 19　　　　　　　　　　　（注：进入 19 文档）

　　　12sep96　　05：15：41 User264934 Session B43. 2

　　　$1. 50 0. 05 Hrs File 411

$1. 50 stimated cost File411

……

? exs tbcust2　　（注：调出检索式，执行检索）

〉〉〉 Prefix "RN" is undefined

S1　　98136　　4

S2　　23496　　P

S3　　　　3　　sullfobenzoic

S4　　30422　　acid? ?

S5　　3911　　potassium

S6　　7459　　salt? ?

S7　　　　2　　(4 or P) (s) sulfobenzoic (w) acid? ? (s) potassium (s)

　　　　　　salt? ?

S8　　　　0　　RN＝5399-63-3

? t S7/5/all　　（注：打印或显示检索结果）

9/5/1

DIALOG (R) File　19：Chem. Industry Notes

(c) 1996 Amer. Chem. Soc. All rts. Reserv.

567040

Journal：Congr Rec 131 (72，Pt. II) P. S730 Date：850604

ISSN：0363-7239 CODEN：CGLEB3

9/5/2

DIALOG (R) File　19：Chem. Industry Notes

(c) 1996 Amer. Chem. Soc. All rts. Reserv.

561282

Journal：Congr Rec 131 (55) P. H2841 Date：850502

ISSN：0363-7239 CODEN：CGLEB3

? b399　　　　　　　（注：进入 399 文档）

……

File 399：CA SEARCH（R）　　1967-1996/UD＝12511

　　Set Items Description

? exs tbcust2　　　　　（注：调出检索式，执行检索）

Processing

S1	372373	4
S2	178533	P
S3	230	sulfobenzoic
S4	1565192	Acid? ?
S5	203968	pottassium
S6	259626	salt? ?

　　S7　　　　　0　　（4 or P）（s）sulfobenzoic（w）acid? ?（s）potassium
（）salt? ?

　　S8　　　　19　　RN＝5399-63-3

? t /1/all　　　　　（注：打印检索结果）

　8/1/1/all

124004497	1211035147	111156502	100201069	90005721
123022660	120077248	110173005	10013071	83178505
122292677	115235230	103031954	94045700	80095507
121133617	115235229	102131803	90021829	

? logoff　　　　（注：关机，结束检索）

……

$20. 58 Estimated total search cost 0. 108 Hrs.　　（注：检索时间及检索总费用结算）

4.2.2　STN 和 ORBIT 联机检索系统

　1. STN 系统

STN（The Scientific and Technical Information Network）系统全称是国际科技信息网络。该系统创建于 1983 年，由美国化学文摘服务社（CAS）、德国卡

尔斯鲁厄专业情报中心（FIZ-Karlsruhe）和日本科技情报中心（JICST）三家共同开发创建，这三个机构作为 STN 的服务中心，其主机通过海底电缆相连，用户只需与其中一个服务中心的主机联机，就可实现对三台主机同时访问。

STN 系统目前有 200 多个数据库，主要涉及各学科领域及综合性科学技术方面的论文和专利，同时提供众多公司、供应商等方面的商情信息（如生物商情、化工产品等方面）。它是世界上第一个实现图形检索的系统，能够实现化学物质的结构检索，且 STN 系统中 CA 数据库含文摘，比 Dialog 中的 CA 数据库更全面、详细。由于 CAS 是三个服务中心之一，它生产的所有数据库都放在 STN 系统中，因此，检索化学化工方面的文献，可首先考虑使用 STN 系统。

1）基本索引与辅助索引

在 STN 系统中，可检字段分为基本索引和辅助索引字段两大类。基本索引字段又称主题字段，如标题、叙词、关键词和文摘等。辅助索引字段也称非主题索引字段，如作者、刊名、出处等。检索时，若不作特别限制，系统则自动在基本索引的所有字段进行检索。若要在某个字段中检索，STN 系统均用后缀进行限制，如/Ti、/De、/Au 等。

2）布尔逻辑符、位置符和截词符

STN 系统使用的布尔逻辑符和位置符功能与 Dialog 系统相似，表达上略有差异。布尔逻辑只能用 AND、OR、NOT，位置符用 W（nW）、A（nA）等。截词符的用法有较大差异。STN 系统除允许右截词、中截词外，大多数数据库还允许使用左截词，或左右同时截词，可根据数据库的黄页确定。截词符的用法见表 4-4。

表 4-4　STN 系统截词使用方法

截词方式	类型及说明	实　　例
有限右截词	词干后允许一个或多个字符	book#
无限右截词	词干后可加任意数量字符	solub?
左截词	词头不同，词尾相同	? ALDEHTD
中间屏蔽	在词中间插入一个或多个屏蔽符，该词的屏蔽处必须有与屏蔽符个数相同的字符存在	organi! ation

如检索式同时使用了位置算符和布尔算符，则系统在执行检索时，其优先运算次序如下：

（W）或（N）、（S）、（P）、（L）、NOT 或 AND、OR

如果要改变运算次序，则应使用括号"（ ）"。

3）常用检索指令和打印格式

STN 系统常用检索指令与 Dialog 系统大体相同，只有个别的指令有差异，如调用保存检索策略指令，Dialog 采用"Exs tbxxx"，STN 用"Act 名/q"；去重指令（主要用于多库检索，删除检索结果中重复的记录），Dialog 系统用⟨rd⟩，STN 用 Dup rem 1♯。STN 系统的打印格式为两种：系统预定义格式和用户自定义格式。预定义格式（系统预先设置好的格式），见表 4-5。

表 4-5　系统预定义格式

D trial 或 scan	标题＋标引词（免费，但无 AN 号）
D BIB	标题
D ALL	全记录
D KWIC	与 Dialog 相同，命中词前后各 20 个词，STN 可设置成各 50 个词，＝＞set kwic 50
D AN TI AB	费用低，显示主要内容
D AN TI	免费

用户自定义格式是为了经济、方便地显示记录内容，根据需求而自己定义输出格式，方法是用字段显示代码代替预定义格式，如：d 14/ti, ab/1。预定义格式与自定义格式可以结合使用，如：d 13 bib ab 1-4 from NTIS。

4）Dialog 和 STN 系统特点比较（见表 4-6）

表 4-6　Dialog 和 STN 系统特点比较

系统名称	Dialog	STN
检索系统	综合性商业信息检索系统	科技信息和图形检索系统
检索指令	基本指令＋特设指令	基本指令＋特设指令
数据库类型	书目型、数值型、名录型、全文型、混合型	书目型、数值型、名录型、全文型、混合型
数据库数量	600 个	220 个
免费试查	进入 Dialog 总索引文档，可检索 600 个数据库，但无法点击命中记录，显示结果	进入 STNEasy 检索界面，可检索 80 个数据库，并可逐条点击命中纪录，显示结果
检索费用	1. 检索费：以 DialogUnits 计算，与使用系统资源数量多少有关，而与用机时间无关；2. 记录输出打印费：不同数据库每篇记录的打印费不同；3. 通信费：采用 Internet 连接，12 美元/小时	1. 检索费：提供多种收费标准选择，如降低机时费或机时费为零，适当收取检索词费用等；2. 记录输出打印费：不同数据库每篇记录的打印费不同，要根据查具体数据库来定；3. 通信费：①采用 Internet 连接，5 美元/小时；②采用分组交换网连接，12 美元/小时

附：STN 系统的特色数据库简介

1. CAS 提供的 CA（化学文摘）数据库

　　CA/CAPLUS：机时费为 \$30/小时，检索单个词的费用为￥1.2；

　　HCA/HCAPLUS：机时费为￥180/小时，检索单个词的费用为 0；

　　ZCA/ZCAPLUS：不计机时费，检索单个词的费用为 \$1.8。

2. 与 CA 相关的数据库

　(1) CAOLD：CA1907～1966 年的内容

　(2) MARPAT：提供检索化学专利的 MARKUSH（麻库氏结构），来源于 CA 收录的 1988 年至今的专利中包括有机或有机金属结构的记录。目前 40 万余条可检索的结构，每周更新。

　(3) CASREACT：有机化学反应库，来源于 CA 收录的 1985 年至今的期刊和 1991 年至今的专利中有机物质合成部分。目前有 370 多万一步和多步反应，每周更新。利用该库可进行：

　　＊基于结构的反应检索，所有的反应物、试剂、产物都提供结构检索；

　　＊给所有的反应参与者都提供 RN 号检索；

　　＊可检索功能团和功能团种类名称；

　　＊CA 书目型信息检索。

　(4) CIN（Chemical Industry Notes）：化学工业札记（书目型数据库），1974 年至今，主要是商情方面，来源于美国和非美国家的期刊、贸易杂志、报纸、快报、政府出版物、特殊报告。可用关键词、文摘、RN 号、化学名检索。

　(5) CHEMCATA（Chemical Catalogs Oline）：化学药品目录在线（书目型数据库），1993 年至今。主要提供商业性的化学物质和世界范围内的生产提供者，记录包括 RN 号、Beilstein RN 号、结构图、性质、常规信息、价格，也包括公司名、地址、供应信息，如价格表、产品和服务、包装方面、航运、安全、处理方面的信息。目前有来自全世界 490 个提供商的 60 个目录下的 63 万余条记录。

　(6) CHEMLIST（Regulated CHEMicals LISTing）：化学品法规库（词典型数据库），1979 年至今。包括美、加、欧洲、澳大利亚、日本、韩国等国家的有毒物质的法规。可检索化学名、法规信息 RN 号。目前有 21 万余种化学物质，每周更新。

　(7) CSCORP（ChemSources Company Directory）和 CSCHEM（ChemSources Chemicals）：化学制品供应商数据库（目录型数据库）和化学制品信息数据库（目录型数据库）。前者包括含化学产品供应商机构总部、分部、分支地址、电话等，与后者配合使用。CSCHEM 提供 CSCORP库提供的化学产品的信息，包括 203 000 种化学制品及 135 个国家的供应商。

2. ORBIT 系统

　　ORBIT 是美国系统发展公司（System Development Company，SDC）开发的仅次于 Dialog 的国际联机系统，它拥有大约 120 个文档、0.6 亿篇文献，约占世界机读文献总量的 25％，每月更新的 20 个左右的文档与 Dialog 系统相同。其特色是对汽车工程、石油、化工、医学、环境科学、生物化学、安全科学、运动科学等学科文献收录较齐全，并对一批使用价值较高的数据库拥有独家经营服务权，如 APILIT（炼油文摘）、APIPAT（炼油专利索引）、TULSA（石油文摘)、PAPRA（橡胶塑料工业文摘）、PIPA（造纸、印刷、包装文摘）、WSCA（世界表面涂层文摘等）。由于 ORBIT 系统的检索技术较强，因此 ORBIT 系统的服务颇受各国科技人员的重视。

1）ORBIT 系统软件

ORBIT 采用的文档结构是数据库文档＋登录文档＋索引文档。

数据库文档（Data File）即主文档，它是以固定长记录格式紧密存放在数据库中的全部记录。登录文档（Postings File）即倒排档，与一般的倒排档结构相似，对每个检索词在主文档中出现的情况提供了详细的信息，每个记录由控制串及若干个出现值构成。索引文档（Index File）即词典文档，它是一种混合词典，系统规定的全部可检字段（如作者名、主题词、分类号、数值等）都包括在其中。每个记录由可检词、顺序号地址和相关记录数量三项内容构成。

ORBIT 系统是命令驱动式系统，它共设有 80 多条操作命令，许多常用的功能与 Dialog 系统命令相似。另外，它还有具有独特的检索功能，如各种原文检索命令。

2）OBRIT 的检索功能

可分为两类，直接检索和原文检索。直接检索在索引文档中进行，其中又可分为主题检索和非主题检索。这种划分类似于 Dialog 对基本检索与辅助检索的划分。原文检索是在直接检索的基础上进行，即把直接检索命中的记录根据要求逐篇进行检索，以提高检索的专指度。原文检索允许使用自然语言，包括一些不能在直接检索中使用的功能词。

4.3　国内光盘数据库

20 世纪 90 年代以来，国内光盘数据库发展十分迅速，先后推出了《中文期刊数据库》（科技部西南信息中心重庆维普咨讯公司）、《中国专利数据库》（国家知识产权局知识产权出版社）、《中国学术期刊（光盘版）》（清华大学）以及万方数据公司出版的系列综合性、专业性光盘数据库。目前，这些光盘数据库已推出了网络版，将在第 6 章专门介绍，本节仅对中国专利光盘数据库的检索方法进行讨论。

4.3.1　中国专利光盘数据库

中国专利光盘数据库（新版）是由国家知识产权局知识产权出版社于 2000 年 12 月推出的用于 PC 机上的专利信息检索系统。由于与 WWW 技术的结合，中国专利光盘数据库检索系统提供了使用灵活、方便的多窗口（Windows）数据查询和数据库管理界面。

　　其系统功能使整个数据的查询与浏览能支持全文检索（全文检索能支持 20 多种检索条件）、字段检索、渐近检索、位置检索、模糊检索、逻辑检索等。支持文档原格式浏览、支持文档原格式中高亮度显示检索词、概览、细览内容和风格的自由定制、检索结果的排序、打印与存储等。

　　其查看选择功能有工具栏和状态栏。工具栏位于菜单条下方，包括本系统各任务常用操作的快捷按钮，当光标指向某按钮时，系统将自动提示该按钮的功能。如果某一功能在当前状态下不能实施，则该功能按钮呈灰色，无法激活。状态栏位于工作界面下方，用于显示命令提示、记录数、词频数和当前记录。命令提示是指光标指向菜单的某一按钮时，提示该项或该按钮的功能。记录数，仅在数据浏览和数据维护窗口有效，用来提示当前数据库的全部记录总数。词频数，仅在数据浏览窗口有效，用来提示当前数据库检索结果的命中总数。当前记录，仅在数据浏览和数据维护窗口有效，用来提示当前显示数据位于检索结果的第几条记录。中国专利数据库检索系统主页如图 4-3-1 所示。由图可知，该主页提供了有关本系统的基本说明信息及触发各项功能和帮助的链接。点击"检索"图标，即进入中国专利数据库检索系统，该系统提供了基本检索和高级检索两种方式。

图 4-3-1　中国专利光盘数据库主页

4.3.2　检索方法与步骤

　　在进行检索前，请先熟悉一个非常有用的符号："％"。"％"为模糊检索标志，可在输入检索字段时替代未知或不能确认的内容。了解并能熟练使用这个符号将提高检索的效率，具体用法如下。

　　1. 基本检索

　　单击图 4-3-1 "检索"按钮，即进入数据库检索窗口，再单击窗口上方的第二个图标，即进入基本检索界面，如图 4-3-2 所示。

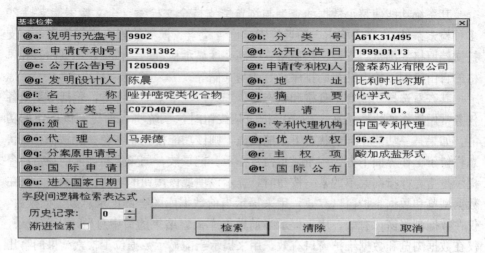

图 4-3-2　基本检索界面及字段间逻辑检索表达式

由图 4-3-2 可知，在基本检索中，提供了字段检索、字段间逻辑检索和渐进检索。

（1）字段检索的方法。字段检索，加上主权项共有 21 个检索入口，只需将已知所查的内容输入相应的检索字段后即可。以地址比利时比尔斯为例，在地址检索字段中：①完整输入比利时比尔斯；②输入比利时；③输入比利时％斯。第一种输入得到地址符合"比利时比尔斯"的专利信息；第二种输入得到地址符合"比利时"的专利信息；第三种输入得到地址中包含"比利时"同时包含"斯"字的专利信息。在使用公开（告）日、申请日、颁证日几个检索字段时，输入格式为：年．月．日。以申请日为例，输入格式为 1997.01.30。如不清楚具体年代，可输入 .01.30 即可将所有符合申请日在 1 月 30 日条件的专利信息检索出来。输入 30 可将所有符合申请日在 30 日的专利信息检索出来。同理，输入 1997　30 可将所有申请日在 1997 年并且日期为 30 日的专利检索出来，参见图 4-3-2。

（2）使用字段间逻辑检索表达式的方法。在字段间逻辑检索表达式中可用"＋"、"＊"、"－"等运算符号。默认逻辑关系为："＊"。其各自的含义为："＋"代表 OR 的逻辑关系，检索结果为满足第一个条件或者满足第二个条件的专利信息。"＊"代表 AND 的逻辑关系，检索结果为满足第一个条件同时必须满足第二个条件的专利。"－"代表 NOT 排除的逻辑关系，检索结果为满足第一个条件同时必须不包含第二个条件的专利信息。

逻辑检索表达式先进行"＊"运算，再依次进行"＋"、"－"运算。支持（）的运算优先。

（3）使用渐近检索的方法。系统将所查询的检索结果按查询时的先后顺序保存在历史记录中（历史记录中最多保存前5次的检索结果），参见图4-3-2。如需在某一次检索结果的范围内进行下一次查询，可将检索的记录范围在历史记录选项中调出，并在上面的检索字段后输入需查询的内容，即可得到在指定范围查询的结果。

　2. 高级检索

单击图4-3-1"检索"按钮，即进入数据库检索窗口，再单击窗口上方的第三个图标，即进入如图4-3-3所示的高级检索界面。高级检索的方法与基本检索相同。高级检索中的全文检索表达式的使用方法与基本检索相同，同样支持渐近检索。

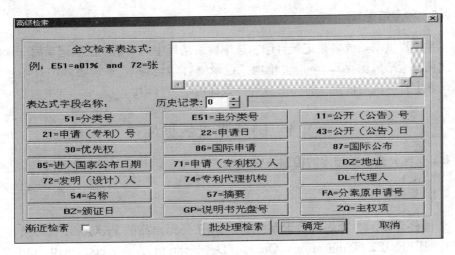

图4-3-3　高级检索界面

4.3.3　检索结果显示

当检索结果为多条时，系统菜单和工具栏将提供"上一记录"、"下一记录"、"首记录"、"尾记录"、"上一页记录"、"下一页记录"、"到指定记录"等命令，可根据需要在记录间自由切换。

在查看→设置概览字段中可根据需要调整概览窗口所显示的项目以及显示条数。此外还设计了"排序数量"选项，默认值为"0"。将此值设为1000的意义为，在检索结果小于1000条记录时，点击概览字段上方相应的字段名时，可以此字段内容将记录排序。如按申请号大小排序，设置的排序数量越大，排序时间越长，故在设置此项功能时应酌情考虑。

注：只有字段内容为字母和数字方可排序。

4.3.4　检索结果存储

系统提供单条或多条记录的结果保存，可自行设置每条结果所需保存的字段。单击菜单项"记录→存储记录"将弹出对话框。在此对话框中，可自行指定或点击"浏览"键选择保存文件的路径及文件名。选择完毕后可点击"下一步"。弹出下一个对话框。在此对话框中，可指定保存记录的范围。选择完毕后可点击"下一步"将弹出下一个对话框。在此对话框中可指定保存结果时所需的字段名称，选择完毕后可点击"下一步"，弹出下一个对话框。在此对话框中可指定保存结果中每条记录的开始标记、是否输出字段名以及字段名显示方式。选择完毕后点击完成即可将按上述所选择结果保存到指定的磁盘。

4.3.5　检索结果打印

系统提供单条或多条记录打印。选中检索结果中的某条或某些记录后（选择方式见检索结果保存），单击菜单项"记录→打印记录"，系统将弹出打印对话框，确定打印机的位置、打印份数等参数即可输出打印。

4.4　国外光盘数据库

4.4.1　国外光盘数据库的检索特性

1. 软件特性

国外常用的 3 种光盘检索系统是：UMI 公司出品的 ProQuest 软件及其数据库 IEEE/IEE Publications OnDisc Dessertation Abstracts、ABI/Info 等；Knight Ridder 公司的 OnDisc 软件及其 Dialog 系统中的 Ei Compendex Plus、NTIS、Metadex 等；Silver platter 公司的 SPIRS 软件及其数据库 GRADLINE、LISA、MEDLINE 等。这三种光盘数据库应用软件功能相近，但表达方式不同，有的数据库种类较多，有引导查阅原始信息的书目类数据库；查公司名录的目录数据库，就是同一种书目数据库也有区别，有的带公司名字段，有的带学校名字段，由于数据库内容不同，数据库的结构（即字段）也各不同。但是每种数据库的检索软件都有统一的界面，统一的检索表达式（包括布尔逻辑、位置算符、截词等表达方式），统一功能（如输出方式中有输出方式选择、打印记录格式选择等），有的软件还有排序、换盘功能。

2. 检索指令语言

是用来指导系统对输入的检索项进行查找和匹配，起到用户对信息的需求与系统数据库中的记录进行匹配的引导作用，光盘数据库主要采用的指令是菜单式、指令式和混合式。

在常用的 3 种软件检索系统中，KR 公司的 OnDisc 软件分别采用了菜单式和指令式两种格式。如选择菜单式检索，则根据菜单中提示的各种界面一层层检索下去，也就是说菜单是一种等级或树状结构，菜单出现的各种字段是检索信息的必经之路，否则不会出现该层菜单的操作。选择菜单检索有一定的局限性，它所选用的词一定是规范化的词，对自由词检索会产生一定的漏检，而且操作响应的时间较长，对概念的组合尤为不适合。如果选择指令式检索，便可灵活应用各种指令将关键词进行组配、检索、输出等操作。

ProQuest 和 SPIRS 软件采用的是菜单、指令混合模式，即各种功能指令都以菜单的形式表现，检索提问用指令方式输入，这种检索模式克服了纯菜单式的局限性以及纯指令式对用户操作熟练程度的要求。

3. 检索逻辑

三种检索软件中检索逻辑"与（AND)"、"或（OR)"、"非（NOT)"概念表达方式相似，在位置逻辑概念的表达上差异较大，见表 4-7。

表 4-7　三种检索软件与检索逻辑表达的差异比较

检索逻辑		软 件 名 称		
		OnDisc	ProQuest	SPIRS
布尔逻辑	与	AND	AND	AND
	或	OR	OR AND	OR
	非	NOT	NOT	NOT
位置逻辑	A 在 B 前 n 个词	A (nw) B	A Pre/nB	A near/ nB
	A 与 B 相距 n 个词	A (nN) B	A W/nB	A with /nB
	A 与 B 在同一句中	A (s) B	A comp/nB	
	A 与 B 在同一字段中	A (f) B	（仅在化学检索中使用）	

从表中可看出，OnDisc 软件的逻辑、位置表达功能最多，最为严密，且表中位置逻辑的表达方式还未完全列出，这对于国际联机检索预检来说是十分必要的，因为联机检索要求查询准确，假如命中条数太多，即使看标题也要花费较长的时间和经费，用准确的逻辑位置算符限定就可减少误差，提高信息的查准率。

ProQuest 软件中检索词间的位置限制较紧密，即将检索词限制在 n 个词之间，而 SPIRS 较宽松，即仅将检索限制在同一句子中或字段中，它们都比布尔逻辑进了一步，可在提高查全率的基础上进一步提高查准率。

4. 截词符

OnDisc 光盘数据库检索软件的截词功能最为完善，如"吸收"一词，有 Absorb、Absorbent、Absorbing、Absorption、Absorptivity 多种表达，为充分把这一同类词义都考虑进去，可使用无限截词符（"?"）（即在词干后面加任意个字母），这样就能提高查全率。在有限截词中应考虑到单复数、分词形式（ed、ing），如"Apparatus—装置"、"Processes—过程"、"Computing"可用"? ?"、"???"、"???"表示。另外还有将"?"加在词中间表示英美不同拼法的中截词功能。

ProQuest 软件的设置最为简单、实用，只要记住一个"?"代表后面可跟多个字母便可，无需记住繁多的符号，检索时只要改变一下 Search Options 中的设置，便能达到考虑词根变化，不同拼法和单复数的问题。

SPIRS 软件的截词功能与 OnDisc 软件相似，但表达方式略有差异，SPIRS 软件中无限截词用"*"，有限截词用 n 个"?"。

5. 字段限制

为了使查找的信息集中在某一方面，检索软件一般都设有字段限制功能，其作用是使检索的信息达到一定的专指度。

在 OnDisc 软件的指令检索中，设置的限制有主题性限制、非主题性限制和其他限制。如果进行主题限制，可使用在检索式后加后缀代码的形式，如 S Computer/Ti。对非主题限制用前缀代码，如 S CS＝（Sichuan（s）Univ?）。OnDisc 软件中菜单检索提供的检索菜单 Search Options 中列出的检索途径，限制了检索字段，如选择了 Conference Title（会议标题）就限定了在该字段中检索。

ProQuest 软件的检索限制菜单放在 F2＝Command 的 Index〈F6〉中，Index 中列出该数据库中可用作检索入口词的各个途径（即字段），只要选中了它就限制在该字段检索。如在 ABI（美国商情数据库）中，选择 Command 字段，输入 Kao 公司，则在公司名称字段检索该公司的内容，检索式为 CO（KAO），字段名可由用户自己定义。

SPIRS 软件的检索限制用操作符号"in"、"＝"、"＜"、"＞"等表示，如 polio in ti,；La＝French，py＝1990-2000 等，它的 Index 不分类别，相当于 OnDsic 中的 Expand 和 Word/Phrase 功能，把可检词混排，这种方式不便于选择检索途径。如果要在 LISA 光盘数据库中检索语言字段 Language in SC，不知道该数据库中是否有 School 这个字段，该字段是否用 SC 表示，要通过查阅帮助（Help）中字段（Field）项方可得知。

4.4.2　COMPENDEX＊PLUS

COMPENDEX＊PLUS 光盘数据库的数据来自 Dialog 联机数据库 8 号文档或印刷型《工程索引》的内容，每季度更新，每年一张光盘。COMPENDEX＊PLUS 与 Dialog 联机数据库的光盘产品，均使用 Knight Ridder 公司的 OnDisc 软件。该软件提供了简单菜单检索和命令检索模式，菜单检索的检索方式较为简单，适合于一般用户检索。命令检索方式较为复杂，用户需要熟悉掌握检索命令、逻辑运算符、位置算符以及数据库各个字段代码、数据库结构等。

1. DOS 状态下的单机检索

在 C:\下键入 OnDsic 命令并回车，立即进入检索系统，显示版权使用信息后，出现检索主菜单，将光标上下移动并回车，即可进入所选择的检索模式。用户可根据自己使用熟练程度来选择任何一种检索方式，见表 4-8。

1）菜单检索

菜单检索是一种较简便的检索方式，它不需要更多的检索知识，只要根据检索界面提供的步骤，一步一步按照屏幕上显示的项目选择及提示的信息进行检索。菜单检索适合一般初学者或不熟悉国外检索软件的用户。在检索的过程中，用户可随时用［F1］功能键了解各种命令符号的使用功能。假如要返回原来的界面或退出检索状态的操作，用［Esc］键即可。表 4-9 是字段选择菜单。

表 4-8　检索方式
Select Search Mode
√ Easy Menu Search（菜单检索）
DIALOG Command Search（命令检索）
Online Search（联机检索）
Setup and Accounting（系统设置和计费系统）
Return to Dos（返回 DOS 系统）

表 4-9　字段选择菜单
Search Options
√ Word/ Phase Index
EI Subject Headings
Author Name
Author Affiliation
Title Words
Journal Name
Conference Search Options▼
Limit Options（English…）▼
Additional Search Options▼
Use Saved Search

在字段选择菜单中，可根据信息需求进行任意选择。如从 Word/Phrase（词/短语）检索，只要回车即可出现 Word/Phase Index：输入 PVC，得到 PVC 的命中条数，再用［F10］功能键就可显示有关 PVC 方面的全部记录了。假如用

作者查找，可通过"Author Name"字段检索。总之 COMPENDEX ∗ PLUS 的检索字段较多，检索功能较强，从任何途径都能检索到所需要的信息，显示格式见表 4-10。

表 4-10　显示格式

Display Format Options
√Complete Record
Complete Record Tagged
Bibliographic Reference
Key Words In Context
Title List
User-Defined Format
EI Order Format

2）命令检索

命令检索是一种类似于 Dialog 联机系统的检索方法，它完全采用 Dialog 联机检索系统的整套检索命令，命令检索（Commands）的各种使用功能如下：

BX——重新选择一个数据库检索

DS or DSP（Display）——显示整个检索步骤或打印检索步骤及检中的信息

EXS（Execute Steps）——执行保存的检索策略

Limitall——限制，事先限制条件用以限制以后的所有检索记载

Logoff or off——退出整个检索系统

Recall——调用，提取并显示某个储存检索式或列出所有保存检索策略

Release——删除指定的保存检索策略

Save——保存当前检索策略

Select——数据库检索时，在关键词前面一定要冠用"S"符号

在命令检索中，最大的特点是不受任何检索方式的约束，在界面上可随意选择关键词进行组配，同时还可列出每个关键词的词频，为选择检索词提供可靠的依据。

2. Windows 环境下的单机检索

在 Windows 环境下，可在光盘检索界面直接双击［EI Compendex］，即可进入下列检索界面：

File Edit Search/Modify Display Sort Options Accounting Window Help

Change Disc Copy Export Print First Search Choice Previous Index Search

Select Text

点击 "Search/Modify" 后，立即弹出如表 4-9 相同的字段选择检索菜单，其检索步骤与上述相同。所不同的是它的显示格式只有三种，即全记录格式、题录和将标题按表列出。

3. 检索实例

课题名称：丙烯腈-丁二烯-苯乙烯共聚物阻燃剂的研制

（1）确定关键词：

① ABS or Acrylonitrile-Butadiene-Styrene

　　丙烯腈-丁二烯-苯乙烯共聚物或 ABS 共聚物

② Flame-retardant

③ Fire-resistant　　阻燃剂

④ Fire-retardant

（2）构造检索提问式：［ABS or Acrylonitrile（w）Butadiene（w）Styrene］and［Flame（s）retardant? or Fire（s）（resistant? or retardant?）］

（3）启动 Ondisc 检索软件，采用命令式检索，检索过程如下：

……

Command Search

Ei Compendex January-December 2000

Set	Items	Description

? SS［ABS or Acrylonitrile（w）Butadiene（w）Styrene］and［Flame（s）retardant or Fire（s）（resistant or retardant）］

Set	Items	Description
S1	101	ABS
S2	177	Acrylonitrile
S3	209	Butadiene
S4	745	Styrene
S5	34	Acrylonitrile（s）Butadiene（s）Styrene
S6	108	ABS or Acrylonitrile（s）Butadiene（s）Styrene
	960	Flame
	135	Retardant?
	895	Resistant?
S7	124	Flame（s）（retardant? or resistant?）
	648	Fire
	35	Fire（s）retardant?
	648	Fire

　　　　　　　895　　　resistant?

　　　　　　　 12　　　Fire（s）resistant?

　　S8　　　 47　　　Fire（s）retardant? or Fire（s）resistant?

　　S9　　　　7　　　S6 ＊ （S7＋S8）

　　T 9/7/All（注：用第 7 格式显示或打印，还可用功能键［F8］，选择［TRANSFER Current Sclccted Record］进行存储）

　　检索结果显示：

　　9/7/2 of 7

　　DIALOG No：05364720 EI Monthly No：EIP99094790102

　　Title：Synergistic action of fluorine-containing additives in bromine/antimony fire retardant ABS

　　Author：Roma，P.；Luda，M.P.；Camino，G.

　　Corporate Source：Enichem S.p.A.，Ferrara，Italy

　　Conference Title：Proceedings of the 1997 6th European Meeting on Fire Retardant of Polymeric Materials（FRPM' 97）

　　Conference Location：Lille Conference Date：19970924-19970926

　　Source：Polymer Degradation and Stability v 64 n 3 1999. p 497-500

　　Publication Year：1999

　　CODEN：PDSTDW ISSN：0141-3910

　　Language：English

　　Conference Number：55539

　　Document Type：JA；（Journal Article）Treatment Code：X；（Experimental）

　　Abstract：Small amounts of poly（tetrafluoroethylene）（PTFE），added to several polymers fire retarded with Sb/Br synergistic systems can significantly improve their fire retardance...（Author abstract）9 Refs.

4.4.3　INSPEC

　　《INSPEC》每年一张光盘，从 1995 年起每年两张。《INSPEC》光盘数据库所用的检索软件为 Pro Quest。该系统提供了直接检索、字段检索和叙词检索三种检索方式，按数据库记录字段不同，提供主题词、作者、题名等多种检索途径。

　　1. 系统启动与检索设置

　　在 C:\Proquest 子目录下执行 PROQUEST 命令，系统显示该检索系统版权信息后立即进入检索系统的数据库界面，可根据上下光标移动选择，回车确认，进入检索词输入界面。在检索词输入状态下，使用功能键［F2］键立即弹出系统检索功能菜单，见表 4-11。

表 4-11 系统检索功能菜单

New Search	F3
Print/Save/Restore	F4
√Indexes	F6
Thesaurus	F8
Restart	F10
Chang Dise	Alt＋F10
Exit	Shift＋F10
How to…	
Search Options	

调出检索项［Search Options］，在此状态下，根据系统提示，可用空格键对检索词是否包括单复数、英美不同拼法、是否显示中间检索结果、是否自动激活系统帮助菜单等方面进行选择。

2. 检索方式及检索步骤

该系统 Proquest 检索软件提供了直接检索、字段检索和叙词浏览检索三种检索方式。

1）直接检索

直接检索就是在检索词输入窗口直接输入检索词，［Search Entry］为检索词输入窗口，［Results］为检索结果显示窗口。如果在检索框内直接输入检索词，系统将自动默认为基本检索，即在记录中的基本索引字段如题名、文摘、叙词、自由词等字段中进行自动检索。

2）字段检索

在检索界面下，使用功能键［F6］回车，调出 Indexes。Indexes 记录了 IN-SPEC 数据库的主要字段及代码，见表 4-12。用［↑］、［↓］光标选择检索字段，然后回车确认。在检索词条窗口，用键盘键入字符或用［↑］、［↓］光标键选择词条，按［Enter］键确认，该系统将选中的词条显示在屏幕上方的检索词输入窗口中，再按一次回车键，系统又重新开始检索，检索结果显示在框内。可重复这样检索，检索词之间系统自动用逻辑组配关系符号"OR"连接，可在检索词框中任意修改检索词或检索表达式。例：DE（electric?）and AU（Richard）and LAN（English）。

表 4-12　主要字段名称及代码

Indexes	
Basic Indexes	
Authors	AU
Title Words	TI
Thesaurus Terms	DE
Tree Index Terms	FT
Astronomical Object	AO
Classfication Codes	CC
Treatment Terms	TC
Chemical Index	CH
Numeric Index	NI

3）叙词浏览检索

ProQuest 软件提供了浏览叙词索引来确定检索词。在检索界面，按［F8］键，进入叙词索引条目浏览窗口［Thesaurus Terms Index］。输入检索词，确定某一叙词后，按回车键或［F8］键确认，系统进入叙词显示窗口［Thesaurus］，显示所确定叙词的相关词、广义词、近义词及代用词和分类号等信息。按［SHIFT］＋［F5］键，系统将所有的叙词集中在［Review Marks］窗口显示出来，可用［Del］键删除不需要的叙词。按［SHIFT］＋［F3］键，将系统所有的叙词作为检索词在检索界面的［Search Entry］窗口显示，并将各个检索词用逻辑算符"OR"连接，可根据实际需要进行修改叙词之间的逻辑组配关系，最后按［Enter］键开始新的检索。

以上三种检索方式都可进行布尔逻辑、位置算符、截词算符和括号运算，将多个检索词组成复杂的检索表达式，以适应用多个检索词表达复杂概念主题的检索。

（1）布尔逻辑算符的使用。系统使用的三种逻辑算符，即逻辑与 AND；逻辑或 OR；逻辑非 AND NOT。每次进行单项检索时，系统就会在［Results］窗口显示该次检索步骤号，检索词条及命中条数。

（2）位置算符使用。位置算符限定了检索词的前后位置关系，在检索式中使用位置算符可以缩小检索范围，位置算符主要有 W/n 和 PRE/n。W/n 表示两个检索词之间最多相隔 n 个单词，且词序不限。例：Computer W/1 Controll。PRE/n 表示两个检索词之间最多有 n 个词，词序不能颠倒。例：Computer PRE/1 Controll。

（3）截词算符的使用。ProQuest 系统所用的截词符号为"?"，在检索词后面加一个？，表示后截断，检索词保持前方一致，后方为任意字符。例：Floccu-lant？表示含有 Flocculant 词根的结果均为命中。

（4）括号的使用。ProQuest 软件对检索式的一般执行顺序是从左到右，对逻辑算符及位置算符的执行顺序则为：OR，PRE/n，W/n，AND，NOT。在实际检索中，为了表达各种需求，可对检索式中检索项进行分组，利用括号，改变其检索式中检索项的执行顺序，达到预定的检索效果。例：Polymer AND（Light Conductive？OR Optical Conductive？）。

3. 检索结果的显示/标记/打印/存储

在检索界面，用［Tab］键进行［Search Entry］窗口和［Search］窗口切换，在［Search Entry］窗口下，用［F7］键，系统显示当前［Search Entry］窗口的检索词或检索式的全记录格式，或按［Enter］键，系统显示检索结果的题名，再按一次［Enter］键，屏幕显示出检索结果的全格式。在［Results］窗口中，［F7］键或［Entry］键反复使用，作用一样。

（1）检索结果的标记。在显示题名格式或全格式状态下，可用"空格"键或［F9］键标记所需要的信息，再按"空格"键或［F9］键取消标记，同时按［Shift］＋［F9］键，则取消所有已作过的标记。

（2）检索结果的打印/存储。检索结果显示后，用［F4］键，系统弹出打印/存储菜单，见表 4-13。可根据实际情况，选择有关格式进行打印或保存。如选择［File］，可在指定的磁盘、路径、文件名下保存检索策略。选择

表 4-13　打印/存储菜单

PTINT/SAVE/RESTORE
Please Select Output Device
(Printer or File) or Restore
To Restore Disk
Printer File Restore

［Restore］，可调用前期保存的检索策略，显示在窗口上，供再次检索使用。

4.4.4　CA on CD

化学文摘光盘数据库（CA on CD）由美国化学文摘社（CAS）编辑出版，内容对应于印刷版《化学文摘》，每月更新。其中 74% 为期刊，16% 为专利文献，6% 为会议文献，2% 为学位论文，技术报告和图书各占 1%，是化学化工研究人员获取文献信息的重要数据库之一。

1. 检索技术

CA on CD 支持布尔逻辑运算，可以使用代字符"？"及截词符" ＊ "。每个"？"代表一个字符，" ＊ "符号表示前方一致检索。可以输入多个词，词间用空格或布尔逻辑符号（AND、OR、NOT），可以使用括号改变运算次序。用空格

隔开的检索词间的位置关系缺省为相邻（即为词组），位置逻辑有四个：Same Document（同一文献中）、Same Paragraph（同一段落中）、Word Apart（词间允许最大间隔数为0-9）、Exact Order（检索词次序不可颠倒）。位置逻辑和布尔逻辑可联合使用。

2. CA on CD 的检索方式和检索步骤

CA On CD 最新版本软件是在 Windows 环境下运行的下拉式菜单软件，操作非常简单。根据软件的屏幕提示，即可进行检索，进入数据库后，屏幕显示 CA On CD 的主体检索界面，有五个图标框，即 Browse（浏览）、Search（检索）、Subst（快速删除）、Form（分子式检索）、Help（帮助），参见图 4-4-2，可根据不同的检索要求采用相应的检索方式。

1）索引浏览式检索（Index Browse）

浏览检索是按字母顺序显示指定检索项的术语清单。在检索菜单窗口点击命令，或在"Search"菜单中选择"Index Browse"命令，即可进入索引浏览检索界面，窗口中"Index"字段的缺省值为"Word"，可点击索引框中的下拉式菜单选择检索项，即可检字段，在"Find"对话框输入检索术语的前缀，目的是快速定位，点击"Search"钮按"Enter"键，开始检索。索引菜单中提供的索引字段有：

Word——自由词，包括在标题、文摘、关键词、普通主题词和索引条目字段中出现的词

CASRN——化学物质登记号

Author——作者及发明者姓名

General Subject——普通主题

Patent Number——专利号

Formula——分子式

Compound——化合物名称

CAN——文摘号

Organization——作者的组织机构、团体作者、专利局

Journal——期刊名（期刊名称缩写）

Language——原文语种

Year——文献出版年份

Document Type——文献类型

CA Section——CA 分类

UP date——更新项（文献更新时间或印刷型《CA》的卷、期号）

2）检索词检索（Word Search）

直接在检索框输入关键词、词组、CAS 登记号、专利号、分子式等进行检索。检索词之间可用逻辑算符进行组配，输入检索词时可使用截词符"＊"和代用词符号"?"。具体操作步骤如下：

（1）点击"Search"或在"Search"命令菜单中选中"Word Search"，进入主题词检索界面，参见图 4-4-2。

（2）在检索框中输入检索词。对不同检索词间的布尔逻辑关系可点击选择 AND、OR、NOT，对位置算符可点击图 4-4-2 下部的"word apart"等。点击"Word"框，显示出有关检索字段，如可从 CAS RN、Author、Gen Subj、Patent No、Formula、Compound、Organization、Journal、Language 等途径进行检索。

（3）执行检索。检索词输入完毕，点击"Search"键，系统将执行对检索词或检索式的检索，并给出检索命中记录数及检出的标题列表。双击标题，立即显示出该标题的全记录。

（4）检索式的保存与调用。点击"Word Search"检索界面下部的"Query List"键，可以保存当前检索式或调用以前存储的检索式。在点击"Query List"弹出的窗口中，击"Add"可保存当前检索式，击"Recall"可调用以前存储的检索式，击"Delete"删除选定的存储检索式，击"Delete All"删除保存的所有检索式。此外，系统还提供了可从检出记录中搜索关键词的检索功能。将光标置于选定词处并点击"Goto"按钮，系统均会执行对该词在所属字段的检索，如选定某一词组或词句，再点击"Search"菜单中的"Search for Selection"按钮，则系统将对所选定的词句进行检索。检索完毕后，显示命中记录数和命中记录的标题名。

3）化学物质等级名称（Substance Hierarchy）和分子式（Formula）检索

化学物质等级名称检索与印刷型 CA 的化学物质索引基本相同，按化学物质母体名称进行检索，有各种副标题和取代基。具体的检索方法是在检索界面中点击"Subs"，即可进入化学物质检索界面，屏幕显示物质的第一级主题词名称，即母体化合物名称的正名，无下一级的化合物条目则直接给出相关记录数。有下一级化合物名称前会出现"＋"符号。然后双击选中索引，将同一级别的化学物质索引表一一打开，再双击该物质条目即可进行检索，检索完成后，显示检索命中记录数。以下步骤与"Word Search"检索相同。

在检索词和化学物质名称检索中，可以利用 CA 最重要工具《索引指南》，少走弯路，快速地查全、查准文献。例如，查找有关 D-2-脱氧核糖的文献，所提供的化合物名称为 2-deoxy-ribose，用这一名称检索，查不到有关资料，通过查阅索引指南，结果如下：

D-ribose ［50-69-1］

-，2-deoxy-

See D-erythro-Petose，2-deoxy- ［533-67-5］

得知其所要查的化合物规范化名称应该是 D-erythro-Petose，2-deoxy。

在分子式检索中，数据库提供的检索方式与印刷型 CA 的分子索引结构大致相同，信息量较大的物质名称被细分为一组子标题，不带"＋"符号的标引词为终极标引词，直接给出相关的记录数。带有"＋"符号的标引词包括二级或多级扩展词，可以双击带有"＋"符号的任意一个标引词或点击 Expand 按钮即可显示记录数，其检索方法与化学物质等级名称检索相同。

4）检索结果的显示/标记/存储/打印

当检索出的记录数较多时，需要进一步浏览选择，对选择的记录可用"Mark"键加以标记，或用"Unmak"取消标注。单击"Save MK"钮存储所标注的检索结果，单击"Save"钮存储当前屏幕显示内容。点击"Mark All"是表示对全部检出的记录作标记，如果要取消已做的所有标记只要点击"CLEAR"按钮即可。如果要存储所有已做标记的记录时，点击"Save Mark"键即可。如果要把检索出的全部记录存储，点击"Save All"即可。同样点击"Print"可将屏幕显示的当前记录打印出来。单击"Print-MK"可选打印格式来输出检索结果，单击"Print"打印当前屏幕显示内容。双击选中的文献题目，可得到全记录内容。出现文献的全记录时，一些小图标被激活，它们的作用类似"Goto"，当光标在某 CAS 号处单击"Goto"可得到该 CAS 号的相关化合物的物质信息，如：该化合物的登记号、CA 检索词和分子式等。

"NextLink"表示在检出的文献中快速定位到 CAS 号处；"SrchSel"表示把检索结果中选择的"Word"项（标题、文摘、关键词）的某词作进一步连接检索；"DDS"表示把这一记录做成 CASDDS 格式，以索取原始文献；这些被激活的图标中，最有意义的是"SrchSel"。如果从检索结果中看到某一主题词有扩检意义，拖动鼠标选定该词，再单击"SrchSel"，即可把所有包含有这一词的文献直接检出。

3. 检索实例

检索课题：新型无卤高磷含量有机聚合物阻燃剂

检索步骤：

1）选择关键词

＃1 Flame Retardant（阻燃剂）

＃2 Polymer（聚合物）

＃3 Styrene Resin Composite（苯乙烯复合材料）

♯4 Polypropylene Composite（聚丙烯复合材料）

♯5 Polyetherimide Blends（聚醚酰亚胺共混物）

♯6 Propylene（丙烯）

♯7 Epoxy Resin（环氧树脂）

♯8 Ethylene Polymer Composite（聚乙烯复合材料）

♯9 Phosphorus（磷）

♯10 Halogen—Free（无卤）

2）编写检索提问式

提问式 1：♯1 and ♯2 and ♯9 and ♯10

提问式 2：♯1 and ♯9 and ♯10 and（♯3 or ♯4 or ♯5 or ♯6 or ♯7 or ♯8）

3）检索过程

（1）连接《CA On CD》数据库后，界面上出现了数据库选择框。如图 4-4-1 所示。直接选中"CA On CD 2004"数据库回车，进入检索界面，如图 4-4-2 所示。在［word search］检索框中，输入检索提问式 1，点击检索界面中的"Search"，显示命中检索结果七条，如图 4-4-3 所示。若检索结果条数较多，可将检索词进行位置限定，以缩小检索范围，提高查准率。

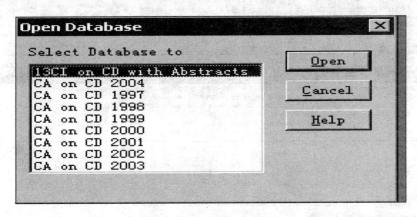

图 4-4-1　数据库选择框

（2）检索结果的存储。点击"Mark All"，将检出的所有结果作标记，然后再点击"Save Mk"保存所有的记录，参见图 4-4-3 的上部。存储格式有三种，"All"（全记录）、"Bibliographic"（题录）、"Bibliographic and Abstract"（题录和文摘）。

（3）检索结果显示。双击所选定的标题，即得下列结果：

139：246459

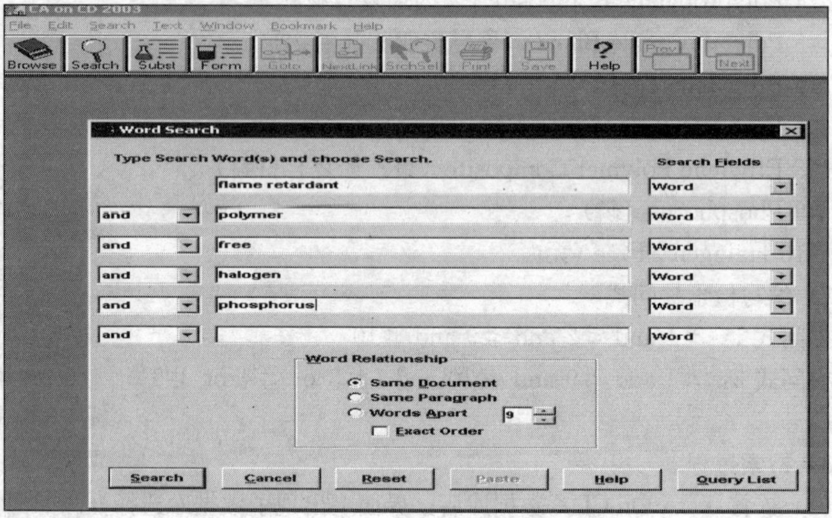

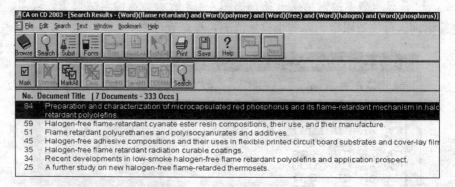

图 4-4-2　检索词检索界面

图 4-4-3　检索结果显示

Preparation and characterization of microcapsulated red phosphorus and its flame-retardant mechanism in halogen-free flame retardant polyolefins.

Wu, Qiang; Lue, Jianping; Qu, Baojun (State Key Laboratory of Fire Science, University of Science and Technology of China, Anhui 230026, Peop. Rep. China). Polymer International, 52(8), 1326-1331 (English) 2003 John Wiley & Sons Ltd. CODEN: PLYIEI. ISSN: 0959-8103. DOCUMENT TYPE: Journal CA Section: 37 (Plastics Manufacture and Processing)

Microcapsulated red phosphorus（MRP），with a melamine-formaldehyde resin coating layer，was prepd. by two-step coating processes. ...

Keywords

microencapsulated red phosphorus fireproofing polyolefin

LLDPE fireproofing mechanism red phosphorus

Index Entries

Polyphosphoric acids

ammonium salts，fireproofing agent；prepn. and characterization of

red phosphorus microcapsulated with aminoplast and its

flame-retardant mechanism in halogen-free flame

retardant-contg. polyolefins

9003-08-1

red，melamine-formaldehyde resin-encapsulated，fireproofing

注意：对于化学物质名称的关键词，如果属共聚物类的关键词，一般都用缩写字为好，属均聚物类关键词应该用其全称为宜。

第 5 章　国内网络数据库信息的检索

5.1　中国期刊全文数据库

5.1.1　概况

《中国期刊全文数据库》由中国知识基础设施工程（CNKI）集团主持开发。该库是目前世界上最大的连续动态更新的中国期刊全文数据库，收录 1994年至今 8200 多种期刊（部分刊物回溯至创刊），按学科分为 168 个专题，现有文献 2200 多万篇，每日更新，年新增文献 100 多万篇。内容涵盖自然科学、工程技术、农业、医学、哲学、人文社会科学等学科领域。该数据库数据高度整合，可实现一站式检索；同时还具有引文连接功能，除了可以构建成相关的知识网络外，还可用于个人、机构、论文、期刊等方面的计量与评价。

5.1.2　检索技术

1. 布尔检索

（1）在初级和高级检索方式中，使用下拉菜单选择布尔检索算符，其逻辑算符为"并且"（逻辑与）、"或者"（逻辑或）、"不包含"（逻辑非）。

（2）在专业检索中，直接输入检索式。检索词之间的逻辑算符为："AND"、"OR"、"NOT"。如果要选择运算顺序，请使用半角圆括号"（）"。在输入检索式时，除检索词之外的所有符号均采用半角。

2. 词位检索

提示同一检索项中两个检索词的词间关系，分"同句"、"同段"两种。

同句，指两个标点符号之间，即多个检索词限定在一个句子内出现。在高级检索中，采用下拉菜单方式进行选择。例如："废水"同句"处理"，高级检索中的同句作用与专业检索中的"＃"作用相同。在专业检索中，检索词之间的逻辑符号为"＃"或"％"。例如，摘要＝'废水 ＃ 处理'。或，摘要＝'废水 ％ 处理'。"％"与"＃"的区别："％"不能颠倒词序；"＃"能颠倒词序。

同段，检索词之间的逻辑符号为"/SEN"。且限定在 5 句之内。例如，摘要＝'废水 /SEN 5 处理'；或，摘要＝'废水 /SEN 2 处理'。

3. 限制检索

有字段限制、时间范围限制、期刊范围限制、匹配限制、排序限制等八种方式。

5.1.3　检索方式及检索步骤

1. 检索方式及检索步骤

《中国期刊全文数据库》提供了初级检索、高级检索、专业检索和期刊导航四种检索方式，如图 5-1-1 所示。

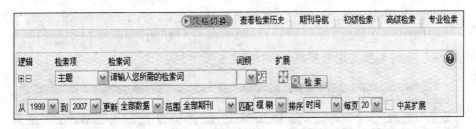

图 5-1-1　《中国期刊全文数据库》主页及初级检索界面

1) 初级检索

初级检索有"简单检索"和"逻辑组合检索"两种方式。简单检索只需要输入一个检索词，点击"检索"按钮即可获得结果。显示出检索结果后，将"在结果中检索"前的方框中打勾，即可进行二次或多次检索。逻辑组合检索指可选择多个检索项，点击"逻辑"下方的 □ 增加一排逻辑检索行（参见图 5-1-1），在每个检索项输入一个检索词。每个检索项之间使用"并且"（逻辑与）、"或者"（逻辑或）、"不包含"（逻辑非）对各个检索词进行逻辑组配。进行两次或多次检索的方法与简单检索相同。

2) 高级检索

高级检索提供检索项之间的逻辑组配、同检索项中检索词之间的逻辑组配和段句词位组配，它与初级检索的不同之处是，在一个检索项中可分别输入两个词，两词可分别受到五种词间关系控制和词频控制。例如，检索"废水处理"方面信息的输入（参见图 5-1-2）。

3) 专业检索

专业检索是指将检索式直接输入到检索框中进行检索的方法（参见图 5-1-8）。专业检索比高级检索具有更多的功能，如有前方一致检索、字距检索、词距检索、序位检索。

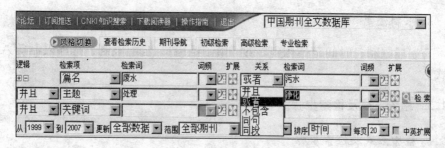

图 5-1-2　高级检索界面

4）期刊导航

期刊导航是指直接浏览期刊，按期查找期刊论文，属于直接检索的方式。点击《中国期刊全文数据库》首页上方"期刊导航"按钮，进入期刊导航界面。此界面下设 11 种类型的期刊导航，如图 5-1-3 所示。

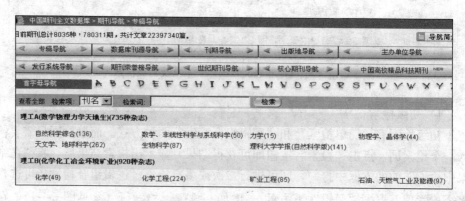

图 5-1-3　期刊导航界面

（1）专辑导航。按期刊内容进行分类，分为 10 个专辑，74 个专题。

（2）数据库刊源导航。显示了国内外其他数据库收录期刊的情况。

（3）刊期导航。按出版周期分类。

（4）出版地导航。按期刊出版地分类。

（5）主办单位导航。按期刊主办单位分类。

（6）发行系统导航。按期刊发行方式分类。

（7）期刊荣誉榜导航。按期刊获奖情况分类。

（8）世纪期刊导航。回溯 1994 年以前出版的期刊。

（9）核心期刊导航。将同时被该数据库和《中文核心期刊要目总览》收录的期刊，按核心期刊表进行分类排序。

（10）中国高校精品科技期刊导航。目前给出了 52 种高校期刊。

（11）首字母导航。按刊名汉语拼音字顺排序。

选定某种期刊，点击刊名，可看到年度列表；点击某一年份，可打开本年度各期列表；再点击期号，可阅读本期所有论文。此外，点击刊名后，数据库还提供了"本刊检索"，如图 5-1-4 所示，具体使用方法与初级检索相同，不同的是信息仅限于本刊范围。

图 5-1-4　本刊检索界面

2. 检索结果的处理

利用上述各种检索方式查到所需的文献信息之后，对检索结果可作如下处理。

1）结果选择保存

（1）选择题录。如需要将检索结果保存以供它用时，可在检索结果的当前页面上选择条目进行保存（一次最多保存 50 篇题录）。其方式有"单选"和"全选"。单选是指在题名前的"□"勾选，选择需要保存的记录。全选是指点击右页面的"全选"按钮，即可将当前页面的题录全部勾选。

（2）保存结果。系统提供了简单格式、详细格式、引文格式、自定义格式和查新五种保存格式。

2）全文下载及浏览

系统提供两种途径下载浏览全文：一是从检索结果页面（概览页），点击题名前的，下载浏览 CAJ 格式全文；二是从摘要页，点击 CAJ，下载浏览 CAJ 格式全文，点击 PDF 下载，下载浏览 PDF 格式全文。无论是下载浏览 CAJ 或 PDF 格式的全文，均需事先下载相应的浏览器。

5.1.4　检索实例

检索课题：城市生活废水处理新技术

1. 分析课题，选择检索词

废水——可选“污水”作同义词，处理——可选“净化”作同义词，技术、工艺、方法属于泛指性的词，不宜选作检索词。因此，检索词可选择为城市、生活、废水、污水、处理、净化

2. 构造检索式

城市 and 生活 and（废水 or 污水）and（处理 or 净化）

3. 进入“中国期刊全文数据库”初级检索界面

点击两次逻辑下方的⊞按钮，增加两行检索项。根据检索式在不同的检索框内输入检索词，并选定检索时间、检索字段。如图 5-1-5 所示。

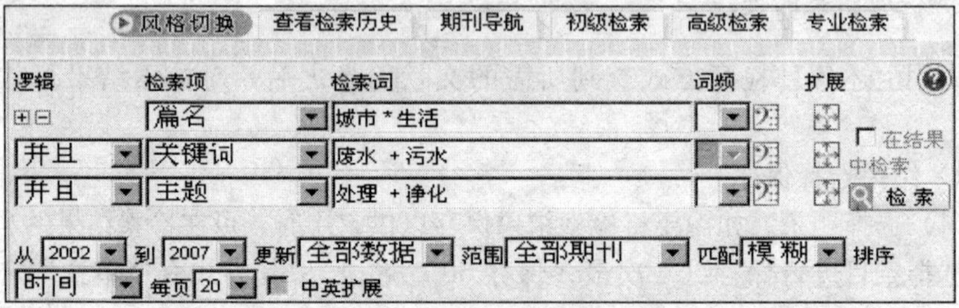

图 5-1-5　初级检索检索式的输入

单击检索按钮得 85 条记录，如图 5-1-6 所示。

共有记录85条　首页　上页　下页　末页　1　/5　转页　全选　清除　存盘

序号	篇名	作者	刊名	年/期
1	城市生活垃圾处理场渗滤液可生化性研究	陈莉薇	安徽化工	2006/06
2	大庆城市生活污水处理厂TOC与COD的相关性分析	顾廷富	环境研究与监测	2006/02
3	UASB处理低浓度城市生活污水的中试试验	雒文生	环境工程	2006/05
4	环形A/O生物滤池处理城市生活污水	李涛	河北工业科技	2006/05

图 5-1-6　检索结果

单击图 5-1-5 上方的“高级检索”按钮，进入高级检索界面，输入检索式，

如图 5-1-7 所示。检索结果与初级检索结果相同。再点击图 5-1-7 上方的"专业检索"按钮，进入专业检索界面，输入检索式参见图 5-1-8。

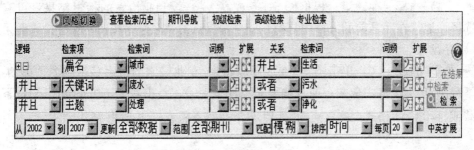

图 5-1-7　高级检索检索式的输入

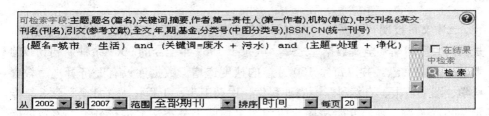

图 5-1-8　专业检索检索式的输入

检索结果与初级检索、高级检索结果相同。点击图 5-1-6 序号 4 的题名，得到摘要，如图 5-1-9 所示。

	环形A/O生物滤池处理城市生活污水
	推荐 CAJ下载　　　　PDF下载
【英文篇名】	Practice of sewage treatment with annular anoxic-aerobic biological filter
【作者】	李涛; 王海云;
【英文作者】	LI Tao~1; WANG Hai-yun~2　(1.Qiaoxi Municipal Sewage Plant; Shijiazhuang Sewerage Management; Shijiazhuang Hebei 050061; China; 2.College of Environmental Science and Engineering; Hebei University of Science and Technology; Shijiazhuang Hebei 050018; China)　;
【作者单位】	石家庄排水处桥西污水处理厂;河北科技大学环境科学与工程学院;河北石家庄;
【刊名】	河北工业科技 , Hebei Journal of Industrial Science and Technology, 编辑部邮箱 2006年 05期 期刊荣誉:ASPT来源刊　CJFD收录刊
【关键词】	A/O工艺;环状生物滤池;城市生活污水;
【英文关键词】	anoxic-aerobic process; annular biological filter; municipal sewage;
【摘要】	介绍了山西阳泉污水处理厂环形A/O生物滤池的特点,并结合该厂污水处理工艺流程和主要工艺参数对实际运行情况进行了论述。运行结果表明环状生物滤池较普通生物滤池对进水的水质水量有更大的耐冲击能力,除磷脱氮效率高40%~50%,经过二级处理,出水能够达到排放标准,三级处理后可作为中水回用。

图 5-1-9　摘要显示

4. 检索结果处理

（1）选择保存题录。根据图 5-1-6 或高级检索/专业检索的检索结果，可有选择性地（在序号前的方格中打勾）或全部（点击"全选"按钮）保存检索题录（即存盘）。

（2）阅读全文。单击图 5-1-6 或高级检索/专业检索的检索结果题名前的🖺，下载浏览 CAJ 格式全文；或从摘要页（图 5-1-9），点击题名下方的🖺 CAJ，下载或打印 CAJ 格式全文；点击🖺 PDF 下载，下载或打印 PDF 格式全文。

5.2　中文科技期刊数据库

5.2.1　概况

《中文科技期刊数据库》由中国科技部重庆维普资讯有限公司 1989 年创办，是国内大型的期刊全文数据库之一。收录了 1989 年至今的 9000 余种期刊刊载的 1200 余万篇文献，并以每年 150 万篇的速度递增。数据库设有经济管理、教育科学、图书情报、自然科学、农业科学、医药卫生、工程技术、社会科学 8 个专辑、35 个专题。所有文献按照《中国图书馆图书分类法》进行分类。该数据库人工标引与检索技术准确，查全查准率高。配备专用全文浏览器，内嵌 OCR 技术，能直接把图像文件转换成文本格式进行编辑。

5.2.2　检索技术

1. 布尔检索

支持逻辑与、逻辑或、逻辑非检索技术。算符形式视检索方式的不同而变化。在高级检索方式中，使用下拉菜单选择"并且"、"或者"、"不包含"。在"快速检索"、"传统检索"、"高级检索"、"分类检索"的同一检索框内运用布尔检索时，其算符为"＊"、"＋"、"－"。

2. 同义词、同名作者检索

在"传统检索"和"高级检索"方式中设置了"同义词"和"同名作者"检索。同义词检索适用于"题名"、"关键词"、"题名或关键词"三个字段。使用同义词检索可提高检全率。

同名作者检索适用于"作者"、"第一作者"两个字段。使用同名作者检索可提高检准率。

3. 限制检索

"传统检索"和"高级检索"方式可以对字段、学科、期刊范围、时间范围、精确/模糊检索进行限制;"快速检索"可以对字段、时间范围、精确/模糊检索进行限制。

5.2.3　检索方式及检索步骤

1. 检索方式及检索步骤

《中文科技期刊数据库》提供了快速检索、传统检索、高级检索、分类检索、期刊导航五种检索方式。首页默认的是"快速检索"界面,其他检索方式只需点击相应的按钮即可,如图 5-2-1 所示。

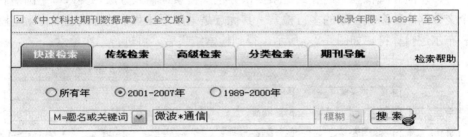

图 5-2-1　《中文科技期刊数据库》主页及快速检索界面

1) 快速检索

快速检索设定好时间范围和检索字段后,在检索框内输入检索词或检索式,参见图 5-2-1,也可在检索框内输入复合检索式(多字段检索)。

2) 传统检索

传统检索是该数据库最早使用的检索方式,检索界面如图 5-2-2 所示。传统

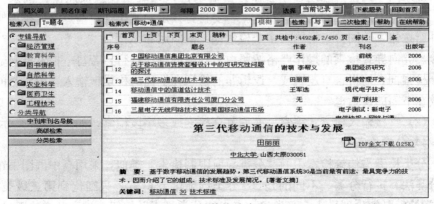

图 5-2-2　传统检索界面

检索有直接输入完整检索式和分步检索两种检索方法。如，"第三代移动通信的发展"的检索式为第三代＊移动＊通信＊发展，可在检索框内直接输入完整的检索式，也可以第一次输入移动＊通信、第二次输入第三代、第三次输入发展，从第二次检索起，需点击"二次检索"按钮。分步检索虽然比一次性直接输入的步骤多，但可在保证查全率的基础上提高查准率。

同义词、同名作者的检索见 5.2.2 检索技术。

精确/模糊检索。适用于关键词、作者、第一作者、分类号四种检索字段。精确检索的结果与检索词完全一致，能提高查准率。模糊检索的结果与检索词部分一致，能提高查全率。

3）高级检索

高级检索提供了向导式检索、直接输入检索式两种检索方式。

（1）向导式检索。向导式检索提供分栏式检索词输入方法，类似《中国期刊全文数据库》高级检索的多行检索。其优点是采用下拉菜单的方式选择检索字段和布尔逻辑算符，如图 5-2-3 所示，得到检索结果后，可进行二次检索。

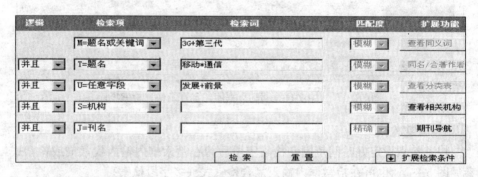

图 5-2-3　向导式检索

使用向导式检索应注意：①在分栏输入检索词之后，直接点击"检索"按钮，其各种限制条件均在默认状态。若要自行设定限制条件，请点击"扩展检索条件"按钮。②同检索框输入多个检索词，词间用布尔逻辑"＊"、"＋"、"—"连接。③向导式检索的操作严格按照由上到下的顺序进行，若每一检索框只输入一个检索词，请将含有逻辑或、逻辑非的检索在上面的检索框输入，逻辑与的检索放在下面的检索框。

（2）直接输入检索式检索。亦称复合检索或多字段检索，如图 5-2-4 所示。

4）分类检索

分类检索与传统检索中的"分类导航限制检索"类似，采用《中国图书馆图书分类法》进行分类。不同的是："分类导航限制检索"只细化到第三级类目，"分类检索"细化到最小一级类目。点击"分类检索"按钮，进入分类检索界面，

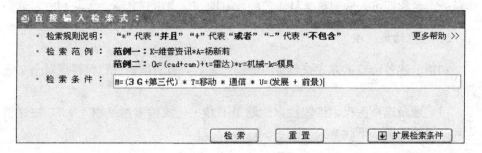

图 5-2-4   直接输入检索式检索

如图 5-2-5 所示。

图 5-2-5   分类检索界面

分类检索的操作步骤：

（1）学科类目选择。在左边的分类表中按照学科类别逐级点开查找所需的类目名称。如果下级类目需全选，则定位在上一级类目。

（2）学科类目选中。在目标学科前的"□"中打上"√"，点击 >> 按钮，将类目移到右边的方框中，即完成该类目的选中。

（3）在所选类目中检索。选中学科类目后，在"分类检索"界面下方选择检索字段、限制检索条件，即可在选中的学科类目范围内进行检索，其操作与"快速检索"相同。

5）期刊导航

有"期刊搜索"、"按字顺查"和"按学科查"三种方式。

（1）期刊搜索。如果知道准确的刊名或 ISSN，在输入框中输入刊名或 ISSN，点击"查询"，即可进入期刊名列表页，点击刊名则进入期刊内容页。

（2）按字顺查。按期刊名的第一个字的汉语拼音进行查找。

（3）按学科查。首先选择"核心期刊"或"核心期刊和有关期刊"，再点击学科分类名称即可查看到该学科涵盖的所有期刊。点击刊名则进入期刊内容页。

2. 检索结果处理

利用上述各种检索方式查到所需的信息之后，可对题录进行保存或对全文进行下载。

（1）题录选择保存。传统检索的题录下载见传统检索参见图 5-2-2，快速检索和高级检索题录下载方式如图 5-2-6 所示。

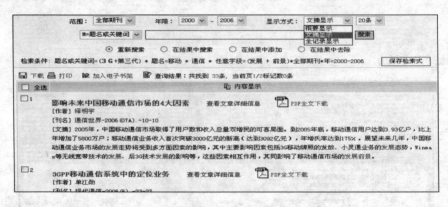

图 5-2-6　快速检索/高级检索的摘要显示及保存

（2）全文下载及浏览。一是从检索结果页面（概览页），点击题名前的 ，下载浏览全文；二是从摘要页，点击 PDF 下载，下载浏览全文。下载浏览全文，均需事先下载相应的浏览器。

5.2.4　检索实例

检索课题：抗生素副作用对人体健康的影响

1. 分析课题，选择检索词

抗生素是广泛使用的药物之一，对治疗疾病起到重要作用，但其不良反应也会给人类的生命健康带来一定程度上的影响，甚至危及到生命。因此，有必要了解抗生素副作用的表现形式以及给人体健康造成的危害。抗生素，历史上曾称抗菌素，所以可把抗菌素作为同义词或近义词。因此，检索词可选择为

抗生素、抗菌素、副作用、毒副作用、不良反应、过敏、健康

2. 构造检索式

T＝（抗生素＋抗菌素）AND M＝（副作用＋毒副作用＋不良反应＋过敏）

AND U＝健康

注：T、M、U 为字段代码。

3. 开始检索

（1）传统检索。进入传统检索界面，时间、期刊类型等限制采用默认方式，进行分步检索，依次输入 T＝（抗生素＋抗菌素），得到检索结果 6885 条，如图 5-2-7 所示；然后进行二次检索，输入 M＝（副作用＋毒副作用＋不良反应＋过敏），得到检索结果 433 条，如图 5-2-8 所示；最后输入 U＝健康，得到最终检索结果 19 条，如图 5-2-9 所示。

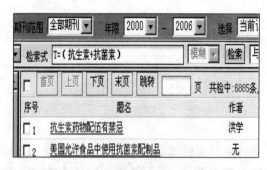

图 5-2-7　传统检索第一步检索及结果

图 5-2-8　传统检索第二步检索及结果

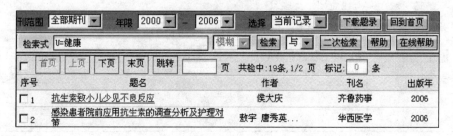

图 5-2-9　传统检索第三步检索及结果

（2）高级检索。进入高级检索，直接输入检索式检索，如图 5-2-10 所示。所得到的检索结果与传统检索的第三步检索结果一致。

检 索 条 件 ：　T=（抗生素+抗菌素）* M=（副作用+毒副作用+不良反应+过敏）* U=健康

图 5-2-10　在高级检索中直接输入检索式

4. 处理检索结果

（1）选择保存题录。根据需要进行单选或选择全部记录，单击下载按钮，保存所选题录。

（2）全文下载及浏览。单击概览页题名前的 ，或摘要页中的 PDF 全文下载按钮，下载浏览全文。

5.3　万方数据资源系统

5.3.1　概况

万方数据资源系统是中国科技信息研究所、万方数据集团公司 1997 年 8 月创建的一种大型的网络检索平台。该系统按内容分为数字化期刊、学位论文、会议论文、科技信息、商务信息五个子系统。其中，数字化期刊、学位论文、会议论文是全文数据库；科技信息、商务信息为摘要型数据库。内容涉及自然科学、社会科学、商务信息等各个领域，包括期刊论文、会议论文、学位论文、研究报告、技术标准、专利文献、企业产品、法律法规等 120 多个数据库，主页如图 5-3-1所示。

图 5-3-1　万方数据资源系统主页

1. 数字化期刊全文数据库

数字化期刊全文数据库收录了 1998 年至今的 5500 余种期刊，基本包括了我国文献计量单位中自然科学类统计源刊和社会科学类核心源期刊。核心刊收齐率达 95% 以上。

2. 中国学位论文全文数据库

中国学位论文全文数据库收录了自 1998 年以来我国自然科学领域博士、博士后及硕士研究生论文，其中全文 60 余万篇，每年稳定新增 15 余万篇，是我国收录数量最多的学位论文全文库。

3. 中国会议论文全文数据库

中国会议论文全文数据库是国内唯一的学术会议论文全文数据库，收录了1998 年至今的来自全国 7000 余个会议的 45 万篇会议论文全文。

4. 会议论文（西文）全文数据库

会议论文（西文）全文数据库收录了 2000 年至今在国内召开的 1000 多个国际性会议的 10 万篇会议论文全文。

5. 科技信息子系统

科技信息子系统是中国唯一完整的科技信息群，汇集了科研机构、科技成果、科技名人、中外标准、政策法规等近百年数据资源，信息总量达上千万条，每年更新几十万条以上。该系统包含 98 种国家级特色数据库，如：中国重大科技成果库、中国专利数据库、中国科技论文统计与引文分析库、中国学术会议论文文摘库、中国学位论文文摘库、中国科技文献库、中外标准数据库等。

6. 商务信息子系统

商务信息子系统面向企业用户推出工商资讯、经贸信息、咨询服务、商贸活动等服务内容。其主要产品是《中国企业、公司及产品数据库》，已收录 96 个行业 20 万家企业的详尽信息，是中国最有影响的企业综合信息库，每年 100% 更新。包含了 16 万家国内外企业信息，并集中增强企业核心竞争力的科技信息、行业信息、成果转化等咨询。

5.3.2　检索技术

1. 布尔检索

支持逻辑与（AND）、逻辑或（OR）和逻辑非（NOT）。

2. 邻近检索（目前限于跨库检索）

cat prox hat：表示查找 cat 和 hat 相邻的记录。

cat prox/distance＝3/unit＝word/ordered hat：表示 cat 和 hat 之间相隔 3
个字符且 cat 和 hat 的顺序要按照检索表达式中的次序出现。

5.3.3　检索方式及检索步骤

分单库检索和跨库检索两种方式，参见图 5-3-1。

1. 单库检索

以数字化期刊全文数据库为例。

点击图 5-3-1 上方"数字化期刊全文数据库"按钮，即进入数字化期刊主
页，如图 5-3-2 所示。

图 5-3-2　数字化期刊主页

（1）增加检索行。在检索范围下方点击 ⊞ ⊟ 可增加或减少检索行。

（2）选择检索字段。系统提供了全部字段、论文标题、作者、作者单位、刊
名、年、期、关键词、摘要九种字段。

（3）选择布尔逻辑功能。点击检索框后的下拉菜单，即可选择布尔逻辑
"与"、"或"、"非"。

（4）选择检索年份。在限定年度范围前的□打上勾，则能选择起止年份。

（5）点击检索得结果，如图 5-3-3 所示。

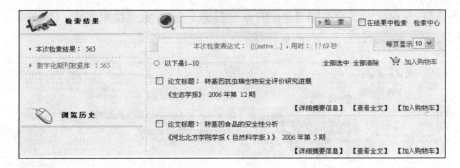

图 5-3-3　检索结果

点击图 5-3-3 中第 2 篇，得到摘要，如图 5-3-4 所示。

点击图 5-3-4 上方的"查看全文"按钮，可阅读全文。

转基因食品的安全性分析	【查看全文】 【导出中文信息到RefWorks】 【导出英文信息到RefWorks】
英文标题：	Safety Analysis of Genetically Modified Foods
作者：	王若敏 HotLink 罗永华 HotLink
作者单位：	河北北方学院食品科学系,河北,张家口,075000
刊名：	河北北方学院学报（自然科学版）
英文刊名：	JOURNAL OF HEBEI NORTH UNIVERSITY(NATURAL SCIENCE EDITION)
年/卷/期：	2006 /22 /5
栏目名称：	食品科学
分类号：	TS201.6 HotLink
关键词：	转基因食品 HotLink 安全性分析 HotLink 展望 HotLink
摘要：	就转基因食品的安全隐患进行了理性的分析,提出了转基因食品未来的发展方向.
数据库名：	数字化期刊数据库

图 5-3-4　摘要显示

2. 跨库检索

（1）经典检索。点击图 5-3-1 上方"跨库检索"按钮，即进入跨库检索的经典检索主页，如图 5-3-5 所示。

图 5-3-5　经典检索主页

（2）专业检索。点击图 5-3-5 的专业检索，进入专业检索界面，如图 5-3-6所示。

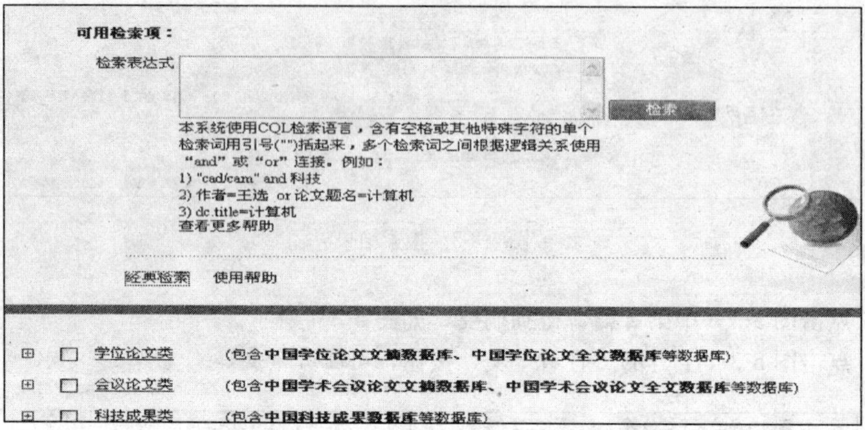

可用检索项：

检索表达式

检索

本系统使用CQL检索语言，含有空格或其他特殊字符的单个检索词用引号("")括起来，多个检索词之间根据逻辑关系使用
"and" 或 "or" 连接。例如：
1) "cad/cam" and 科技
2) 作者=王选 or 论文题名=计算机
3) dc.title=计算机
查看更多帮助

经典检索　使用帮助

⊞　☐ 学位论文类　　（包含中国学位论文文摘数据库、中国学位论文全文数据库等数据库）
⊞　☐ 会议论文类　　（包含中国学术会议论文文摘数据库、中国学术会议论文全文数据库等数据库）
⊞　☐ 科技成果类　　（包含中国科技成果数据库等数据库）

图 5-3-6

第6章 国外网络数据库信息的检索 （一）

6.1 EI Village 2

6.1.1 概况

EI Village（工程索引信息村）是美国工程信息公司（Engineering Information Inc.）的信息集成系统，2004 年该公司成为 Elsevier（荷兰爱思唯尔）（Elsevier Engineering Information Inc.）的子公司，EI Village 2 是其中的一个检索平台，可检索 1969 年至今的文献，包括的主要数据库如下：

1. Compendex 数据库

Compendex 源自著名的美国《工程索引》（Engineering Index，EI），是目前世界最全面的工程类文摘数据库，收录 5400 余种工程类期刊中的论文以及会议文集中的论文和技术报告，学科涵盖工程和应用科学的各个领域，如核技术、生物工程、交通运输、化学和工艺工程、照明和光学技术、农业工程和食品技术、计算机和数据处理、应用物理、电子和通信、控制工程、土木工程、机械工程、材料工程、石油、宇航、汽车工程等，数据库每周更新。

2. INSPEC 数据库

INSPEC（Information Service in Physics，ElectronicsTechnology and Computer and Control）源自英国的《科学文摘》（Science Abstracts，SA），收录了有关物理、电子工程、电子学、通信、控制工程、计算机科学以及信息技术等学科的 4000 余种期刊及 3000 多种书籍、报告、会议录。随着互联网络的发展，在多个检索平台都可检索 INSPEC 数据库，但在不同的检索平台上，其检索方式、检索结果显示和处理等都不尽相同。数据库每周更新。

3. NTIS 数据库

NTIS（National Technical Information Service）数据库，源自《美国政府科技报告索引》（The U. S. Government Report and Index），报道美国政府出版的 AD、DOE、NASA、PB 以及其他国家的科技报告。此外，该数据库还包括外语视听资料、劳动安全与健康、法律等信息。数据库每周更新。

除上述三种主要的数据库外，在 EI Village 2 平台上还有其他文献资源，如 HIS Standards（HIS 标准文献数据库）、USPTO（美国专利文摘数据库）、esp@cent（欧洲专利文摘数据库）、Scirus（科技搜索引擎）和 Lexisnexis News（科技新闻信息）等。

6.1.2　检索技术

EI Village 2 支持布尔检索，支持使用邻位算符（near）、截词符（＊）、词根符（$）、优先算符（（））等算符进行扩检、缩检和精确检索，还提供方便的作者、作者单位、刊名、出版商、受控词等索引浏览。

1. 布尔检索

（1）用 AND 算符组配检索词，可提高专指性和查准率。例如：检索"聚烯烃热塑性弹性体"有关的信息，检索式可组配为：polyolefin AND thermoplastic AND elastomer。

（2）用 NOT 算符组配检索词，能排除无关词，可实现专指性检索。例如：检索有关"电力系统光纤通信技术"排除载波通信技术，检索式可组配为："（Power System AND Optical Fiber AND Communication）NOT Microwave Communication"。

（3）用 OR 算符组配检索词，可对近义词、相关词以及拼写方法不同的检索词进行组配，可提高查全率。例如"图像传感器"，检索式可组配为："image（ry）sensor OR image transducer OR imaging sensor"。

2. 截词检索

（1）"＊"为无限截词符。使用"＊"截词符可以将某个检索词包括的动词、名词、动名词、过去分词和形容词等进行检索，对提高查全是非常实用的。例如 "Preparat＊"（制备）可检索到包括 Preparation、Preparative、Preparating、Preparated 等词的文献。另外"＊"还可用于因欧美国家英语不同拼写形式，例如"Sul＊ate"（硫酸盐）可检索到包括 Sulphate，Sulfate 等词的文献。

（2）"?"为有限截词符，主要用于因复数或其他形式而设立的，例如：使用 "hypothes? s"可查得"hypotheses"的复数形式。

3. 精确短语检索

为了使短语或词组作为一个整体，或包含有禁用词（and，or，not，near）的短语或词组可采用精确短语检索，用大括号｛ ｝或引号""处理。例如：截断电流｛Cut-Off Current｝、电力机车"power locomotives"、大气污染和控制"air pollution and control"。

4. 邻近检索

邻近检索有两种算符，"NEAR"和"ONEAR"。"ONEAR"用于精确检索，词序不能颠倒。例如：雪崩晶体管"Avalanche ONEAR/1 transistor"，检索词之间可插入一个词。

6.1.3　检索方式及检索步骤

1. 快速检索

快速检索指直接进入界面进行检索的方式。可通过检索界面提供的各个窗口菜单选择所需的数据库、检索字段、检索结果的显示方式等，参见图 6-1-3。

1）EI Village 2 中采用 EI 主题词、非控制词和自由词检索

检索词的选择和组配则按前所述的有关检索技术进行处理。

2）检索字段的限定

EI Village 2 提供并加强了字段的多元化功能，以对输入的检索词进行限制。常用检索字段有：所有字段、主题/标题/文摘字段、文摘字段、作者字段、作者单位字段、标题字段、分类代码字段、CODE 字段、会议信息字段、会议代码字段、ISSN 字段、主题词字段、出版商字段、连续出版物名称字段、控制词字段、来源国别字段等，参见图 6-1-1。

3）限制功能

EI Village 2 提供多种限制功能，常用的有四种，参见图 6-1-3 的左下方。

（1）文献类型限定字段。若特别需要某种类型的文献可利用该字段进行限定。常用的有：期刊论文、会议录、专著评论、科技报告、报告评论、评述、学位论文等。

（2）文献内容限定。利用该限定功能，可对该主题范围有关理论研究、应用性研究、试验性研究、一般性研究等进行限定。

（3）文献语种限定。可对英文、中文、法文、德文、意大利文、日文、俄文和西班牙文等语种进行限定。

（4）检索年代限定。数据库文献收藏年代为 1969 年至今，若要检索某年的文献，可将年代选择在相应的时间范围内。

4）检索结果的显示方式

有两种显示方式，一种是相关度排序，通常情况下，系统自动按照其相关度进行排序，密切相关的文献排在最前面。另一种是按出版时间排序，若选择了这种排序方式，系统则将最新出版的文献排在前面。

2. 高级检索

高级检索提供了较强、灵活的检索功能，可使用更复杂的布尔逻辑算符进行组配。由于输入检索词时需用特殊的字段代码，与快速检索相比，相对复杂些。因此高级检索比较适合具有检索经验的专业人员使用，检索界面如图 6-1-1 所示。

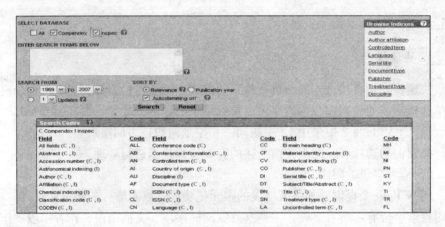

图 6-1-1　高级检索界面

3. 浏览检索

EI Village 2 快速检索界面右上方提供了作者、作者单位、刊名、出版商、受控词等索引供浏览。高级检索界面右上方提供了作者、作者单位、刊名、出版商、受控词、语种、文献类型、处理代码等索引供浏览。当选择了浏览索引框中某个字段后，任意选定其中某词，系统自动将其粘贴到左边的检索框中，并切换到相应的检索字段。例如检索"高分子阻燃剂"方面的文献，选择高级检索界面右边的浏览检索框（图 6-1-1），选择受控词字段，受控词字段中的词按字顺排列选定"Flame resistance；Flame retardants；Flame proofing Polymers"后，系统自动将词粘贴在检索框内，单击［Search］，便可得到检索结果，如图 6-1-2 所示。

4. 检索结果的处理

（1）检索结果的调整。各种检索方式均提供二次检索、合并检索和相关检索，可根据检索结果的数量进行二次检索或合并检索，提高查准率。

（2）检索结果的显示格式。有三种显示格式：题录（Citation）、文摘（Abstract)、全记录（Detailed record），如图 6-1-4 所示，系统自动默认题录格式。

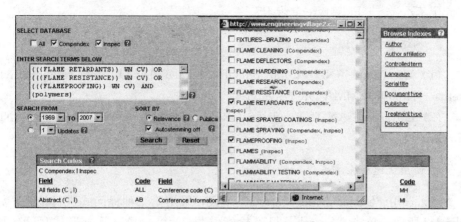

图 6-1-2　高级检索方式的浏览检索

（3）检索结果输出方式。有四种输出方式，即电子邮件、打印、下载、保存输出格式选择，参见图 6-1-7。其中下载方式是指标记所需文献，点击［Download］按钮，系统自动弹出对话框，选择下载格式。下载格式有：RIS，EndNote，ProCite，Reference Manager；BibTex format；RefWorks direct import；Plain text format（ASCII）。需要说明是，除可以选用 Plain text format（ASCII）格式直接下载外，其余的 RIS，EndNote，ProCite，Reference Manager；BibTex format；RefWorks direct import 三种格式需要安装相应的软件，以便将选中的文献下载到指定的文件夹中。

6.1.4　检索实例

检索课题：超声辐照制备聚合物纳米材料

1. 分析主题词，选择检索词

课题涉及两方面内容：①超声辐照引发微乳液聚合新方法，制备聚甲基丙烯酸甲酯（PMMA）、聚苯乙烯（PS）等纳米粒子；②超声辐照原位乳液聚合技术，研究超声辐照作用下无机纳米粒子的分散、稳定和表面活化，实现单体在其表面的原位乳液聚合，制备出磁性纳米粒子等纳米复合材料。选择检索词如下：

超声——Ultrasonic

乳液——Emulsion

微乳液——Microemulsion

原位——In-Situ

纳米复合材料——Nanocomposite

聚甲基丙烯酸甲酯——Polymethylmethacrylate or PMMA

聚苯乙烯——Polystyrene or PS

2. 构造检索提问式

（1）Ultrasonic AND（Emulsion OR Microemulsion）AND（Polymethyl-methacrylate OR PMMA OR Polystyrene OR PS）

（2）Ultrasonic AND（Emulsion OR Microemulsion）AND Nano * AND "In-Situ"

3. 使用快速检索方式进行检索

（1）选用"Subject/title/abstract"字段，采用第二种提问式进行检索，如图 6-1-3 所示，单击［Search］得到检索结果 11 篇，并以题录形式显示，如图 6-1-4 所示。

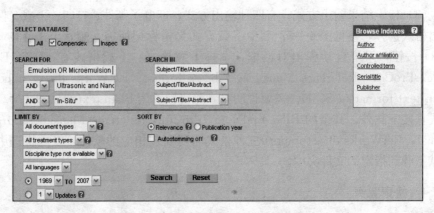

图 6-1-3　快速检索界面及检索式的输入

注：检索词中凡是出现有介词形式，可用精确短语检索，如，本例中的"in situ"。

（2）如果检索结果太少，可选择"All fields"字段检索扩大检索范围，但要注意该字段包括的范围较宽，容易产生大量无关文献，可根据具体情况选择检索字段。

（3）文摘浏览。可直接点击图 6-1-4 中的［Abstract］或［Detailed Record］就能阅读其文摘内容，参见图 6-1-5。若要将所需文摘下载到本机上，须将图 6-1-4 左边的方框进行勾选，选择［Abstract］或［Detailed Record］两者之间任何一种格式，点击［Download］，便可得到所需文摘。在下载格式中，一般选择［Plain text format（ASCII）］格式。

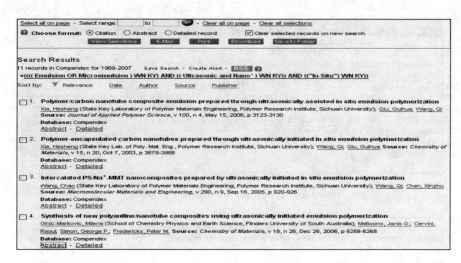

图 6-1-4　检索结果显示界面

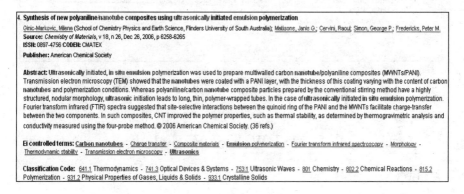

图 6-1-5　文摘显示界面

（4）索取原始文献。根据题录或文摘所提供的论文题目、作者和期刊名称，如 Hesheng Xia，Guihua Qiu Polymer/carbon nanotube composite emulsion prepared through ultrasonically assisted in situ emulsion polymerization。Journal of Applied Polymer Science，v 100，n 4，15 May 2006，p 3123-3130，通过外文报刊全文数据库或期刊联合目录查找。如利用"John Wiley Interscience"全文数据库查找，点击"John Wiley Interscience"进入高级检索界面，直接输入论文题目"Polymer/carbon nanotube composite emulsion prepared through ultrasonically assisted in situ emulsion polymerization"，如图 6-1-6 所示。点击［go］就能得到文献记录，如图 6-1-7 所示，点击［Full Text］，便可得到原始文献。

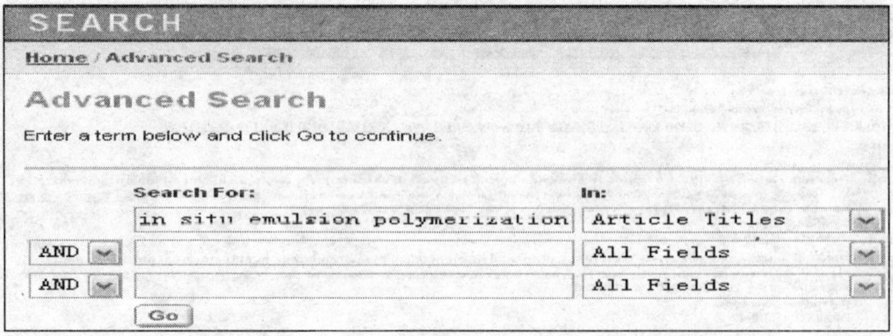

图 6-1-6　John Wiley Interscience 检索界面

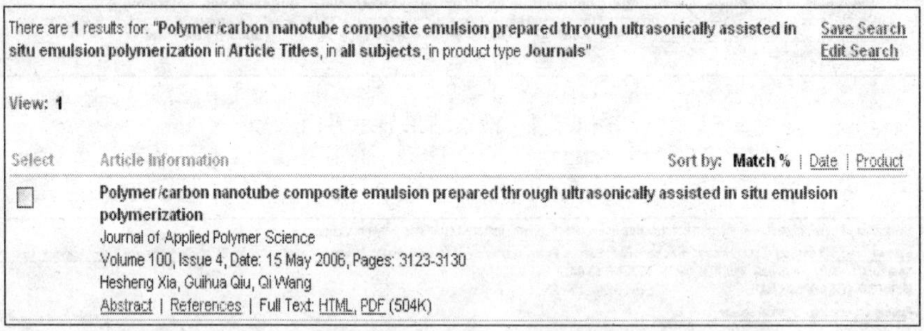

图 6-1-7　John Wiley Interscience 原文下载页面

6.2　ISI Web of Knowledge

6.2.1　概况

美国科技信息所 (Institute for Scientific Information，ISI)，由 Dr. Eugene Garfield 创立于 1958 年。40 多年来，ISI 一直致力于将科技文献领域内最准确、最可靠的信息提供给全球的用户。其多元化的数据库收录 16 000 多种国际期刊、书籍和会议录，横跨自然科学、社会科学和艺术及人文科学各个领域，内容包括文献编目信息、参考文献 (引文)、作者、摘要等一系列关键性的参考信息，构成了信息领域内最全面的综合性多学科文献数据库。

ISI Web of Knowledge 是一个基于 Web 所建立的新型学术信息资源整合体系，采用"一站式"信息服务的设计思路构建而成。在内容上，ISI Web of Knowledge 以 Web of Science 三大引文索引体系为核心，即 (Science Citation Indexes，SCI；Social Science Citation Indexes，SSCI；Arts & Humanities Citation Indexes，A&HCI。除此之外，该平台有效将 ISI Proceedings、Current

Chemical Reactions、Derwent Innovations Index、Biological Abstracts、BIOSIS Previews、CAB Abstracts、Food Science and Technology Abstracts、INSPEC、PSYCINFO、Journal Citation Reports 等各种资源整合在同一平台内，提供自然科学、工程技术、社会科学、艺术与人文等多个领域中高质量的学术和技术信息，同时具有集文献检索、提取、管理、分析与评价为一体的功能，大大扩展和加强了信息检索的深度和广度。通过 ISI Web of Knowledge，可检索各种不同的信息资源。ISI Web of Knowledge 平台主界面包括以下数据库，如图 6-2-1 所示。

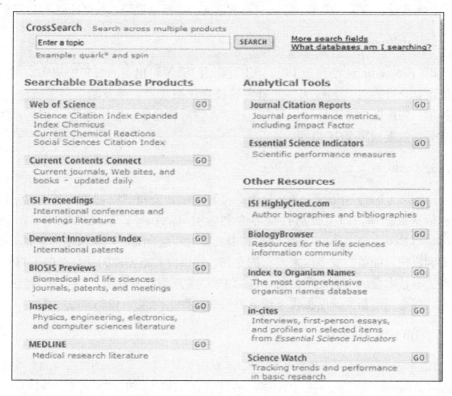

图 6-2-1　ISI Web of Knowledge 主界面

1. Web of Science

（1）Citation Index Expanded（科学引文索引）。内容涉及自然科学、工程技术和临床医学等 150 多个学科领域，它收录了全球权威学术期刊和专利文献，同时也收录正式出版的会议录、论文集、专著丛书、通信、摘要、评论等。收录了近 6100 种期刊，每周增加 19 000 多篇文献和 423 000 篇参考文献。该数据库把每篇被收录文献后所附的参考文献，无一遗漏的严格著录，按照一定的格式编排并索引。通过引文索引进行系统周期性报道，不仅可快速回溯到某一研究课题的历史性记载，还可追踪到最新的研究进展，数据回溯至 1900 年。

（2）Social Science Citation Indexes（社会科学引文索引）。收录了 1700 多种全球顶尖社会科学期刊，覆盖 60 个学科，兼收了 3200 种与社会科学有关的自然科学期刊。总计收录有 350 多万条记录，每年新增 12 000 条，每周更新，数据回溯至 1956 年。

（3）Arts & Humanities Citation（艺术与人文科学引文索引）。收录了全世界 1130 种主要艺术和人文科学期刊中的信息，其中包括了语言学、文学、哲学、历史学、考古学、音乐、美术、舞蹈、诗歌散文、广播电视等，数据回溯至 1975 年。

2. ISI Proceedings

ISI Proceedings 创刊于 1978 年 1 月，由 ISI 编辑出版。每年报道 4000 多种会议录，全世界有 75%～90% 的重要科技会议被收录，涉及的学科领域包括生命科学、临床医学、工程科学、应用科学、物理和化学、生物科学、环境及能源科学等，数据回溯至 1990 年。

3. Derwent Innovations Index

Derwent Innovations Index 是 ISI 和 Derwent 公司共同创建的基于 Web 的专利信息数据库，即由德温特世界专利索引（Derwent World Patents Index，WPI）与 Patents Citation Index（专利引文索引）整合而成，收录来自世界 40 多个专利机构，涵盖 100 多国家发布的专利，提供世界范围内的化学、电子与电气以及工程技术领域内的发明信息，包括 1000 多万条基本发明，2000 多万条专利信息，以每周更新的速度提供全球专利信息，数据回溯至 1963 年。

4. BIOSIS Previews

BIOSIS Previews 由美国生物科学信息服务社（BIOSIS）出版，包括了 Biological Abstract 和 Biological Abstracts/RRM。ISI 与 BIOSIS 合作，通过 Web of Science 平台构建起一个全新的 BIOSIS Previews 技术架构。ISI Links 将 BIOSIS Previews 和 ISI Web of Knowledge 链接，进一步利用 ISI 独特的引文索引机制掌握相关研究信息及其内在联系。该数据库所收录 5000 多种期刊以及会议、报告、评论、图书、专论等多种文献。学科覆盖生物学、生物化学、生物技术、植物学、医学、药理学、动物学、农业、兽医学等领域，数据回溯至 1963 年。

5. INSPEC

INSPEC 由英国电气工程师学会（IEE）出版，它是目前全球在物理和工程领域中最全面二次文献数据库之一，分布在多个检索平台中，基本情况参见 6.6.1 节。

6. MEDLINE

MEDLINE 是美国国立医学图书馆（NLM）MEDLARS 系统中规模最大、权威性最高、使用频率最高的数据库。它覆盖了 70 多个国家和地区的 3600 余种生物医学期刊约 690 万篇文献题录，占 MEDLARS 系统收录条数的 50% 以上，以每月 3 万条的速度递增。MEDLINE 收录 1966 年至今包括临床医学、基础医学、护理学、牙科学、卫生保健以及兽医学领域，以北美地区为主的世界范围内 4800 多种期刊中的文献。

除上述数据库外，该平台还提供了评价期刊质量的分析工具，即 Journal Citation Reports（期刊引证报告）。

6.2.2　检索技术

1. 布尔检索

使用的算符为 AND、OR、NOT，在同一检索项中使用不同的布尔逻辑算符组配可达到预期的检索效果。当一个检索式运用多个运算符时，其处理的优先次序按 NOT、AND、OR 进行。

2. 邻近检索

使用的算符为 SAME，表示两个检索词出现在记录的同一个句子或词组中。如输入检索词"SARS SAME Diagnosis"（SARS 病的诊断），可能会检索包含有：Early diagnosis of SARS；SARS-CoV have been developed and applied for diagnosis 等记录。

3. 截词检索

采用"*"、"?"和"$"三种不同符号实现截词检索。无限截词，"*"与前面章节所述的功能一致；有限截词："?"和"$"，"?"表示在检索词的主词根加一个"?"，表示词根后可增加一个字符；若词根后面加上两个或三个"?"，则表示词根后面增加两个或三个字符。采用"$"符号，则表示只有 0~1 个字符变化。

6.2.3　ISI Web of Science 检索方式及检索步骤

在 ISI Web of Science 中，有快速检索、普通检索、引文检索、结构式检索以及高级检索这五种检索方式，如图 6-2-2 所示。

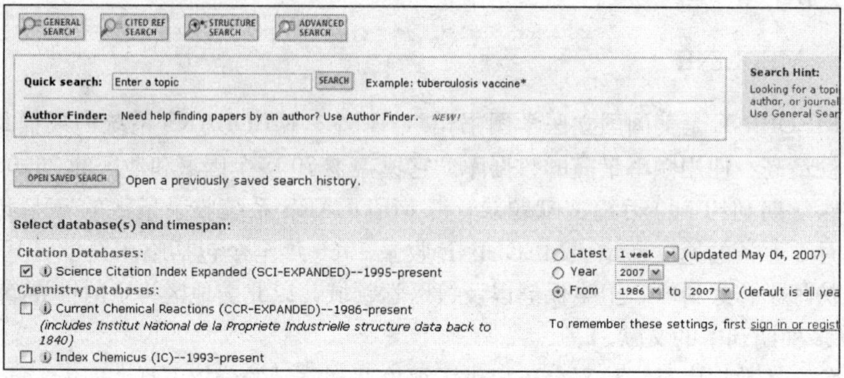

图 6-2-2　ISI Web of Science 检索界面

1. Quick Search（快速检索）

快速检索可直接在检索框内输入检索词，系统自动在标题字段、关键词字段和文摘字段中检索，也可以利用运算符 AND、OR、NOT 进行组配检索。

2. GENERAL SEARCH（普通检索）

提供主题、作者、团体作者、来源期刊、期刊出版年代和作者地址六种检索方式，可根据具体情况选择不同的检索入口，检索界面如图 6-2-3 所示。

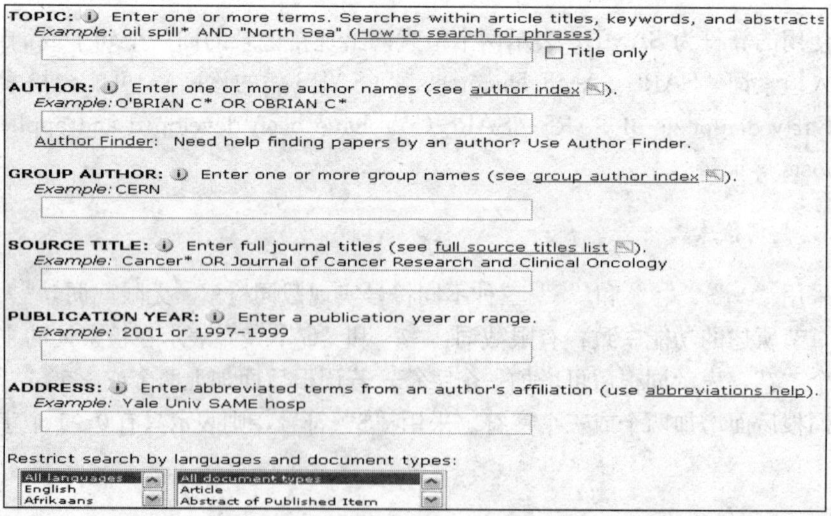

图 6-2-3　普通检索界面

1）TOPIC（主题检索）

在检索框内输入检索词或短语，系统会自动默认检索词之间的逻辑关系为 AND。若对某个检索词需作一定限制或一些要求时，可利用布尔算符、位置算符和截词符。

（1）布尔算符、邻近算符的使用。如检索"网络安全入侵检测系统及方法"的相关信息，有多种组配和输入方式，即 Network AND Safety AND intrusion AND detection；（Computer OR Network）AND Safety AND intrusion AND detection；Safety SAME intrusion detection 等。

（2）截词算符的使用。文献中有大量的词是以名词、动名词、形容词、过去分词等形式出现，为避免漏检，需要使用截词算符。如 Separa＊，可将含有 Separable、Separate、Separated、Separation、Separator、Separatory 等词的文献检索出来，提高查全率。

（3）精确短语的使用。如输入 energy Conservation 短语，在检索的结果中会包括所有含 energy conservation 两个单元词组配的内容，可采用精确短语检索，即短语加双引号"energy Conservation"，将短语作为一个词组检索，可提高查准率。

2）AUTHOR（作者检索）

作者检索输入的方式是姓用全称，名用首字母。若要检索某个作者发表的文献，但又不知道准确姓名，可用"＊"处理，如 Kramer R＊，可检出含有 Kramer RE、Kramer RH、Kramer RS、Kramer-Reinstadler K、Kramer RBG、Kramer RA 等信息。

3）GROUP AUTHOR（团体作者检索）

主要指发表论文作者的工作单位或研究机构，由于部分作者同名、同姓，难以区分，因此在以作者检索时，可用其工作单位进行限制，即作者检索和团体作者检索配合使用，可达到区分同姓名作者的目的。也可单独利用工作单位或研究机构团体名称检索，以得到某个单位的文献信息。

4）SOURCE TITLE（来源期刊检索）

来源期刊检索要求使用期刊的全称，可结合其他字段进行组配检索，如 BIOMEDICAL＊OR JOURNAL OF BIOMEDICAL MATERIALS RESEARCH，可以检索到一组生物医学工程方面的期刊名称，如 BIOMEDICAL AND ENVIRONMENTAL SCIENCES；BIOMEDICAL ENGINEERING APPLICATIONS BASIS COMMUNICATIONS；BIOMEDICAL ENGINEERING ONLINE；JOURNAL OF BIOMECHANICAL；ENGINEERING TRANSACTIONS OF THE ASME；JOURNAL OF BIOMECHANICS；JOURNAL OF BIOMEDICAL ENGINEERING；JOURNAL OF BIOMEDICAL INFORMATICS；JOUR-

NAL OF BIOMEDICAL MATERIALS RESEARCH；JOURNAL OF BIOMEDICAL MATERIALS RESEARCH APPLIED BIOMATERIALS；JOURNAL OF BIOMEDICAL MATERIALS RESEARCH PART A；JOURNAL OF BIOMEDICAL MATERIALS RESEARCH PART B APPLIED BIOMATERIALS 等。

5）ADDRESS（作者地址检索）

按作者所在通信地址进行检索，它包括大学学院、机构、公司、国家和城市及邮政编码等。检索时除可用 AND、OR、NOT 外，还可用 SAME 连接机构及地点，如“Univ Colorado SAME Dept Biol & Chem Engn”。

3. CITED REFERENCE SEARCH（引文检索）

以被引作者、被引文献和被引文献发表年代作为检索点进行检索。其目的是了解某个作者的论文发表以来被引用的情况，以考察论文的重要程度以及对相关研究的影响等，引文检索界面如图 6-2-4 所示。

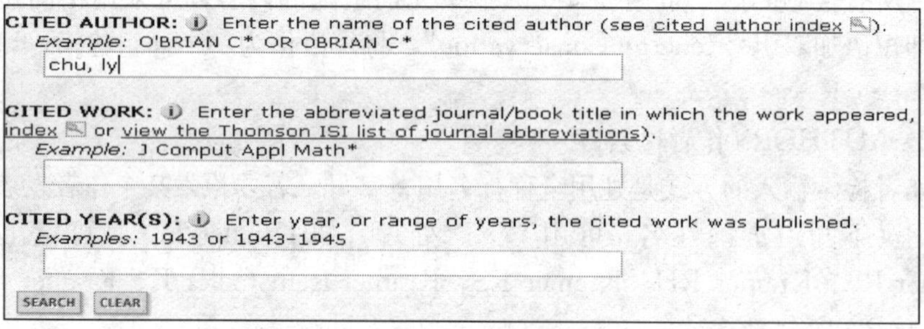

图 6-2-4　引文检索界面

1）CITED AUTHOR（被引作者检索）

输入被引论文作者的姓名，参见图 6-2-5，得到该作者的被引文献条目。

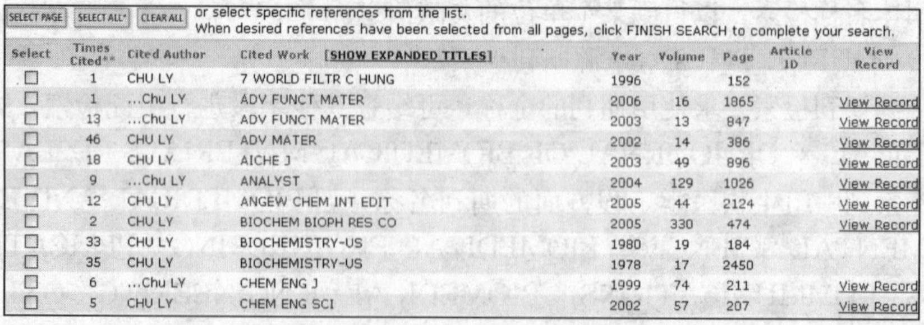

SELECT PAGE　SELECT ALL*　CLEAR ALL　or select specific references from the list.
When desired references have been selected from all pages, click FINISH SEARCH to complete your search.

Select	Times Cited**	Cited Author	Cited Work [SHOW EXPANDED TITLES]	Year	Volume	Page	Article ID	View Record
□	1	CHU LY	7 WORLD FILTR C HUNG	1996		152		
□	1	...Chu LY	ADV FUNCT MATER	2006	16	1865		View Record
□	13	...Chu LY	ADV FUNCT MATER	2003	13	847		View Record
□	46	CHU LY	ADV MATER	2002	14	386		View Record
□	18	CHU LY	AICHE J	2003	49	896		View Record
□	9	...Chu LY	ANALYST	2004	129	1026		View Record
□	12	CHU LY	ANGEW CHEM INT EDIT	2005	44	2124		View Record
□	2	CHU LY	BIOCHEM BIOPH RES CO	2005	330	474		View Record
□	33	CHU LY	BIOCHEMISTRY-US	1980	19	184		
□	35	CHU LY	BIOCHEMISTRY-US	1978	17	2450		
□	6	...Chu LY	CHEM ENG J	1999	74	211		View Record
□	5	CHU LY	CHEM ENG SCI	2002	57	207		View Record

图 6-2-5　被引作者的被引文献条目

2) CITED WORK（被引文献检索）

检索某期刊或某期刊文献的被引情况，在"Cited Work"框中输入期刊名称缩写；检索某本书被引用的情况，则输入书名中第一个或多个有意义的单词；检索某份专利被引用情况，则输入专利号（不带国别）。可用被引著作索引（Cited Work Index）和浏览 ISI 期刊缩写列表（View the Thomson ISI list of Journal Absbreviations）来查询被引著作的缩写形式，如输入 J Bio * Chem 可检索 Journal of Biological Chemistry 的被引情况。

3) CITED YEAR（被引文献发表年代检索）

输入一个四位数年份，利用 OR 运算或一个连字符来表明一个年份范围。如输入"2001"，表示只检索 2001 年的文献被引用情况；输入"1999-2006"，表示检索 1999～2006 年间的文献被引用情况。

4. ADVANCED SEARCH（高级检索）

利用字段代码、布尔算符或邻近算符构造的检索式进行检索。检索式需要在检索词前加字段代码，也可用括号来改变运算的次序，例如：TS＝flame retard * AND SO＝Journal of applied polymer science，指检索应用聚合物科学杂志上关于阻燃方面的文献，如图 6-2-6 所示。

高级检索界面下是检索历史记录，系统将当前过程执行的所有检索结果列在其中，它既可以保存检索历史，又可利用已保存的检索历史重新进行组合检索，参见图 6-2-6。

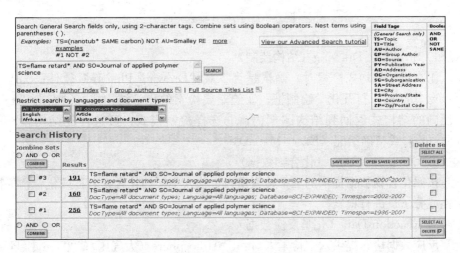

图 6-2-6　高级检索界面

5. STRUCTURE REARCH（结构式检索）

结构式检索是为"Index Chemicus"和"Current Chemical Reactions"两种化学信息数据库所创建的检索方式，在使用结构式检索时，首先下载"Structure Drawing Plug-in"软件，并安装在本机上。点击"STRUCTURE SEARCH"图标，进入结构式检索界面，如图 6-2-7 所示。结构式检索提供了三种检索方式。

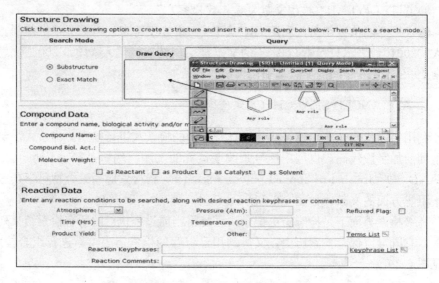

图 6-2-7　结构式检索界面

1）Structure Drawing（结构绘制）

①在进行结构式检索时，确认是否下载"Drawing Plug-In"软件；②点击"Draw Query"，打开化学绘制框；③绘制要检索的化学结构式；④点击"←"，让所画的结构式返回到结构图框内；⑤选择检索模式：可选择亚结构（Substructure）或精确组配（Exact Match）。

2）Compound Data（化合物数据）

按照化合物数据提供的三个检索窗口，输入不同的化合物名称或化合物生物活性或分子量进行检索。

3）Reaction Data（化学反应数据）

反应数据检索提供六个检索入口：①Atmosphere（大气压）；②Time（Hrs）（反应时间）；③Pressure Atm（压力）；④ Temperature ℃（反应温度）；⑤Product Yield（产率）；⑥Other（其他）。还可通过反应关键词、短语和反应注释得到相关信息。

6. 检索结果处理

（1）ISI Web of Knowledge 提供了六种检索结果排序方式，即最新文献排序（Latest Date）、按被引次数排序（Times Cited）、相关度排序（Relevance）、第一作者排序（First Author）、期刊字顺排序（Source Title）、论文出版年代排序（Publication Year），并可对检索结果进行作者、期刊、主题类型等统计分析。

（2）检索结果的输出，请参见本章检索实例。

6.2.4　Derwent Innovations Index 检索方式及检索步骤

Derwent Innovations Index（DII），覆盖了全世界 1963 年以后约 1 千万项基本发明专利和 2 千万项专利。每周增加来自全球 40 多个专利机构授权的，并且经过德温特专家深度加工的 20 000 篇专利文献。同时每周增加世界专利组织（WO）、美国专利局（US）、欧洲专利局（EP）、德国专利局（DE）、英国专利局（GB）、日本专利局（JP）六个主要专利授权机构的被引和施引专利文献 45 000 条记录，是目前使用频率最高的数据库之一。

DII 数据库共享了 ISI Web of Knowledge 的检索功能，如布尔逻辑运算符AND、OR、NOT，邻近符 SAME 及截词符 * 、? 等都可以运用于各检索方式。对检索结果的排序、标记、打印等操作都一致。在 DII 完整的检索结果记录中，建立了所有被引专利及所有引用了源专利的专利链接，同时还建立了连接专利原始文献的链接。

1. 检索方式

DII 提供了普通检索（General Search）、被引专利检索（Cited Patent Search）、化合物检索（Compound Search）、高级检索（Advanced Search）四种检索方式，如图 6-2-8 所示。

1）General Search（普通检索）

普通检索界面如图 6-2-9 所示，除提供主题检索外，还提供了多种特有的检索入口，如专利权人（Assignee）、专利号（Patent Number）、国际专利分类号（International Patent Classification）；德温特分类代码（Derwent Class Code）；德温特手工代码（Derwent Manual Code）；德温特入藏登记号（Derwent Primary Accession Number）；环系索引号（Ring Index Number）；德温特化学来源号（Derwent Chemistry Resource Number）；德温特化合物号（Derwent Compound Number）；德温特登记号（Derwent Registry Number）等，各检索字段之间默认为"AND"关系。

（1）Topic（主题检索）。主题检索在标题、关键词或文摘字段进行检索。选

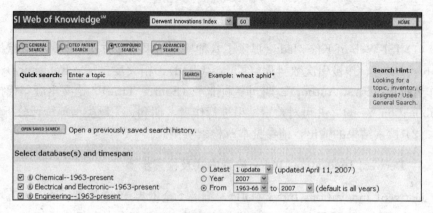

图 6-2-8　DII 检索界面

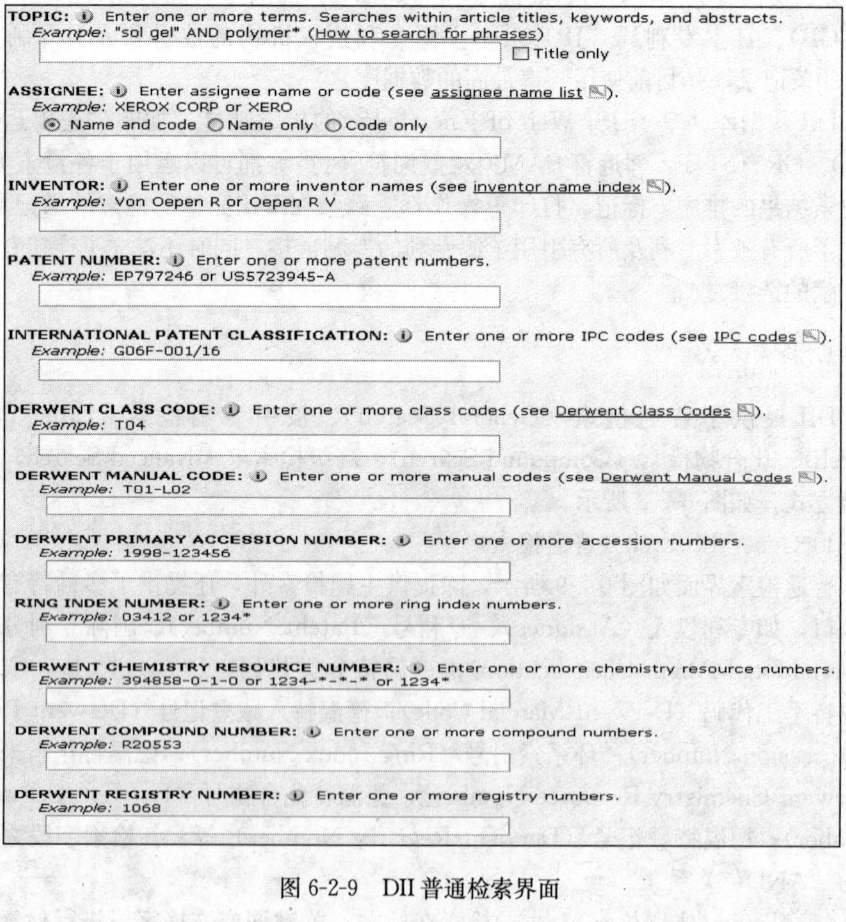

TOPIC: ⓘ Enter one or more terms. Searches within article titles, keywords, and abstracts.
　　Example: "sol gel" AND polymer* (How to search for phrases)
　　　　　　　　　　　　　　　　　　　□ Title only

ASSIGNEE: ⓘ Enter assignee name or code (see assignee name list ✎).
　　Example: XEROX CORP or XERO
　　⦿ Name and code ○ Name only ○ Code only

INVENTOR: ⓘ Enter one or more inventor names (see inventor name index ✎).
　　Example: Von Oepen R or Oepen R V

PATENT NUMBER: ⓘ Enter one or more patent numbers.
　　Example: EP797246 or US5723945-A

INTERNATIONAL PATENT CLASSIFICATION: ⓘ Enter one or more IPC codes (see IPC codes ✎).
　　Example: G06F-001/16

DERWENT CLASS CODE: ⓘ Enter one or more class codes (see Derwent Class Codes ✎).
　　Example: T04

DERWENT MANUAL CODE: ⓘ Enter one or more manual codes (see Derwent Manual Codes ✎).
　　Example: T01-L02

DERWENT PRIMARY ACCESSION NUMBER: ⓘ Enter one or more accession numbers.
　　Example: 1998-123456

RING INDEX NUMBER: ⓘ Enter one or more ring index numbers.
　　Example: 03412 or 1234*

DERWENT CHEMISTRY RESOURCE NUMBER: ⓘ Enter one or more chemistry resource numbers.
　　Example: 394858-0-1-0 or 1234-*-*-* or 1234*

DERWENT COMPOUND NUMBER: ⓘ Enter one or more compound numbers.
　　Example: R20553

DERWENT REGISTRY NUMBER: ⓘ Enter one or more registry numbers.
　　Example: 1068

图 6-2-9　DII 普通检索界面

择"Title only"可以限制在专利标题内。

（2）Assignee（专利权人检索）。输入一个或多个专利权人机构名称或代码，可用全称，也可用通配符。

（3）Inventor（专利发明人检索）。输入一个或用逻辑算符组配的多个专利发明人。

（4）Patent Number（专利号检索）。可使用完整的专利号，也可使用通配符。

（5）International Patent Classification（国际专利分类号检索）。检索式中可使用布尔逻辑算符进行组配，不分大小写。可使用通配符"＊"进行模糊检索。单击检索框右边的快速搜索键，即可进入"国际专利分类号界面"查找相应的国际专利分类号。

（6）Derwent Class Code（德温特分类代码检索）。德温特分类是从技术特征与应用角度出发，由专利分类专家将所收录的专利说明书进行分类而形成的一套独特的编码与索引系统。所有的技术领域按学科分为三大类：A-M（化学类）、P 和 Q（工程技术类）、S-X（电子与电气类），每一大类再进一步细分成不同的小类。检索式中可使用布尔逻辑算符进行组配，可以使用通配符"＊"进行模糊检索。

（7）Derwent Manual Code（德温特手工代码检索）。Derwent 手工代码是有关专家给定的，用来说明一项发明技术或应用领域，它相当于一个广义的同义词表，将具有相似含义的不同词汇归纳为多个代码来表示。例如阻燃剂（Flame Retard＊）的 Derwent 手工代码有多个，这些代码都是与阻燃剂相关的词，如要全面了解阻燃剂的专利，可将这些词作为检索词进行查找，同时可根据具体情况来选择相关的代码检索，如图 6-2-10 所示。

```
A08-F01    FLAME RETARDANTS [GENERAL]
A08-F02    FLAME RETARDANTS - ANTIMONY CONTAINING COMPOUNDS
A08-F03    FLAME RETARDANTS - PHOSPHORUS CONTAINING COMPOUNDS
A08-F04    HALOGEN CONTAINING FLAME RETARDANTS
A08-F04A   HALOGEN CONTAINING FLAME RETARDANTS - POLYMERIC (1977- )
A08-F04B   HALOGEN CONTAINING FLAME RETARDANTS - NON-POLYMERIC AROMATIC OR
             HETEROCYCLIC (1977- )
A08-F04C   HALOGEN CONTAINING FLAME RETARDANTS - NON-POLYMERIC (CYCLO)
             ALIPHATIC COMPOUNDS (1977- )
A08-F05    ALUMINIUM HYDROXIDE FLAME RETARDANT (1994- )
A12-G01    FLAME-RETARDANT FIBRE AND TEXTILE POLYMERIC FINISHES
F03-C03    CHEMICAL TREATMENT OF FABRIC PRODUCTS - FLAME PROOFING; FIRE
             RETARDANTS; MELT PROOFING
F03-C03A   FLAME PROOFING; FIRE RETARDANTS; MELT PROOFING OF FABRICS WITH
             PHOSPHORUS CONTAINING MATERIAL (1977- )
F03-C03B   FLAME PROOFING; FIRE RETARDANTS
F03-C03C   FLAME PROOFING; FIRE RETARDANTS
```

图 6-2-10　德温特手工代码

（8）Derwent Primary Accession Number（德温特入藏登记号检索）。德温特

入藏登记号是德温特专利系统中每一项专利文献的唯一标识符，由出版年代、6个字母的序列号和文摘后 2 个字母的修正号组成。年份与序列号之间用"—"连接。检索式中的 2 个或 2 个以上的入藏登记号之间只能用布尔逻辑算符"OR"组配，也可用通配符"＊"进行模糊检索。

2) Cited Patent Search（被引专利检索）

提供了被引专利号（Cited Patent Number）、被引专利权人（Cited Assignee）、被引发明人（Cited Inventor）、被引德温特入藏登记号（Cited Derwent Primary Accession Number）四种检索入口。具体检索应用方法与高级检索界面的相应检索入口相同，如图 6-2-11 所示。

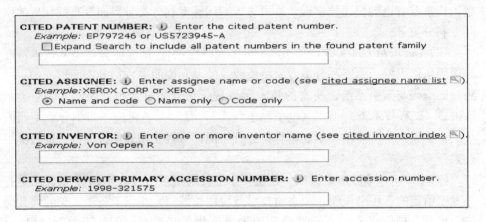

图 6-2-11　被引专利检索界面

3) Compound Search（化合物检索）

包括两个部分。第一部分是将化合物结构式直接输入检索框内进行检索，有三种选择，即"Substructure"（亚结构）、"Current Molecule Type"（分子类型）和"Similarity"（相似结构）。第二部分是化合物结构名称检索框，每个检索框之间是"AND"逻辑组配关系，有化合物名称（Compound Name）、化学物质描述（Substance Description）、结构描述（Structure Description）、标准分子式（Standardized Molecular Formula）、分子式（Molecular Formula）、相对分子质量（Molecular Weight）、德温特化学来源号（Derwent Chemistry Resource Number）七个检索框，如图 6-2-12 所示。

4) Advanced Search（高级检索）

与 ISI Web of Science 高级检索相同，参见 6.2.3 节。

2. 专利文献著录格式

DII 的专利著录格式与其他专利数据库著录格式内容不同，除了基本的相关

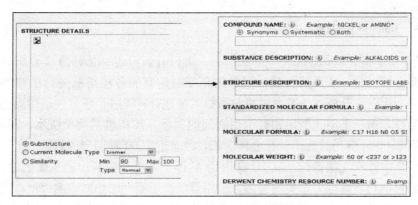

图 6-2-12 化学结构检索界面

信息外，还提供了较为详细的信息，其中包括专利的申请细节和日期、优先申请有关信息和日期等。其中一个最大特点就是专利中提供了专利引用情况、被应用情况以及应用的非专利文献等，其中被应用专利或非专利文献又分为被发明人应用和被主审查员应用两种，著录格式如图 6-2-13 所示。

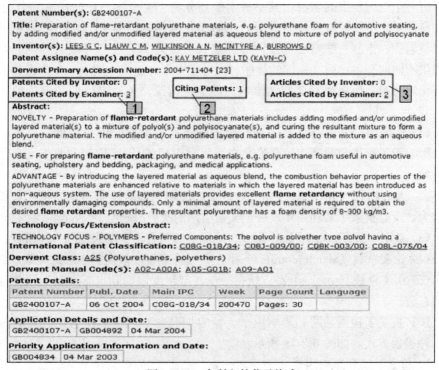

图 6-2-13 专利文献著录格式

注：1 表示主审查员在审查时所引用的相关专利有 3 篇；2 表示专利被引次数；3 表示主审查员在审查时所引用的相关论文有 2 篇。

6.2.5　Journal Citation Reports

Journal Citation Reports（JCR）——期刊引证报告，是评价核心期刊的一种重要分析工具。JCR 从文献计量学的角度对期刊的各项指标进行了细致的统计分析，用引文分析方法及各种量化指标系统地分析了各个学科领域中期刊的相对重要性，揭示了期刊引用和被引用之间的关系。JCR 包括两个版本：科学版，收录近 5500 种期刊的数据；社会科学版，收录近 1700 种期刊的数据。

JCR 中共有九项指标，其中期刊的影响因子是引文分析中的关键因素之一，也是评价期刊质量至关重要的指标；引用量反映了期刊的绝对影响程度，发文量则是期刊规模的标志；期刊的及时指数确定某种期刊所发表的论文在同年被引用的快速程度，也是引文分析和评价期刊的重要因素之一；被引半衰期；引用半衰期；来源期刊包括统计年份每种期刊发表的论文数量、在这些论文中的参考文献的总量以及每篇论文的平均参考文献数；引用期刊内容包括该刊在统计年份引用其他期刊情况；被引用期刊是指该刊被其他期刊所引用，包括被引用的总量，每年引用的次数；学科划分更确切地说应该是一项功能，JCR 中的每一种期刊都给指定一个范围较窄的学科，其中科学版划分为 160 个学科，社科版划分为 56 个学科。JCR 不仅可按照学科分类、出版单位及国家浏览期刊，还可以利用期刊完整名称、主题、缩略名称及国际标准刊号检索所有被 SCI 收录的期刊，并且提供不同期刊各种引文数据的排序，同时还可以浏览某一期刊 5 年来影响因子的变化趋势图，用来观察该期刊影响力的变化情况。JCR 提供期刊评价的主要数据有：

（1）影响因子（impact factor）。是国际上通用的期刊评价指标，具体算法为：影响因子＝该刊前两年发表论文在当年被引用的总数/该刊前两年发表论文的总数。

（2）及时指数（immediacy index）。是表征期刊即时反应速率的指标，具体算法为：及时指数＝某刊当年发表论文被引用的次数/该刊当年发表论文的总数。

（3）被引半衰期（cited half-life）。是衡量期刊老化速度快慢的一种指标。

（4）论文总数（article counts）。指在某一特定年度该期刊出版的文献总数。

（5）引文总数（total cites）。指在某一特定年度该期刊出版文献引用其他论文的总数。

JCR 提供了检索某期刊影响因子、特定期刊影响因子和所有期刊影响因子这三种检索方式，如图 6-2-14 所示。

1）检索某期刊影响因子

检索某类期刊影响因子提供了 Subject Category（主题分类）、Publisher（出版商）、Country/Territory（国家/地区）三个检索字段，以检索出所需要的

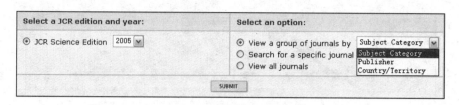

图 6-2-14　JCR 检索界面

内容。

（1）Subject Category（主题分类）。JCR 列出了 170 个主题，每个主题给出了该主题所有期刊的影响因子、及时指数等六项指标以及该主题的平均指数。可从 170 个主题范畴中选择一个或多个主题进行检索。利用"Subject category"检索可了解该学科领域期刊的影响因子以及某种期刊的国际影响力。

（2）Publisher（出版商）。利用该字段可了解各个出版社出版期刊的影响因子、及时指数等指标，此项检索主要用于图书馆订购期刊参考。

（3）Country/Territory（国家/地区）。JCR 的期刊来源于 69 个国家，通过该字段可了解各个国家期刊的影响因子、及时指数，供作者向刊物投稿时参考。

若要检索某一主题领域期刊的影响因子，先选择图 6-2-14 中的"View a group of journals by"，再选择 Subject Category 字段，单击SUBMIT，得到主题列表，选择某一主题，如图 6-2-15 所示，单击SUBMIT，即可得到该主题涵盖所有期刊的影响因子。

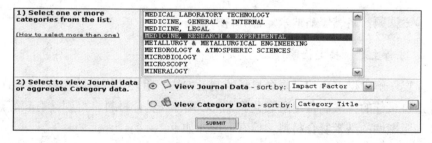

图 6-2-15　主题分类检索

2）检索特定期刊的影响因子

选择图 6-2-14 中的"Search for a specific journal"，单击SUBMIT，在弹出的检索框中直接输入"Nature"期刊，单击SEARCH可得到"Nature"的影响因子以及近 10 年间引用分布情况等信息，如图 6-2-16 所示。

3）浏览全部期刊的影响因子

选择图 6-2-14 中的"View all journals"，单击SUBMIT，即可浏览所有期

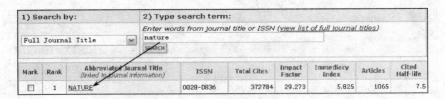

图 6-2-16　检索特定期刊影响因子

刊的影响因子等，如图 6-2-17 所示。

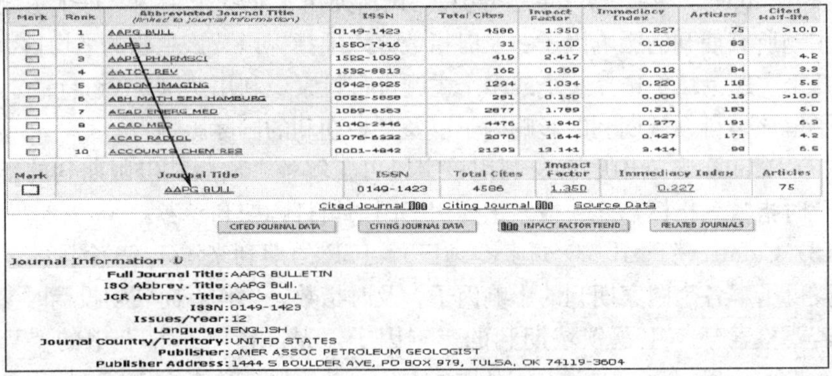

图 6-2-17　浏览全部期刊影响因子

6.2.6　检索实例

检索课题：阻燃聚酯纳米复合材料的制备

1. 分析主题，确定检索词

主要了解阻燃聚酯纳米复合材料的制备方法，阻燃机理以及在各个领域的应用并通过最佳的方法制备出阻燃共聚酯/无机纳米复合材料，得到具有较好热稳定性和阻燃性的纳米复合材料，检索词选择如下。

阻燃——Flame Retardant OR Flame Resistance

聚酯——Polyester

聚对苯二甲酸乙二醇酯——Polyethylene Terephthalate OR PET OR PETP

纳米复合材料——Nanocomposite

2. 构造检索提问式

(Flame Retardant OR Flame Resistance) AND (Polyester OR Polyethylene Terephthalate OR PET OR PETP) AND Nano*

3. 进行检索

选用 Web of Science 中的 SCIE 数据库的普通检索方式中的主题检索，过程如下：

1）检索

在 SCIE 主界面上，单击 General Search 后在 "TOPIC" 框输入检索式，如图 6-2-18 所示；单击 Search 按钮，得检索结果 13 篇，如图 6-2-19 所示。

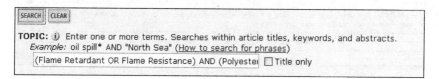

图 6-2-18　主题检索界面及检索式输入

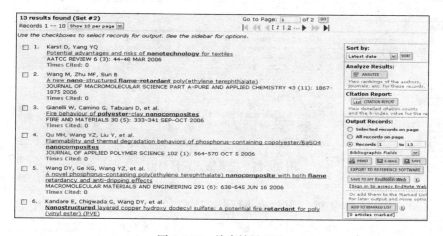

图 6-2-19　检索结果显示

2）处理检索结果

（1）浏览文献信息。在检索结果界面上直接点击论文标题，显示整个文献著录项目内容，如图 6-2-20 所示。其中包括论文题目、作者、文献出处、文献类型、语种、被引参考文献、被引次数、参见相关记录、文摘、作者关键词、附加关键词、作者地址、学科范围等相关记录。

（2）输出格式。如要下载文献，可在图 6-2-19 右边的 Output Records（输出记录栏）输入文献序号，参见图 6-2-19 右边，点击 ADD TO MARKED LIST，后再点击 13 articles marked 链接，得输出格式选择界面，如图 6-2-21 所示，可根据具体情况进行标记。

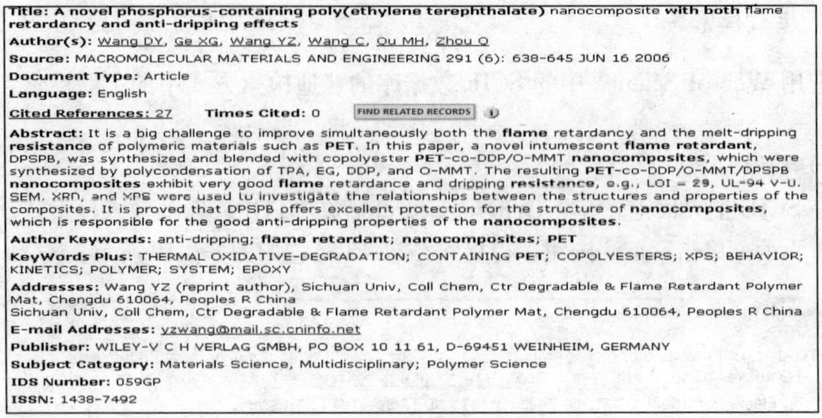

Title: A novel phosphorus-containing poly(ethylene terephthalate) nanocomposite with both flame retardancy and anti-dripping effects

Author(s): Wang DY, Ge XG, Wang YZ, Wang C, Qu MH, Zhou Q

Source: MACROMOLECULAR MATERIALS AND ENGINEERING 291 (6): 638-645 JUN 16 2006

Document Type: Article

Language: English

Cited References: 27　**Times Cited:** 0　FIND RELATED RECORDS

Abstract: It is a big challenge to improve simultaneously both the **flame** retardancy and the melt-dripping **resistance** of polymeric materials such as **PET**. In this paper, a novel intumescent **flame retardant**, DPSPB, was synthesized and blended with copolyester **PET**-co-DDP/O-MMT **nanocomposites**, which were synthesized by polycondensation of TPA, EG, DDP, and O-MMT. The resulting **PET**-co-DDP/O-MMT/DPSPB **nanocomposites** exhibit very good **flame** retardance and dripping **resistance**, e.g., LOI = 29, UL-94 V-0. SEM, XRD, and XPS were used to investigate the relationships between the structures and properties of the composites. It is proved that DPSPB offers excellent protection for the structure of **nanocomposites**, which is responsible for the good anti-dripping properties of the **nanocomposites**.

Author Keywords: anti-dripping; **flame retardant**; **nanocomposites**; **PET**

KeyWords Plus: THERMAL OXIDATIVE-DEGRADATION; CONTAINING **PET**; COPOLYESTERS; XPS; BEHAVIOR; KINETICS; POLYMER; SYSTEM; EPOXY

Addresses: Wang YZ (reprint author), Sichuan Univ, Coll Chem, Ctr Degradable & Flame Retardant Polymer Mat, Chengdu 610064, Peoples R China
Sichuan Univ, Coll Chem, Ctr Degradable & Flame Retardant Polymer Mat, Chengdu 610064, Peoples R China

E-mail Addresses: yzwang@mail.sc.cninfo.net

Publisher: WILEY-V C H VERLAG GMBH, PO BOX 10 11 61, D-69451 WEINHEIM, GERMANY

Subject Category: Materials Science, Multidisciplinary; Polymer Science

IDS Number: 059GP

ISSN: 1438-7492

图 6-2-20　全记录格式显示页面

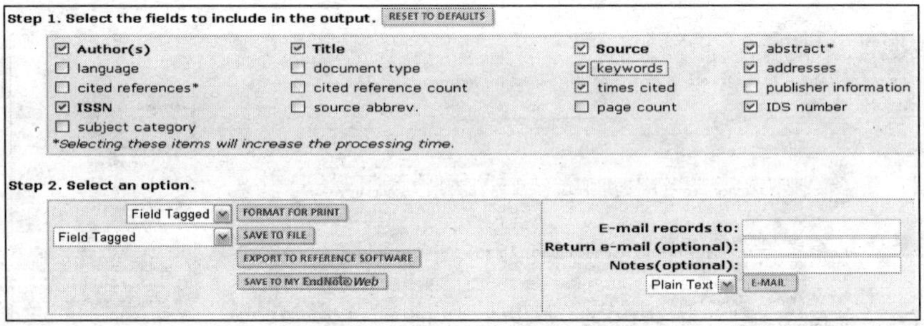

图 6-2-21　记录格式选择界面

（3）查找原始文献。无论是期刊还是专利，可通过所得题录中显示的 VIEW FULL TEXT 和 ORIGINAL DOCUMENT 链接获取原始文献和专利说明书，若系统无全文链接，可通过全文数据库、期刊联合目录和馆际互借等方式查找原文，参见 6.1.4 节“检索实例”。

6.3　Cambridge Science Abstracts

6.3.1　概况

Cambridge Science Abstracts（CSA）创建于 1965 年，由美国马里兰州信息公司出版，有 60 多个数据库，覆盖的学科范围包括：生命科学、水科学与海洋学、环境科学、计算机科学、材料科学以及社会科学。CSA 将其收录和报道的文献内容划分为 10 个主题领域，每个主题又分若干个子数据库与之对应。可根据需要选择一个主题领域进行检索，也可以在选择"Alphabetical List"后，再选定一个或多个数据库进行检索。点击数据库名称前面的标记，即可获得有关数据库的相关信息，包括数据库的内容和数量、学科覆盖范围、收录文献的时间跨度、数据库的更新频率、对应期刊的名称、数据库提供者联系方法、检索字段代码、检索结果等，检索界面如图 6-3-1 所示。

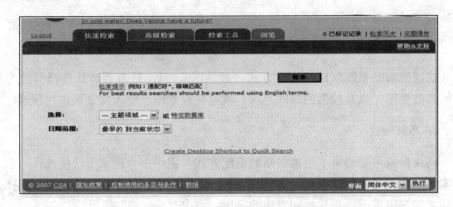

图 6-3-1　CSA 检索界面及快速检索界面

6.3.2　检索技术

1. 布尔检索

使用"AND"、"OR"和"NOT"实现布尔逻辑组配，与 6.1.2 节中的检索技术基本一致，检索式中的逻辑算符，可用（）规定优先执行步骤。

2. 邻近检索

使用"within x"，如 CNC Within 1 grader ，表示两词之间不得多于 1 个词，前后位置任意。

3. 截词检索

无限截词用" * "，有限截词符用"?"，若在检索词后面加两个"??"则代表截词两个字符（注意：截词符不能用在检索词最前面）。

4. 无算符

几个检索词相邻，且其间无算符，表示这些词为一个词组（Exact phrase）。

5. 禁用词

有些词因为单独使用时无实际意义，或者出现频率过高，系统规定这些词为禁用词（Stop Words），如 in, at, of, about, up, out, is, are 等不能作为检索词使用。

6.3.3　检索方式与检索步骤

由图 6-3-1 可知，系统提供了快速检索、高级检索和检索工具三种主要检索方式。

1. 快速检索

快速检索是系统默认的检索方式，参见图 6-3-1。只需要确认选择哪些专题领域和数据库，以及检索的时间范围，就可在检索框里输入检索词进行检索。

2. 高级检索

高级检索主要提供了更加灵活的组配方式，提供多个检索字段供选择，各个检索字段之间提供逻辑组配，参见图 6-3-3。只需将检索词输入检索框，选择检索词之间逻辑关系，再选择相对应的字段，点击"Search"即可。

3. 检索工具

检索工具中提供了组合检索、定题通告、检索历史、命令行检索、词表以及索引等检索功能，其中组合检索是在已有检索结果的序号基础上，再进行检索；定题通告指在创建个人档案后，将需要保存的检索策略或者定题通知信息发送到个人档案中，以备后用。

1) Command Search（命令行检索）

点击"Search Tools"（检索工具）进入命令行检索界面，该界面提供了一个检索命令输入框，可根据字段代码对照表中给出的字段选择相关代码进行检索，如图 6-3-2 所示。

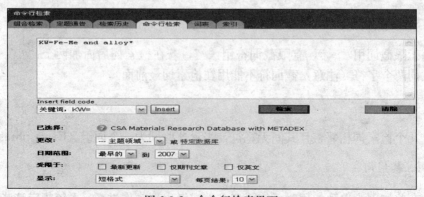

图 6-3-2　命令行检索界面

2）词表检索

在词表界面中，选择词表中的任何一种学科类目表，输入相关的检索词，即可按照字母顺序、层次和轮排三种方式进行检索。

（1）字顺列表。显示主要词汇列表（不显示其关系），输入一个词或者短语来查询字顺列表。

（2）层次关系。词表中用 BT、NT、RT 列出主题词之间的等级关系（例如：狭义词和广义词），包括解释性注释，输入词或短语来查询层次关系。

（3）轮排索引。显示包含已找到词的所有词汇，包括相关词汇；输入一个词查询轮排索引。值得注意的是，所有显示类型都有指向层次关系显示的超链接；词后面的 ［＋］ 符号表示该词有狭义词；从交互式词表中提交的检索词查找数据库描述字段（DE＝）中已标记的词 "Explode" 的功能可检索数据库中已标记词以及所有狭义词。

目前 CSA 提供的主题词表有：ASAF Thesaurus；Copper Thesaurus；Metallurgical Thesaurus；Water Resource Thesaurus；Copper Thesaurus；Engineered Materials Thesaurus；Technology Terms 等九种。

6.3.4　检索实例

检索课题：等离子体合成氮化钛纳米复合材料的研究

1. 分析主题词，确定检索词

本课题研究的氮化钛（TiN）是一种新型多功能材料，它具有高强度、高硬度、耐高温、耐酸碱侵蚀、耐磨损以及良好的导电性、导热性等一系列优点，广泛用于制备金属陶瓷、切削工具、模具，以及熔炼金属用坩埚，熔盐电解金属用电极的衬里材料，电触点和金属表面的被覆材料。TiN 粉体制备的方法主要有化学气相沉积法、等离子体、机械合金化法以及溶胶-凝胶法等，选择检索词如下：

等离子体——Plasma

氮化钛——TiN or Titanium Nitride

纳米复合材料——Nanocomposite

粉体——Powder

膜——Film

合成——Synthetic OR Synthesize

2. 构造检索提问式

Plasma AND （TiN OR Titanium Nitride） AND （Powder OR Film）

AND Nano*

3. 使用高级检索方式进行检索

（1）在高级检索界面中输入检索式，如图 6-3-3 所示，单击检索按钮，得到检索结果 130 篇，如图 6-3-4 所示。文献排序有最新首条和相关度排序两种，义献出版类型有期刊、同行评审期刊、会议以及其他。

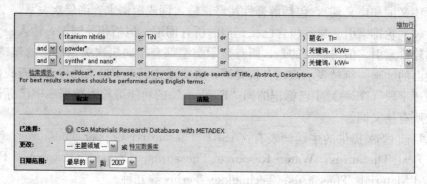

图 6-3-3　高级检索界面

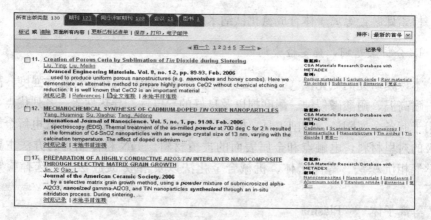

图 6-3-4　检索结果显示界面

由图 6-3-4 可知，检索结果除显示题录信息外，还可直接查阅读文摘的第一句，通过全文链接，可查看全文，通过本地书目链接，可查阅到该原始文献收藏单位，每条结果右边记载的是该篇文献从哪些数据库中查到，并列出相关叙词，还可根据该叙词进行浏览，以便扩大检索范围，提高文献信息的查全率。

（2）检索结果浏览。点击图 6-3-4 中的某一条文献"浏览记录"，可进一步了解文摘的全部内容。

　　（3）索取原文。可点击全文链接，下载全文或点击本地书目链接，查找该文献的收藏单位。

6.4　ProQuest Digital Dissertations

6.4.1　概况

　　ProQuest Digital Dissertations（PQDD）是美国 UMI（现已更名为 Bell & Howell）公司开发研制的博硕士论文数据库，收录了美国、加拿大和欧洲等国 1000 余所大学的 160 多万篇博硕士学位论文，是学术研究中十分重要的参考信息源。每年约有 4.7 万篇博士学位论文和 1.2 万篇硕士学位论文增加到该数据库中，是目前世界上最大和最广泛使用的学位论文数据库。所收录的学位论文，涵盖的学科几乎包括了所有的自然科学和社会科学领域，而且所收录的学位论文回溯年代长，可追溯至 1861 年。1997 年以来的部分论文除文摘信息外，还可以阅读论文前 24 页内容。

　　PQDD 提供网上定购全文服务，该数据库所收录学位论文的 95％以上都可以通过网上在线订购获取缩微胶片、印刷版或者电子版全文。我国目前由中科-亚信公司联合引进的 PQuest 博士论文全文数据库收录了网络版全文，镜像站点设在上海交通大学。

6.4.2　检索方式及检索技术

　　该数据库提供了基本检索、高级检索和论文分类浏览三种检索方式，如图 6-4-1所示，可根据具体需求选择检索方式。

图 6-4-1　基本检索界面

1. Basic Search（基本检索）

　　采用与（AND）、或（OR）、非（NOT）布尔检索技术进行组配。基本检索界面提供了三个检索框，每个检索框都提供了摘要"AB"、论文题名"TI"、作者"AU"、学科"SO"、导师"AD"、学校"SC"、学位"DG"、语种"LA"等11种字段供选择，参见图6-4-1。

2. Advanced Search（高级检索）

高级检索分两个部分，如图6-4-2所示。第一部分是检索式输入框，可构造一个由布尔逻辑算符组配的检索式进行复杂概念的检索。第二部分有"摘要"、"作者"、"论文名称"、"学校"、"学科"、"指导老师"、"学位"、"期卷次"、"IS-BN号"、"语种"、"论文号"、"检索历史"、"时间"等13个检索框，它们可以单个检索，也可以根据需求进行组配检索。

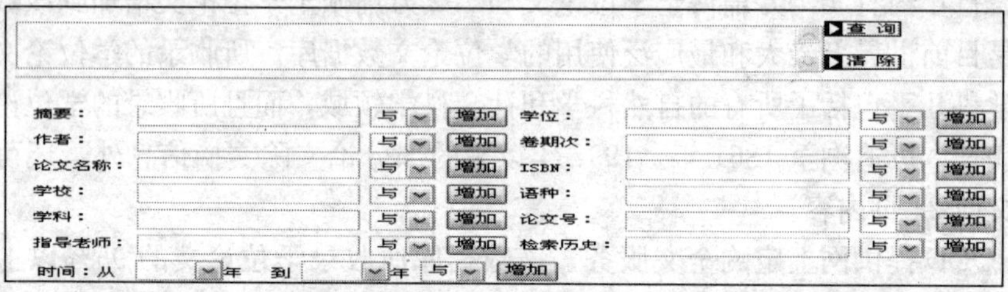

图 6-4-2　高级检索界面

3. 分类浏览检索

分类浏览检索共包括了11个大类，每个大类又包括一些小类。点击小类的URL链接，得到该类所有文献的列表。如检索结果命中数量太多，可在"第二次检索输入框"输入相关词进行二次检索，如图6-4-3所示。

4. 检索结果处理

检索结果显示了论文的题目、作者、学者、来源、指导老师、出版号、原文总页数等信息以及二次检索功能，参见图6-4-3。

（1）利用二次检索，可以对检索结果作进一步的限制检索。

（2）单击正文＋文摘链接，可得到文摘信息和全文链接信息，如图6-4-4所示。

6.4.3　检索实例

检索课题：电力系统瞬态稳定性分析研究

1. 分析主题词，确定检索词

本课题研究的是电力系统瞬态稳定分析，其中涉及了多种对瞬态稳定性能的评估及分析方法。选择检索词如下：

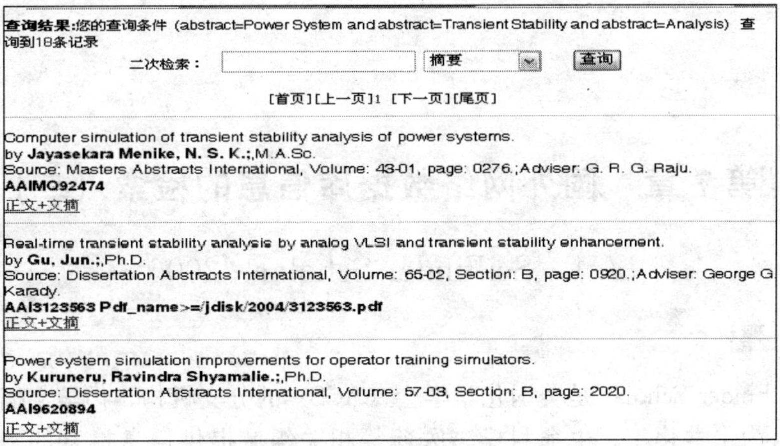

图 6-4-3　检索结果显示界面

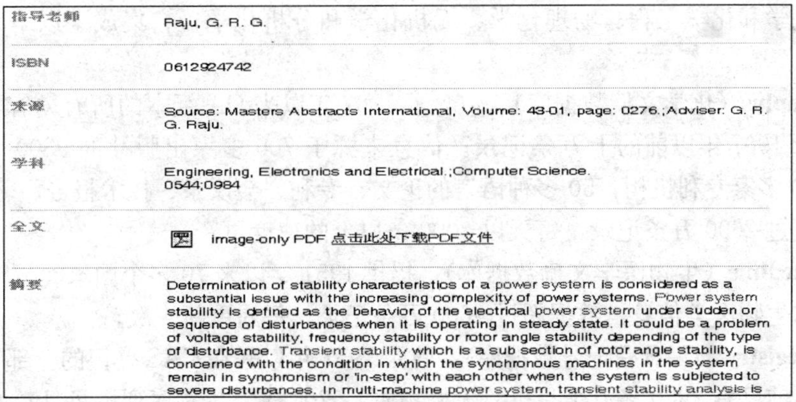

图 6-4-4　文摘信息及全文链接信息

电力系统——Power System

瞬态稳定性——Transient Stability

分析——Analysis

2. 构造检索提问式

Power System and Transient Stability and Analysis

3. 使用基本检索方式进行检索

（1）在检索框中输入检索式，参见图 6-4-1，单击［查询］按钮，检索结果为
19 篇，如图 6-4-3 所示；单击"正文＋文摘"链接，得到文摘、全文链接等信息，
如图 6-4-4 所示。

（2）单击全文信息链接，即可阅读、下载全文。

第7章 国外网络数据库信息的检索（二）

7.1 SciFinder Scholar™2006

7.1.1 概况

SciFinder Scholar 是美国化学学会（ACS）的分支机构。化学文摘服务社（CAS）为化学化工、生命科学、医药等相关领域提供信息检索的平台，是 SciFinder 的学术版，覆盖的学科主要包括生物化学、有机化学、高分子化学、应用化学和化学工程、物理化学、无机化学和分析化学，它集成了以下六个数据库。

Caplus（化学文摘数据库）。包含了 1907 年以来 CA 纸本的所有内容，同时还收录 1907 年以前的上万条记录。信息来源于 700 多家出版社的 9500 多种期刊，50 多家专利机构，50 多种语言的论文、专利、会议录、技术报告、著作等，数据超过 2600 万条记录，每天以 3000 条以上的速度更新。

Medline（生物医学文摘数据库）。提供 1951 年以来 70 多个国家、4780 多种期刊的生物医学信息，数据超过 1600 万条记录，每周更新 4 次。

Registry（CAS 登记号数据库）。收录 1957 年以来在 CAS 登记的全部化学物质，目前已有 2900 多万个有机、无机物质，5700 多万生物序列，每日新增 4000 多个化学物质或生物序列。

Chemlist（管制品数据库）。提供从 1979 年到现在的管制化学品信息，包括物质的特征、详细目录、来源以及许可信息等。目前大约有近 24 万条管制品信息详细清单，来自 19 个国家和国际性组织，每周更新大于 50 条新记录。

CASReact（化学反应数据库）。提供 1840 年以来 CA 收录的有机化学期刊及专利中单步或多步有机化学反应资料。目前已有 1100 多万条单步、多步反应资料，包括反应物、产物、溶剂、催化剂、反应条件、产率等信息，每周新增约 700~1300 多个新反应信息。

Chemcats（化学品目录数据库）。提供的信息包括化学名、商品名、公司名和地址、供应商情况简介、价格信息等。目前已有 1100 万条化合物商品信息。

SciFinder Scholar 与它的姊妹版本（CA on CD）相比，其特色在于学科覆盖面更广泛，数据信息量更大，更新速度更快，检索更方便快捷，能够获取的信息量更多更准。通过 SciFinder Scholar 不仅可以获得文献信息（标题、作者、来源、文摘等)，还可以获得物质信息 (化学名称、CAS 登记号、分子式、结构图、序列信息、性质数据、管制信息等) 和反应信息 (反应图，包括反应物、产物、试剂、催化剂、溶剂以及步骤注解等)，是检索化学化工信息最主要、最权威的首选研究型检索工具。

7.1.2　检索技术

1. 布尔检索和词位检索

在 SciFinder Scholar 系统中，系统能自动识别介词，最好使用介词 (如 at、by、in、of 等) 连接检索词，组成短语，而不用布尔 (Boolean) 运算符 (如 AND、OR、NOT) 和词位检索算符。例如，输入短语 "deying of wastewater treatment"，系统能自动进行布尔检索的各种运算和词位运算。

2. 截词检索

系统能识别缩写、复数、不同时态等形式，自动进行截词处理，不能用! 或 * (删减字符或通配符)，例如，输入 "bio"，系统可自动进行截词运算。

3. 同义词、近义词检索

系统能对输入的检索词自动进行同义词、近义词的扩展检索，例如，输入 "preparation" 系统可自动对 "manufacture"、"synthesis" 等同义词、近义词进行运算。

7.1.3　检索方式及检索结果处理功能

SciFinder Scholar 提供 Explore、Locate 和 Browse 三种检索方式，如图 7-1-1所示。使用 Explore 可检索不确定的信息；使用 Locate 可检索确定的信息；使用 Browse 浏览核心期刊，可随时掌握最新动态信息。

1. Explore 检索

使用 Explore 检索不确定的信息，有书目信息、化学物质和化学反应三种检索途径，如图 7-1-2 所示。

1) 书目信息检索 (Explore Literature)

书目信息检索提供了研究主题 (Research Topic)、作者姓名 (Author Name)、公司或机构名称 (Company Name/Organization) 三个检索入口。

(1) 研究主题检索。单击图 7-1-2 中的Research Topic按钮，打开研究主题检索界面，参见图 7-1-6。在检索框中直接输入所要查找主题的关键词，或者是

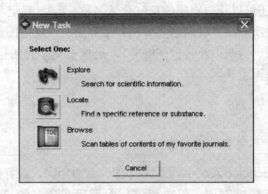

图 7-1-1　检索方式

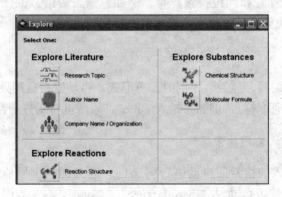

图 7-1-2　Explore 检索途径

由若干关键词用介词组成的式子，单击OK按钮，即可显示检索命中的若干组数据，选中与研究主题相关度高的某一组，单击Get References按钮，得到相关文献的题录，根据题录页面提供的图标，可进一步查看文摘信息或全文信息。也可单击研究主题检索界面中的Filters按钮，打开隐藏的检索限制条件，对出版时间、文献类型、语种、作者和公司名称等进行限制检索，提高查准率。

对检索结果的处理，可利用题录显示下方提供的"Remove Duplicates"（去重）功能、"Analyze/Refine"（分析/限定）功能和"Get Related"（相关信息）功能。使用去重功能可删去与 Medline 数据库相同的文献；使用分析功能可以对作者发文、期刊载文、语种分布、文献类型等进行分析，并可按字顺或频次进行排序；使用限定功能可以从主题、作者、期刊、语种、文献类型等进行二次检索，按需求限定检索结果，达到更高的相关性；使用相关信息功能可以检索引用或被引文献的信息以及与之相关的物质或反应方面的信息，也可以通过 e-Science 链接到 Google、Chemindustry、ChemGuide 等搜索引擎进一步检索相关资源。

（2）作者姓名检索。单击如图 7-1-2 所示的 Author Name 按钮，打开作者姓名检索界面，系统提供 3 个输入框：姓（Last Name）必须填写，如果不能确认则可选择下面的选项（alternative spellings），对于复姓如 O´Sullivan, Chace Scott, or Johnson Taylor 可直接输入；第一名字或首字母（First Name or initial）；中间名或首字母（Middle Name or initial）。对于不确认的名，可以输入首字母，也可以不输入名。在对应输入框中分别输入作者姓名，点击 OK 按钮．显示结果为被检作者姓名列表，从表单中选择相应姓名（可多选）．点击 Get References，即可显示该作者发表的题录信息。

可利用结果显示下方提供的分析/限定功能和相关信息功能对检索结果作进一步的处理（与主题检索类似）。如，单击 Analyze/Refine 按钮，然后选择 Refine 按钮，用作者所在机构名称（Company Name）进行限定，可删除同名同姓作者的文献。

（3）公司/机构名称检索。单击 Company Name/Organization 按钮，打开公司/机构名称检索界面，输入公司或机构的简称或全称，可检索出该公司或机构发表的文献，对检索结果作进一步的处理与主题检索一致。

2）物质信息检索（Explore Substances）

物质信息检索提供了化学结构（Chemical Structure）和分子式（Molecular Formula）两个检索入口。

（1）化学结构检索。为图形检索方式，单击如图 7-1-2 中的 Chemical Structure 按钮进入绘图系统，应用绘图系统的工具栏确定环、链、取代物、烷基等，绘制所要求的结构，如图 7-1-3 所示。图中右栏为结构绘图工具和反应查询工

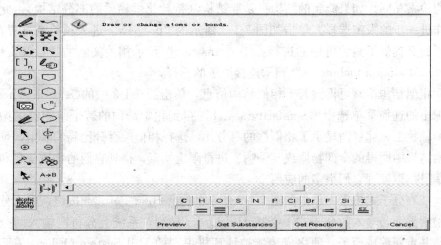

图 7-1-3　化学结构及反应检索界面

具，结构绘图工具位于图 7-1-3 的左上方，主要用于化学结构检索绘制物质结构，其含义分别为 ✏ —铅笔、〜—碳链工具、🅰 —元素周期表、✂▶ —常用基团、✕▶ —可变基团、ℝ▶ —R 基团定义工具、[ ]ₙ —重复基团工具、✏🖽 —可变位置连接工具、📼 —结构模版、⬠ⁿ —多元环工具、✐ —橡皮擦、◯ —索套选择工具、➤ —选择工具、↻ —旋转工具、⊕ —正电子、⊖ —负电子、⚡ —原子锁定工具、🔗 —环锁定工具。使用化学结构检索，可以进行精确结构检索、亚结构检索和相似结构检索。

精确结构检索可以得到物质结构的盐，或者它的混合物、聚合物。单击图 7-1-3 中的 Get Substances，在弹出的选择菜单选中 "Exact search"（也可同时选择其他条件）可得到与化学结构相关的文献。若需对检索结果作进一步处理，单击 Analyze/Refine，可对所得物质的精确性、环骨架等进行分析；也可对化学结构、理化数据等进行限制检索。单击 Get Reactions，可得到化学结构的化学反应方面的文献，若需对检索结果作进一步处理，单击 Analyze/Refine，可对催化剂、反应步数、产率等进行分析；也可对反应结构、产率、反应步数等进行限定检索获得相关信息。

亚结构检索可以得到若干物质的修饰信息。单击图 7-1-3 中的 Get Substances，在弹出的选择菜单选中 "Substructure search"（也可同时选择其他条件），可得化学结构的修饰信息，对检索结果作进一步处理的方式与精确结构检索相同。如果绘制的结构只是亚结构（待检化学物质的部分结构），此时需作进一步的限定选择。单击如图 7-1-3 所示的 "preview" 进入预检选择界面，此界面又提供了两种可用的选择：① "Answers" 预示相关文献的数量及实例；② "Real-atom attachments" 预示连接原子的选择。

相似结构检索可得到若干相似结构信息，单击图 7-1-3 中的 Get Substances，在弹出的选择菜单选中 "Similarity search" 得到化学结构的若干组相似结构信息的柱状图，柱状图显示了相似性的百分比，选择相似性百分比高的一组，可对检索结果中所得的全部物质或某一物质进行限定检索，得到它们的物质信息和反应信息，以发现它们更多的应用。

（2）分子式检索。单击如图 7-1-2 所示的 Molecular Formula 按钮，进入分子式检索界面，输入的分子式不必按 Hill Order 排列，系统会分析所输入的分子式，并重新编排原子，使之成为能被计算机识别的 Hill System Order。需要注意的是区分大小写；输入必须规范，否则会要求重输；输入盐类，可分为酸碱组分以 "·" 相连，如：H_3O_4P·3Na；H_3O_4P·2Na；H_3O_4P·Na 分别代表不同的物质；聚合物则输入单体组成以括号加 X，如（C4H6）X；对于复杂的有机物质，可以通过分子式查询，并通过亚结构限定获得。对物质检索结果可对结构、理化性质等进行二次检索；对所得反应可对反应步数、产率、期刊名等进行分析，对反应结构、产率、反应分类等进行二次检索。

3）化学反应检索（Explore Reactions）

化学反应检索为图形检索方式，单击图 7-1-2 中的 Reaction Structure 按钮，进入化学反应检索界面，该界面与化学结构检索界面相同，参见图 7-1-3。可使用结构式绘图系统，绘制化学反应中物质的结构，利用反应查询工具进行检索。

反应查询工具位于图 7-1-3 的左下方，其含义分别为 —反应位置标记工具、—反应角色工具、—反应箭头、—反应原子标记工具、—反应官能团列表，可根据不同反应的需求进行选择使用。对检索结果的处理与化学结构检索相同。

2. Locate 检索

Locate 检索分为确定书目信息检索和确定物质信息检索两种方式，如图 7-1-4 所示。

图 7-1-4　确定信息检索主界面

1）确定书目信息检索

确定书目信息检索提供了书目信息（标题、期刊名）和文献标识符（专利号、CA 文摘号）两个检索界面。单击图 7-1-4 的书籍图标，进入确定书目信息检索界面。该界面提供了作者姓名（Author Name）、期刊名称（Journal Name）、期刊出版年（Publication Year）、论文题目关键词（Article Title Words）和专利号（Patent Number）四个检索入口，可从任一检索入口得到确定的信息。单击图 7-1-4 的文本图标，进入文献标识符检索界面，在输入框中输入已知的文献标识符，如 CA 登记号、专利编号（专利号、专利申请号、优先权申请号）、CA 的期刊编号等信息来确认某篇文献。注意一行只能输入一个标识符，有多个标识符时，分多行输入。

2）确定物质信息检索

单击图 7-1-4 中的数字图标，进入物质标识符检索界面，输入物质名称或物质登记号，可得该物质的相关信息，如结构图、该物质商业来源、管制化学品列表、反应信息等。

3. Browse

SciFinder Scholar 系统提供了 1961 种核心期刊的浏览目录检索，只需单击如图 7-1-5 所示的 Browse 按钮，就可进入 1961 种核心期刊列表，如图 7-1-5 所示。核心期刊以字母顺序排列，选中需要的期刊，然后点击 View 按钮，系统就自动转到最新一期期刊目次页面（系统默认），页面下方提供了前一期（Previous）、后一期（Next）和选择（Select）其他期的按钮。选中需要的文章，然后单击显微镜图标，就可以阅读所选文章的摘要和引文等书目内容。如果带有文本图标，点击后就可以启动 ChemPort ComiectionSM 获取全文；如果是已经订阅或开放的电子文献，就可以直接查看全文，当然也有要求先付费才能查看的页面。对于选中的某条信息，还可单击 Get Related 按钮，查看系统提供的四种关联信息：①被引文献；②引用文献；③所选文献中的物质；④所选文献中的反应。

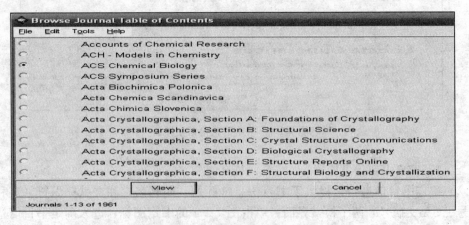

图 7-1-5　核心期刊浏览主界面

7.1.4　检索实例

1. Research Topic（研究主题）检索实例

检索课题：高纯六氟磷酸锂的制备

1) 分析课题，选检索词

以五氯化磷、氯化锂和无水氟化氢为原料，在醚、腈等有机溶剂中反应生成高纯度六氟磷酸锂，检索词可选择为

六氟磷酸锂——Lithium hexafluorophosphate

制备——Preparation

2) 构造提问式

Lithium hexafluorophosphate in Preparation

3) 打开 Research Topic 检索界面进行检索

（1）在检索框中输入提问式，单击Filters按钮，打开隐藏的限制项，根据课题的需求，文献类型选择为专利，将检索范围限制在制备技术方面，如图 7-1-6 所示。

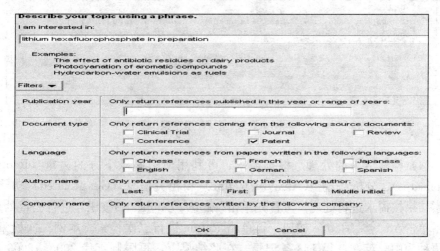

图 7-1-6　研究主题检索界面

（2）单击OK按钮，得到四组检索命中结果，如图 7-1-7 所示。分析检索结果知，六氟磷酸锂与制备两个概念在同一句子组配的检索命中为 185 条记录，逻辑与组配检索命中为 688 条记录，逻辑或组配检索结果六氟磷酸锂为 3613 条记录，制备为 1 847 263 条记录。

（3）选定第一组检索结果，单击图 7-1-7 中的Get References按钮，得到相

关文献的题录及查看文摘、全文信息的图标，如图 7-1-8 所示。单击显微镜图标，可查看文摘信息；单击文本图标，可查看全文信息（是已经订阅或开放的电子文献，才可以直接查看全文）。

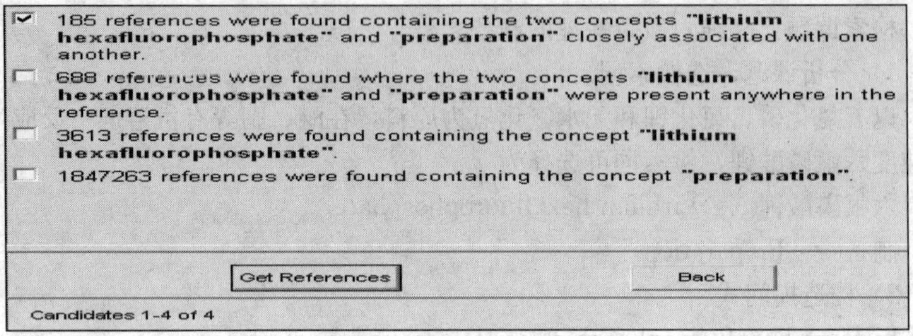

图 7-1-7　提问式组配检索命中结果

图 7-1-8　题录显示结果

（4）检索结果的处理。根据需求，可利用所得题录下方的去重（Remove Duplicates）、分析/限定（Analyze/Refine）和相关信息（Get Related）功能对检索结果按需求进行处理。可首先单击Remove Duplicates按钮，进行去重处理，然后单击Analyze/Refine 按钮，再单击 Refine 进行二次检索。本例二次检索限制语种为中、英文，得 123 条记录，在此结果上，再限制年代 2005～2006 年，得 33 条记录。

2. 化学结构检索实例

检索课题：结构式为 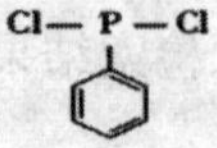 的精确结构、亚结构和相似结构的信息打开化学结构检索界面，检索过程如下：

（1）利用绘图工具画结构式，如图 7-1-9 所示。

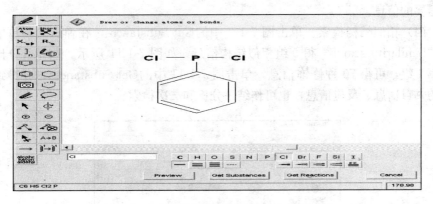

图 7-1-9 化学结构检索界面及结构式的绘制

（2）精确结构检索。单击图 7-1-9 中的 Get Substances，在弹出的选择菜单选中"Exact search"（也可同时选择其他条件），单击 OK，得到与该化学结构相关的信息 46 条，选择与该结构完全相同的 1 条，即，苯基二氯化磷，如图 7-1-10 所示。依次单击图 7-1-10 上方的图标，可得书目信息、商业信息、管制品信息和反应信息。也可单击图 7-1-10 中的 Get Reactions 得制备苯基二氯化磷的各种反应 35 条，单击 Get references，得反应的相关信息 27 条，对检索结果的进一步处理与主题检索相同。

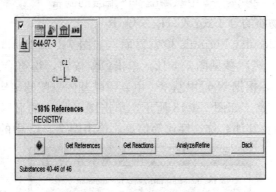

图 7-1-10 精确检索结果

（3）亚结构检索。如果绘制的结构只是亚结构（待检化学物质的部分结构），此时需作进一步的限定选择。单击图 7-1-9 所示的"preview"，在弹出的菜单中选择"Answers"可得该化学结构的 59 种修饰信息，如选择"Real-atom attachmcnts"可得该化学结构的约 1199 种修饰信息。单击图 7-1-9 所示的 Get Substances，在弹出的菜单中选择"Substructure search"得 1964 种修饰信息。对亚结构检索得到的修饰信息，利用 Analyze/Refine 按钮，可分析或限定得到需要的信息。

（4）相似结构检索。单击图 7-1-9 中的Get Substances，在弹出的菜单中选择"Similarity search"得 9 组相似结构信息，如图 7-1-11 所示。选择百分比高的第 1 组，可得 70 种修饰信息，单击图 7-1-11 中的Get Substances，可得到有关的书目信息、反应信息，也可作结果分析和二次检索。

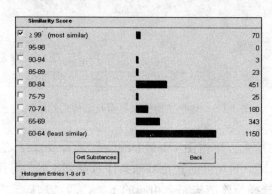

图 7-1-11　相似结构检索结果

3. Molecular Formula（分子式）检索实例

检索课题：N-羟甲基-3-2 甲氧磷酰基丙酰胺的制备

（1）写出该物质的分子式：$C_6H_{14}NO_5P$

（2）打开 Molecular Formula 检索界面，如图 7-1-12 所示，检索过程如下：在检索框输入分子式，参见图 7-1-12，单击OK 按钮，得符合该分子式组成的 104 种同分异构体，根据 N-羟甲基-3-2 甲氧磷酰基丙酰胺的结构，逐条浏览选择出符合该结构的信息，如图 7-1-13 所示。单击图 7-1-13 的显微镜图标，得结构式、CA 索引名称及其他名称、性质等信息。单击图 7-1-13 中的文本图标，弹出

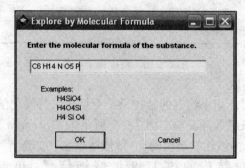

图 7-1-12　分子式检索界面

物质一般限定选项列表，如图 7-1-14 所示，可对该物质的不利影响、分析研究、生物研究等进行限定检索。本例根据课题要求，选择"Preparation"（制备），单击OK，得八条有关制备 N-羟甲基-3-2 甲氧磷酰基丙酰胺的信息。单击 A▸B 图标，在弹出的选项列表中选"Product"得反应信息，如图 7-1-15 所示。根据检索需求，对所得反应可进行催化剂、反应步数、产率等分析，可对反应结构、反应步数、产率等进行二次检索。

图 7-1-13　N-羟甲基-3-2 甲氧磷酰基丙酰胺

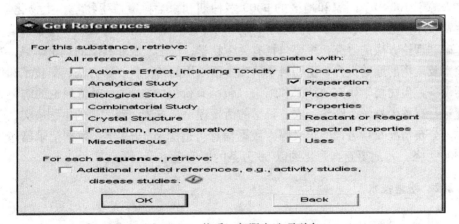

图 7-1-14　物质一般限定选项列表

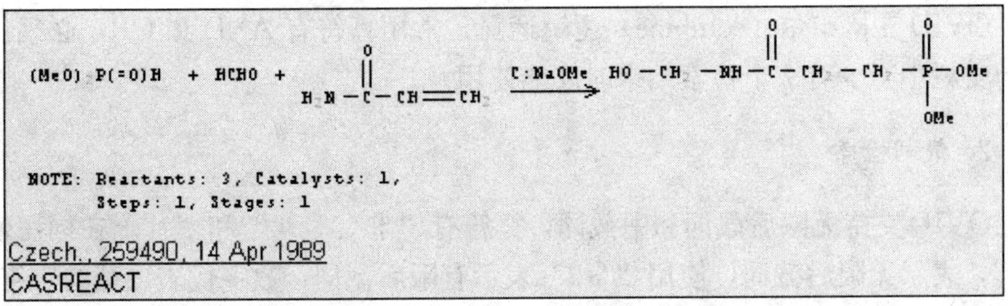

图 7-1-15　制备 N-羟甲基-3-2 甲氧磷酰基丙酰胺的反应

7.2　OVID

7.2.1　概况

OVID 是美国 OVID 科技公司开发的检索平台，由 Database@Ovid、Journals@Ovid 和 Books@Ovid 这 3 个主要部分组成。Database@Ovid 提供了 300 多种数据库，涵盖人文、社会、医学、科技等学科领域；Journals@Ovid 包括了 60 多家出版商出版的科学、科技及生物医学期刊 1000 余种；Books@Ovid 提供了近 40 个出版商发行的以临床为专题的重要医学参考书。本节以 Database@Ovid 提供的 300 多种数据库中的 BIOSIS Previews（生物学信息数据库）为重点，介绍 OVID 的检索方法。

BIOSIS Previews 由美国生物科学信息服务社（BIOSIS）出版，是世界上最大的关于生命科学的文摘索引数据库。该库主要包括 Biological Abstracts（生物学文摘）所收录期刊以及 Biological Abstracts/RRM（生物学文摘——综述、报告、会议）所收录的会议、报告、评论、图书、专论等多种文献，其中的期刊论文来源于 100 多个国家和地区的 9000 多种期刊。学科覆盖生物学、生物化学、生物技术、植物学、医学、药理学、动物学、农业、兽医学等领域，内容偏重于基础和理论方法的研究，主要包括有关生物学、医学、农业科学的理论研究、实验室及现场的原始报告，生物科学研究中所采用的新材料、新方法、新技术和仪器设备，生物科学研究的结果和结论（包括有价值的数据），对新理论的解释和评论，有关生物学、医学、农业科学的情报理论和方法，新发现的生物属类、名称、分布情况及新名词的定义等。数据信息可追溯至 1969 年，数据记录已超过 1300 万条，每周更新，每年约以 56 万条的速度递增。

7.2.2　检索技术

1. 布尔检索

OVID 支持布尔（combine）逻辑运算，常用算符有 AND 和 OR，必须在检索历史栏中至少有 2 个检索结果时才能使用。

2. 截词检索

OVID 支持无限后截词和中截词，算符有 "$" 、 "#" 和 "?"。在词尾使用 "$"，表示无限后截词，使用 "$2" 表示有限后截词，数字代表可截的字符数。"#" 和 "?" 可以用在词的中间和词尾，可代表任意一个字符，如 wom#n 表示要同时检索 woman 和 women，colo?r 表示要同时检索 color 和 colour。

3. 位置检索

OVID 支持位置检索，算符为 ADJ。将两个检索词用 ADJ 连接，如 tissue ADJ engineering，表示这两个检索词的词序不能改变，如在 ADJ 后加数字，如 tissue ADJ2 engineering，表示 tissue 和 engineering 之间最多可以插入 2 个词，词序可以互换。

7.2.3　检索方式及检索步骤

BIOSIS Previews 提供 Advanced Search（高级检索）、Basic Search（基本检索）和 Find Citation（确定引文检索）3 种主要检索方式，如图 7-2-1 所示。

1. Advanced Search（高级检索）

高级检索为系统默认的检索方式，为关键词检索，如图 7-2-1 所示，主要部分的功能如下。Change Database 用于 OVID 的数据库切换；Search History 是检索历史显示框，当检索历史在两条或两条以上时，则可进行布尔检索。Advanced Search、Basic Search、Find Citation 为检索方式切换按钮，其他功能按钮的含义：More Fields 为字段检索选择按钮，有 49 个字段可供选择；Search Tool 为系统功能设置按钮，提供了 Tree（树状结构查询，可查询索引词的上、下位结构组织）、Permuted Index（轮排索引，可查询与输入检索词相关的所有词）、Scope Note（范围注释，可查询索引词的简单定义和应用范围）和 Explode（扩展功能，可查询索引词及下位词）四个选项；Map Term to Subject Heading 提供系统自动转换检索词为主题词的功能；Limit 是限制条件选择框，有语种、文献类型、动物、植物等限定项。

高级检索的主要特点：选中 Map Term to Subject Heading，能自动将检索词转换为数据库认可的主题词；选中 More Fields，可进行字段检索；显示并保留每一步检索结果；对检索结果可进行限制检索；可利用布尔逻辑对检索结果进行组配。

2. Basic Search（基本检索）

单击图 7-2-1 中 Basic Search 按钮，进入基本检索界面，该界面提供了关键词和作者两个检索入口，可选择一个检索入口，也可同时选择两个检索入口，其限制条件与高级检索相同，如图 7-2-2 所示。基本检索仅适合简单概念的检索，若要实现复杂概念的检索，应选择高级检索。如在两个检索入口同时输入相应的检索词，系统自动默认为逻辑与组配。

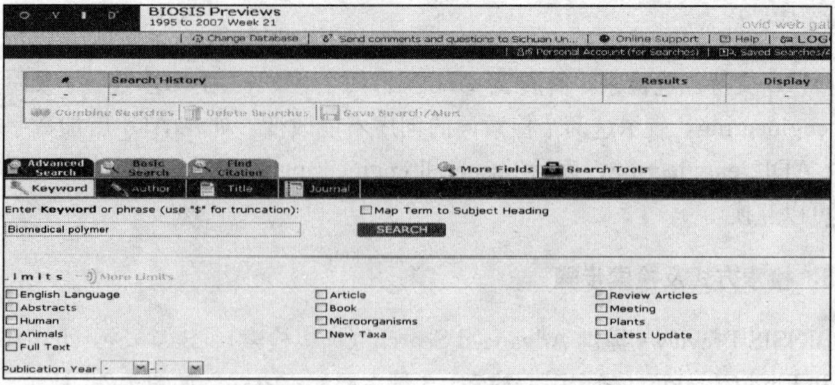

图 7-2-1　BIOSIS Previews 检索方式及高级检索界面

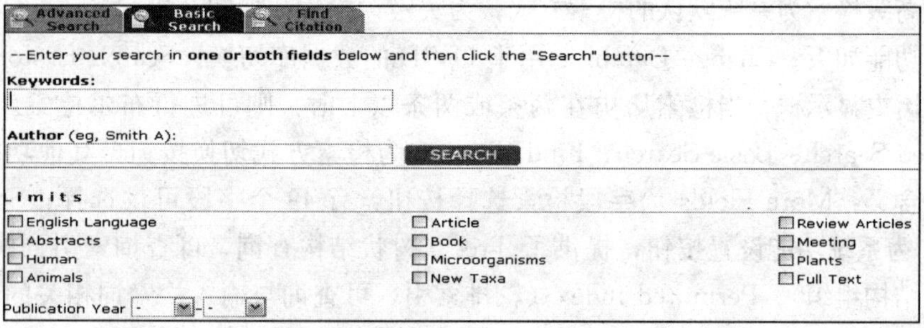

图 7-2-2　基本检索界面

3. Find Citation（确定引文检索）

单击图 7-2-1 中 Find Citation 按钮，进入确定引文检索界面，该界面提供了五个检索入口，其中期刊名称和作者姓名可使用截词检索，如图 7-2-3 所示。

图 7-2-3　确定引文检索界面

4. 检索结果的处理

（1）检索结果的显示。单击检索历史栏中某一步号的 DISPLAY，即显示该步检索结果的所有题录信息，参见图 7-2-5。在题录信息页面，单击所选中题录右栏的 Abstract，可查看文摘信息；单击 Complete Reference，可查看全记录，即所有字段的信息；单击 Library Holding 可查看国内外有关图书馆的馆藏信息；单击 Internet Resources，可链接到因特网检索相关资源。

（2）检索结果的保存。可利用题录信息页面下方的结果处理提供的功能，参见图 7-2-5，选择输出范围、字段、格式和保存的方式。字段选择有题录、题录＋文摘、题录＋文摘＋主题和全记录四个选项，输出格式一般选 Ovid，保存一般选 SAVE。

7.2.4　检索实例

检索课题：聚合物组织工程材料

1. 分析课题，选检索词

组织工程是指应用生命科学与工程学的原理和方法来设计、组建、维护人体细胞和组织的生长，以恢复受伤的组织或器官的功能，组织工程的发展为组织或器官的修复与再建提供了可能，聚合物材料在组织工程中具有诱导组织再生、调节细胞生长和功能分化的重要作用，关键词可选择为

生物医用高分子——Biomedical polymer

高分子材料——Polymeric materials

组织工程——Tissue engineering

2. 构造提问式

（biomedical polymer or polymeric material＄）and tissue engineering

3. 选择高级检索方式进行检索

（1）在高级检索检索框中分三步输入 biomedical polymer、polymeric material＄和 tissue engineering，检索历史栏显示，分别命中 18 条（步号 1）、873 条（步号 2）、6042 条（步号 3），如图 7-2-4 所示。

（2）单击检索历史栏下方的 Combine Searches 按钮，进入布尔逻辑组配界面，选择步号 1 和步号 2 执行逻辑或组配，命中 888 条（步号 4）。

（3）单击 continue 按钮，将步号 3 和步号 4 执行逻辑与组配，命中 23 条（步号 5）。

检索历史和布尔组配结果参见图 7-2-4。

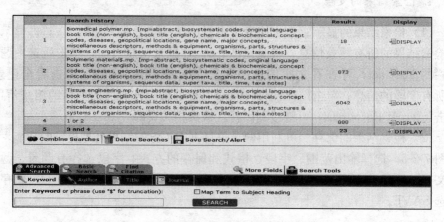

图 7-2-4　检索历史显示及布尔组配结果

（4）单击图 7-2-4 中步号 5 的DISPLAY图标，得题录信息及检索结果处理信息，如图 7-2-5 所示；单击图 7-2-5 中第 1 条的 Abstract，得文摘信息；单击Complete Reference，得全记录，如图 7-2-6 所示。

（5）单击图 7-2-5 中的Full Text可链接到全文，单击图 7-2-5 中的Library Holding可得馆藏机构信息，如图 7-2-7 所示。选中某一馆藏机构，查看是否有详细的馆藏信息，如索取号、收藏情况等。

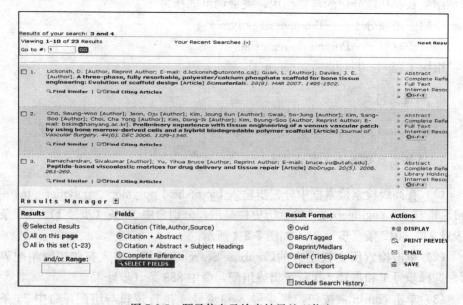

图 7-2-5　题录信息及检索结果处理信息

Accession Number	PREV200700182850
Record Owner	Copyright Thomson 2007.
Author/Editor/Inventor	Lickorish, D. [Author. Reprint Author; E-mail: d.lickorish@utoronto.ca]; Guan, L. [Author]; Davies, J. E. [Author]
Institution	Univ Toronto, Inst Biomat and Biomed Engn, Bone Interface Grp, Room 407,Rosebrugh Bldg,164 Coll St, Toronto, M5S 3G9, Canada.
Country	Canada
Title	A three-phase, fully resorbable, polyester/calcium phosphate scaffold for bone tissue engineering: Evolution o scaffold design
Source	Biomaterials. 28(8). MAR 2007. 1495-1502.
Publication Type	Article.
ISSN	0142-9612
Concept Codes	[10060] Biochemistry studies – General [10069] Biochemistry studies – Minerals [18004] Bones, joints, fasciae, connective and adipose tissue – Physiology and biochemistry
Language	English
Abstract	Bone tissue engineering strategies are fundamentally based upon porous scaffold materials that serve as a support for ingrowth of host cells and/or provide a substrate for exogenously delivered cells. Here we report the application of a surface calcium phosphate (CaP) mineral layer to a macroporous polymeric/CaP composite biomaterial, with a macroporous interconnectivity, and its subsequent in vivo evaluation in a rodent femoral defect. The application of the mineral layer eliminates the fibrous tissue encapsulation and foreign body giant c response commonly seen at the interface of polymeric materials, yet retains the unique characteristics of the parent material as being macroporous, completely biodegradable and possessing a high degree of interconnecti This represents the third generation of this scaffold material, incorporating iterative changes to the scaffold di in response to both materials and biological design criteria to produce a material with enhanced in vitro and in vivo performance. (c) 2006 Elsevier Ltd. All rights reserved.
Major Concepts	Biochemistry and Molecular Biophysics; Skeletal System: Movement and Support

图 7-2-6　全记录

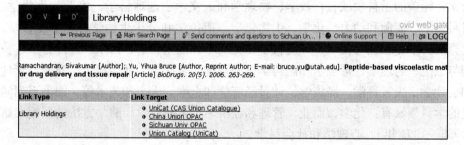

图 7-2-7　馆藏机构信息

第8章 国外网络数据库信息的检索（三）

8.1 Elsevier SDOL（Science Direct Online）

8.1.1 概况

Elsevier 公司是世界著名的学术期刊出版商，SDOL 数据库是原 Elsevier SDOS 数据库的升级版，提供 1995 年以来 Elsevier 公司出版的 1800 多种期刊的全文，涵盖的学科领域有：数学、物理学和天文学、地球科学、农业和生物学、材料科学、能源和动力、化学、生物化学、遗传学和分子生物学、化学工程学、计算机科学、工程与技术、环境科学、免疫学和微生物学、医学、神经科学、护理与卫生、药理学、毒理学和制药学、心理学、兽医学、社会科学、商业、管理和会计学、决策科学、经济学、计量经济学和金融、人文和艺术等。图书系列涵盖的学科领域有：化学、商业、管理和经济学、生命科学、酶学方法的回溯书籍 [1955～1999 年]、心理学和社会科学。

8.1.2 检索技术

1. 布尔检索

支持 AND（逻辑与）、OR（逻辑或）和 NOT AND（逻辑非）逻辑运算。检索词之间若没有算符和双引号，系统则默认为 AND 关系。

2. 截词检索

在检索词词尾使用星号 *，表示无限截词，主要用于同根词、动词的各种形式和时态，如输入 Dye *，可检索出含有 dye、dyer、dyes 和 dyeing 的信息；如果检索词是名词，有单、复数形式，如使用单数形式，系统会自动检索出单、复数形式的信息，如输入 City，可检索出含有 City、City's 和 Cities 的信息。

3. 词位检索

在两词之间使用 W/N，表示两词相隔不超过 N 词，词序可以任意，如：pain W/15 morphine；在两词之间使用 PRE/N，表示两词相隔不超过 N 词，词序不能互换，如：behavioural PRE/3 disturbances。

4. 精确短语检索

使用双引号"　"，可进行精确短语检索，如："aluminum nitride composites"，表示作为一个整体检索。

5. 限制检索

可对字段、来源、主题范围、出版年等进行限制检索。

8.1.3　检索方式及检索步骤

Elsevier SDOL 提供了 Browse（浏览）、Quick Search（快速检索）、Basic（基本检索）和 Advanced（高级检索）四种检索方式。

1. Browse（浏览）

打开 Elsevier SDOL 数据库，则进入浏览检索界面，如图 8-1-1 所示，浏览检索提供了两种浏览方式。

（1）按英文字顺浏览。可按所列的刊名首字母顺序逐卷逐期进行浏览全文。

（2）按学科主题浏览。系统将期刊按物理科学和工程（Physical Science and Engineering）、生命科学（Life Science）、卫生科学（Health Science）、社会和人文科学 Social Sciences and Humanities）分成四大学科主题，每一主题下分设若干子主题（参见图 8-1-1），选中需浏览的子主题，即可按所列的刊名首字母顺序逐卷逐期浏览全文。

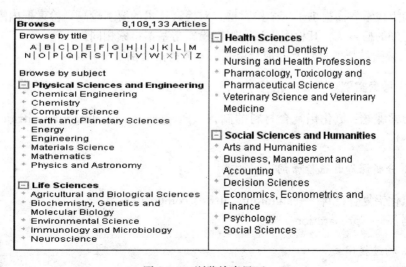

图 8-1-1　浏览检索界面

2. Quick Search（快速检索）

打开 Elsevier SDOL 数据库，进入快速检索界面，如图 8-1-2 所示，各检索框之间的逻辑关系为 AND，既可用于检索某主题概念的全文信息，也可用于检索已知的特定全文信息。

图 8-1-2　快速检索界面

3. Basic（基本检索）

单击图 8-1-2 上方的Search按钮，进入基本检索界面，参见图 8-1-3。基本检索界面有两个检索框，可进行布尔逻辑组配，可根据需求进行字段、学科主题和出版年代等进行限制检索。基本检索提供了 All Sources、Journals、Books 和 Scirus 四种检索入口，系统自动默认在 All Sources（所有资源中）检索。若只需检索期刊论文，单击Journals按钮，进入期刊论文检索页面，并可对期刊论文的种类，如评论、短讯、讨论等进行限制检索；单击Books按钮，则仅可检索图书；单击Scirus按钮，可检索到科学家主页、专利、会议等方面的站点信息。

4. Advanced Search（高级检索）

高级检索界面提供了一个检索框，对检索技术的要求较高，检索框内需要输入构造好的检索式，其检索入口和限制检索与基本检索相同。

5. 检索结果的显示及处理参见 8.1.4 节检索实例部分。

8.1.4　检索实例

检索课题：氮化铝复合材料的制备（Preparation of aluminum nitride composites）

1. 分析课题，选检索词

氮化铝复合材料——aluminum nitride composites
制备——preparation

2. 构造提问式

aluminum nitride composites and preparation

3. 打开基本检索界面进行检索

(1) 在检索框输入提问式，检索字段限制在标题，来源限制在期刊，主题不限，出版年限制在 2000 年以来，如图 8-1-3 所示。

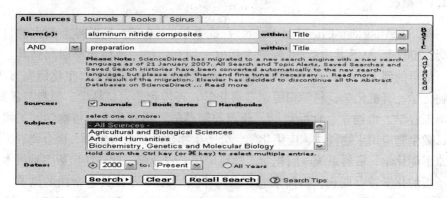

图 8-1-3 基本检索界面

(2) 单击Search按钮，显示检索命中的题录信息，如图 8-1-4 所示。

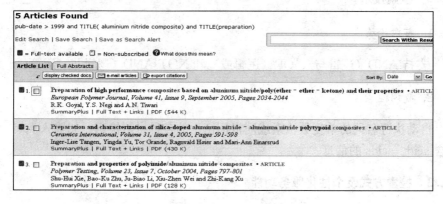

图 8-1-4 检索结果显示页面

(3) 检索结果的处理。

a. 二次检索。检索结果页面提供了二次检索功能，在检索框中输入检索词，单击图 8-1-4 中的Search Within Results按钮，系统则将检索结果与检索词自动进行逻辑与运算，可提高查准率。

b. 查看摘要。单击图 8-1-4 中的Full Abstracts按钮，即可查看命中记录的全部摘要。

c. 查看全文。单击图 8-1-4 中的Full Text或PDF链接即可在线阅读全文或打印、下载全文。

8.2　ACS Publications

8.2.1　概况

ACS（American Chemical Society）成立于 1876 年，是世界上最大的科技学会。2007 年 ACS 共出版 36 种纸本和电子期刊，每一种期刊都回溯到其创刊卷，最早的到 1879 年。这些期刊涵盖了 24 个主要的学科领域：生化研究方法、药物化学、有机化学、科学训练、普通化学、环境化学、材料学、燃料与能源、环境工程学、毒物学、食品科学、药理与制药学、物理化学、植物学、工程化学、微生物应用生物科技、应用化学、分子生物化学、分析化学、聚合物、无机与原子能化学、资料系统电脑化学、学科应用、农业学。此外还出版多种纸本和电子版的化学教育期刊、新闻杂志和参考手册。ACS 不仅具有常用的浏览、检索功能，还提供两种个性化服务功能，可在第一时间内查阅到被作者授权、尚未正式出版的最新论文。

8.2.2　检索技术

1. 布尔检索

支持 AND（逻辑与）、OR（逻辑或）和 NOT AND（逻辑非）运算。

2. 截词检索

自动执行名词的单复数检索或同根词衍生的各种拼写检索，如输入 acid，可得含 acid、acids 的信息。

8.2.3　检索方式及个性化服务功能

ACS 提供了期刊浏览、快速检索和高级检索三种检索方式，如图 8-2-1 所示。

1. ACS Journals A-Z（期刊浏览）

期刊浏览方式可按刊名字顺浏览期刊，也可按主题分类浏览期刊，得到有关的题录信息，并可链接摘要或全文。

2. Article Quick Search（快速检索）

在图 8-2-1 上方的 Article Quick Search 检索框中输入检索词或检索式，并选择与检索词相匹配的字段，单击GO按钮，即可得到有关的题录信息，并可链接摘要或全文。

图 8-2-1　快速检索界面

3. Advanced Article Search（高级检索）

提供 Citatio Finder（特定检索）和 Full-Text Search（全文检索）两种检索入口，参见图 8-2-3。

（1）Citatio Finder（特定检索）。使用下拉菜单选择一种期刊，输入期刊的卷号和起始页码，或输入数字目标标识符（Digital Object Identifier）即可检索相关信息。

（2）Full-Text Search（全文检索）。在检索框中输入检索词或词组，检索词或词组之间可用布尔逻辑组配，可按日期、相关度和刊名显示检索结果，可进行字段、期刊、时间段/日期范围的限制检索，时间段的限制包括下列四种：ASAP Articles（最新文献）、Current Issue（1996～2006 年的文献）、Legacy Archives（1879～1995 年的文献）、All（全部文献）。

4. 个性化服务功能

ACS 提供的两种个性化服务功能是订阅最新文献（ASAP Alerts，和订阅最新出版的期刊目录（TOC Alerts）。单击图 8-2-1 中的E-mail Alerts & RSS Feeds 按钮，进入最新文献和最新出版的期刊目录订阅主页面后，单击Sign up or Modify E-mail Alerts链接，进入订制注册、退订或修改服务页面，见图 8-2-2。单击图 8-2-2 中的Register for ASAP Alerts 链接或Register for TOC Alerts链接即可注册订制；单击图 8-2-2 中的 Unsubscribe or modify ASAP register链接或 Unsubscribe or modify TOC register链接可退订或修改。

8.2.4　检索实例

检索课题：高分子纳米复合材料的最新信息

1. 分析课题，选检索词

高分子——polymer

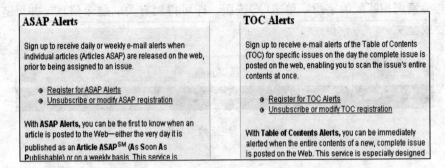

图 8-2-2　最新文献和最新出版的期刊目录订制注册、退订或修改服务页面

纳米复合材料——nanocomposites

2. 构造提问式

Polymer and nanocomposites

3. 打开高级检索界面进行检索

在 Full-Text Search 的检索框输入提问式，选择全部期刊，根据检索要求，时间段选择 ASAP Articles，如图 8-2-3 所示，单击图 8-2-3 的Search按钮，得检索结果，如图 8-2-4 所示。

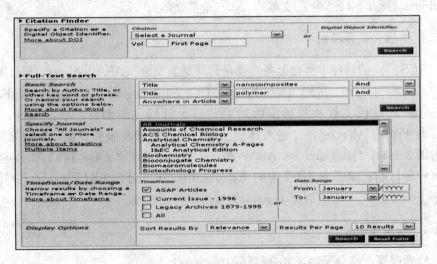

图 8-2-3　高级检索界面及检索式的输入

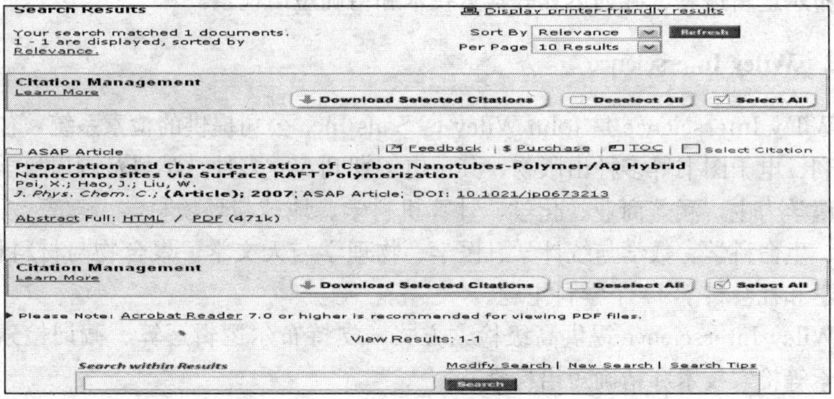

图 8-2-4　检索结果显示页面

4. 检索结果的处理

（1）二次检索。检索结果页面提供了二次检索功能，参见图 8-2-4 下部，在检索框中输入检索词，单击 Search 按钮，系统则将检索结果与检索词自动进行逻辑与运算，可提高查准率。

（2）查看摘要。单击图 8-2-4 中的 Abstracts 链接，即可查看命中记录的摘要。

（3）查看全文。单击图 8-2-4 中的 Full Text 或 PDF 链接即可在线阅读全文或打印、下载全文。若 IP 地址不在全文服务范围内，可单击图 8-2-4 中的 Purchase 链接获取全文。

（4）查看期刊目次。单击图 8-2-4 中的 TOC 链接，可查看期刊的最新目次。

8.3　其他全文数据库

8.3.1　SpringerLink

Springer 是世界上著名的科技出版集团。SpringerLink 是 Springer 推出的一个在线服务平台。2004 年，Springer 合并了 Kluwer Academic Publisher，目前，SpringerLink 提供 1600 多种全文学术期刊、2500 多种系列图书以及其他出版物的在线服务、两个特色图书馆——中国在线科学图书馆和俄罗斯在线科学图书馆，涵盖建筑、设计与艺术、行为科学、生物医学和生命科学、商业与经济、化学与材料科学、计算机科学、地球与环境科学、工程、人文、社会科学与法律、数学和统计学、医学、物理学与天文学等学科主题。

SpringerLink 提供了学科主题浏览、关键词检索和高级检索三种检索方式，支持布尔逻辑运算、截词运算等检索技术和精确短语检索。

8.3.2　Wiley Interscience

Wiley Interscience 是 John Wiley & Sons Inc. 公司提供的检索系统，包括电子期刊、电子图书等多种出版物，其中电子期刊 500 多种。学科范围以科学、技术与医学为主，涵盖商业、化学、计算机科学、地球与环境科学、教育、工程、法律、生命科学、数学与统计学、医学、物理学与天文学、聚合物与材料科学、心理学和社会科学 14 个学科主题。

Wiley Interscience 提供高级检索方式，支持布尔逻辑运算、截词检索、位置检索等检索技术和精确短语检索。

8.3.3　Nature

由 Nature 出版集团出版，是世界上最早的国际性科技期刊，也是全球最著名的科技期刊之一。Nature 出版物具有极高的影响因子，包括 24 种期刊，是生物学及物理学等自然基础科学各学科领域的核心刊物。

Nature 提供期刊浏览、刊名检索、简单查询和复杂查询等检索方式，其中复杂查询支持布尔逻辑运算。

第 9 章 专利及其专利信息的检索

9.1 专 利 概 述

专利是专利权的简称，它是指一项发明创造，由申请人向国家专利主管部门提出申请，经依法审查合格后，向专利申请人授予在规定的时间内对该项发明创造享有的专有权。完整的专利应同时包括以下两方面的含义：一是指取得的专利权并受专利法保护的发明创造；二是指记载着发明创造的详细内容和受专利法保护的技术范围的专利说明书，其中，最重要的是专利权。

9.1.1 知识产权与专利权

1. 知识产权

知识产权，英文为 Intellectual Property，指在法律上确认和保护人们在科学、技术、文学、艺术领域中从事智力活动而创造的精神财富所享有的权利。它是法律赋予知识产权所有人对其智力创造成果所享有的某种专有权，其主要类型如图 9-1-1 所示。知识产权主要具有专有性、地域性和时间性三种特征。

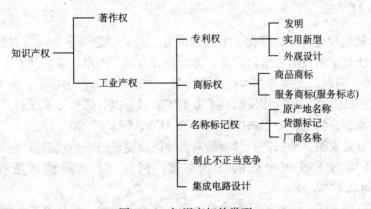

图 9-1-1 知识产权的类型

（1）专有性（又称独占性、垄断性或排他性）。是指拥有该项权利的人对其智力成果、经营管理活动中的标志、信誉享有的独占权。表现为其他任何人未经权利人的同意或未在法律规定的情况下占有使用，都要承担相应的法律责任。

（2）时间性。是指知识产权只在法律规定的期限内受到保护，超过法律规定的有效期，其权利就自行消失，即该知识产权所涉及的智力成果、经营管理活动中的标志、信誉就成为社会的共同财富，任何人都可以自由地、无偿地使用。

（3）地域性。是指在没有其他条约存在的情况下，其知识产权的效力仅限于产生国的领土范围。即经一国法律确认的知识产权，仅在该国管辖范围内得到保护，其他任何国家、任何地区的任何人在该国外使用该知识产权都无需得到权利人的许可和支付使用费。权利人要想得到其他国家的法律保护，就必须向其他国家提出申请并获得批准。

2. 专利权

专利权是属知识产权保护的对象，具有排他性、时间性和地域性。排他性是指未经专利权人的许可，其他任何人都不能使用该专利制造和销售其产品。时间性是指在一定期限内有效，即在法律规定的专利期限届满后，专利权就自行终止，该发明创造归社会所有，任何人都可自由使用、制造和销售。地域性是指一个国家颁发的专利权，仅在该国境内有效，如果需要在其他国家获得保护，就必须向其他国家申请专利。

9.1.2 专利的类型

专利类型的划分，各国专利法的规定不尽相同，我国专利法中规定的专利类型有三种。

1. 发明专利

发明就是利用自然法则在技术上的创造，就是创造新事物、新的制作方法。我国专利法规定的发明是指对产品、方法及其改进所提出的新的技术方案，保护期为 20 年。因此，发明专利包括产品发明、方法发明和改进发明三种类型。

（1）产品发明。是指该发明技术方案实施后是以有形物品表现的。例如，太阳能、交流、直流三合一手机电池充电器（CN200410022907.4）。

（2）方法发明。是指把一种物品或者物质改变成另一种状态或另一种物品或物质所利用的手段和步骤的技术方案。例如，手机短信屏蔽控制方法（CN200410021319.9）。

（3）改进发明。包括产品改进发明和方法改进发明。产品改进发明，是指通过对已有物质产品的改进或改造，使其有新技术特征的发明。现有的产品，或者功能不全，或者利用效率不高，或者效果不尽如人意，或者存在一些缺陷，通过一定的技术，使其产生新的技术特征。如对现有的自行车进行改进，发明一种新型的自行车，使其性能、功效得到很大的改善，则这种自行车属于产品改进发明。方法改进发明。指对原有的方法进行改进，使其产生更好效果的发明。如酿酒方法，自有酒的历史以来就产生、存在，而通过研究、使用一种新的酿酒方法，可以更节省原料酿造出更为香醇的美酒，则该种方法就属于方法改进的发明。

需要指出的是，对于客观存在的自然定律的发现、抽象的智力活动规则的归纳和提炼方法，例如牛顿的万有引力定律、陈景润的哥德巴赫猜想的证明、新制定的体育比赛规则或者新的智力游戏规则等都不能申请专利，因为它们不是技术方案，它们与发明有着本质的不同，不属于专利保护的对象。

2. 实用新型专利

我国专利法规定的实用新型指对产品的形状、构造及其结合提出的新的技术方案。相对于发明专利，其创造性水平较低，保护期为 10 年。例如，可翻面的手表式 MP3 播放器（CN200520044918.2）只能申请实用新型专利。

3. 外观设计专利

外观设计专利是针对产品形状的外观美感，不涉及技术效果而进行的设计。我国专利法所规定的外观设计专利指对产品、图案、色彩及其结合所做出的富有美感，并适于工业上应用的新设计，保护期为 10 年。例如，方便面包装碗（CN01343039.4）、一种方便面包装袋（CN98310630.4）只是涉及到方便面的外包装的形状、图案、色彩结合的一种设计，与面品的内在质量等毫无关系。需要注意的是外观设计专利不同于注册商标。首先，外观设计专利保护的是产品的形状、图案、色彩或者其结合所做出的富有美感并适于工业上应用的新设计，而商标则是一种区别商品的标记，它们虽然也具有美化产品的作用，但单独的商标不能成为产品外观设计的内容，不属于外观设计专利的保护范围。其次，外观设计专利不经过实质审查，如果他人在专利申请时或者专利权获准后提出早于该项专利而公开使用的证据，则该专利会被宣布无效或者撤销。而注册商标必须通过实质审查，经过异议期才能得到专用权，其审查程序较外观设计专利严格。第三，外观设计专利有效期自申请日起为 10 年，不可续展。商标专用权有效期自核准之日起 10 年，注册人可以申请续展，每次续展时间为 10 年。

从功能上划分，专利的类型又可分为：开拓性发明、组合性发明和选择性发明。

（1）开拓性发明。亦称原创性发明，是指一种全新的技术方案，在技术史上未曾有过先例，它为人类科学技术在某个时期的发展开创了新纪元。开拓性发明同现有技术相比，具有突出的实质性特点和显著的进步，具备创造性。例如，中国的四大发明—指南针、造纸术、活字印刷术和火药。此外，作为开拓性发明的例子还有：蒸汽机、白炽灯、收音机、雷达、激光器、五笔字型汉字输入法以及朗科邓国顺的原创性发明——用于数据处理系统的快闪电子式外存储方法及其装置（即优盘）（CN99117225.6）。

（2）组合性发明。是指将某些技术方案进行组合，构成一项新的技术方案，以解决现有技术客观存在的问题。例如，一种多功能健身器（ZL992124492），集前行、跑步、倒退行走和靠背负重行走，可折叠，配有方向轮，便于携带，不占用室内空间等特点为一体。

（3）选择性发明。是指从现有技术中公开的宽范围中，有目的地选出现有技术中未提到的窄范围或个体的发明。通过选择使发明取得了预料不到的技术效果，则该发明具有突出的实质性特点和显著的进步，具备创造性。选择性发明是化学领域中常见的一种发明形式。

9.1.3　申请专利的条件及审查制度

1. 申请条件

世界上绝大多数国家申请专利的条件和审查制度大致相同。我国专利法规定，一项发明创造要想获得专利权，必须具备新颖性、创造性和实用性。

（1）新颖性。是指在申请日以前没有同样的发明或者实用新型在国内外出版物上公开发表过、在国内公开使用过或者以其他方式为公众所知，也没有同样的发明或者实用新型由他人向专利主管部门提出过申请并且记载在申请日以后公布的专利申请文件中。这里所说的出版物指各种印刷的、打字的纸件，例如专利文献、科技期刊、科技书籍、学术论文、专业文献、教科书、技术手册、正式公布的会议记录或者技术报告、报纸、小册子、样本、产品目录等，还包括采用其他方法制成的各种有形载体，例如采用电、光、照相等方法制成的各种缩微胶片、影片、照相底片、磁带、唱片、光盘等。对于印有"内部发行"等字样的出版物，确系特定范围内要求保密的，不属于本规定之列。

（2）创造性。是指同申请日以前已有的技术相比，该发明有突出的实质性特点和显著的进步，该实用新型有实质性特点和进步。发明有突出的实质性特点，是指发明相对于现有技术，对所属技术领域的技术人员来说，是非显而易见的。如果发明是其所属技术领域的技术人员在现有技术的基础上通过逻辑分析、推理或者有限的试验可以得到的，则该发明是显而易见的，也就不具备突出的实质性特点。发明有显著的进步，是指发明与最接近的现有技术相比能够产生有益的技术效果，比如，发明克服了现有技术中存在的缺点和不足，或者为解决某一技术问题提供了一种不同构思的技术方案，或者代表了某种新的技术发展趋势。

（3）实用性。是指该发明或者实用新型能够制造或者使用，并且能够产生积极效果。这里说的能够制造或使用是指必须能够在产业上制造或者使用。换言之，如果申请的是一种产品（包括发明和实用新型），那么该产品必须在产业中能够制造，并且能够解决技术问题；如果申请的是一种方法（仅限发明），那么这种方法必须在产业中能够使用，并且能够解决技术问题。只有满足上述条件的产品或者方法专利申请才可能被授予专利权。能够产生积极效果，是指发明或者实用新型专利申请在提出申请之日，其产生的经济、技术和社会的效果是所属技术领域的技术人员可以预料到的，而这些效果应当是积极的和有益的。

2. 申请和审查制度

1）申请和审批程序

发明专利申请后，经初步审查认为符合专利法要求的，自申请日起满十八个月，即行公布。专利局也可根据申请人的请求早日公布其申请。发明专利申请自申请日起三年内，专利局可以根据申请人随时提出的请求，对其申请进行实质审查（即"新颖性、创造性和实用性审查"）；申请人无正当理由逾期不请求实质审查的，该申请即被视为撤回。对发明专利申请进行实质审查没有发现驳回理由的，专利局应当授予发明专利权。实质审查程序通常由申请人提出请求后启动，但也可以由专利局启动。实用新型专利和外观设计专利申请后，经初步审查没有发现驳回理由的，作出授予专利权的决定（不需实质审查），发给相应专利证书，同时予以登记和公告，其审批程序如图 9-1-2 所示。

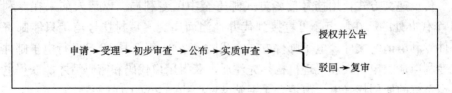

图 9-1-2　专利的审批程序

2）审查制度

各国专利法规定，对专利申请的审查，要经过申请、审查、批准和公布等程序。目前，世界各国专利的审查制度分形式审查制、实质性审查制和早期公开延迟审查制三种。我国及世界大多数国家都采用的是第三种审查制度，对专利申请先作形式审查后，即公布专利申请说明书，并对专利申请作临时性保护。申请人自申请日起 3 年内可随时提出实质性审查请求，经专利局审查批准后，授予专利权并视情况再次公布专利说明书。这种审查制由于及早公布专利技术，使人们可及时地获得专利信息，有利于技术发展，并避免了专利申请的积压现象，但审查时间较长，专利说明书从申请到批准公布需要出版若干次。

3）申请文件

包括请求书、说明书、权利要求书、说明书附图、说明书摘要及摘要附图、外观设计的图片或者照片。

（1）请求书。是确定发明、实用新型或外观设计三种类型专利申请的依据，应使用专利局统一表格。请求书应当包括发明、实用新型的名称或使用该外观设计产品名称；发明人或设计人的姓名、申请人姓名或者名称、地址（含邮政编码）以及其他事项。

（2）说明书。应当对发明或实用新型作出清楚、完整的说明，以所属技术领域的技术人员能够实现为准。

（3）权利要求书。应当以说明书为依据说明发明或实用新型的技术特征，清楚、简要地表述请求专利保护的范围。

（4）说明书附图。是实用新型专利申请的必要文件。发明专利申请如有必要也应当提交附图。附图应当使用绘图工具和黑色墨水绘制，不得涂改或易被涂擦。

（5）说明书摘要及摘要附图。发明、实用新型应当提交申请所公开内容概要的说明书摘要（限 300 字），有附图的还应提交说明书摘要附图。

（6）外观设计的图片或者照片。外观设计专利申请应当提交该外观设计的图片或照片，必要时应有简要说明。

4）申请文件的递交

传统递交方式，用挂号信函方式邮寄至中国专利局。申请人如果在专利局 14 个代办处的所在城市，可直接到代办处当面递交。每封挂号信函只能邮寄同一件专利申请的文件。电子邮件方式，我国于 2004 年 3 月 12 日实行电子邮件递交专利申请。申请人和代理机构须先注册，获得用户代码和密码后才能获得电子申请系统的使用权（电子申请登录网站 www. sipo. gov. cn）。

9.1.4　专利信息的类型和作用

1. 专利信息的类型

专利信息从狭义上讲，主要指专利说明书；从广义上讲还包括专利信息检索工具（如专利公报、专利分类表等）。专利说明书由扉页、正文和附图三部分组成。扉页上记录有技术、法律和经济方面的信息，其著录格式采用国际标准 IN-ID 码。正文包括序言、发明技术详述和权利要求。附图是对发明技术作进一步解释或为某一技术部分的原理图。

2. 专利信息的作用

专利信息内容新颖、广泛，反映新技术快、可靠性强，文字严谨。将技术信息、法律信息和经济信息融为一体，具有如下作用：

（1）提供技术信息的作用。专利信息中包括的技术信息可供人们了解世界上的新技术，人们利用它可为解决技术难题提供参考，进行技术预测，开发新技术领域；也可由此触发灵感，启发人们进行新的发明创造。

（2）提供法律信息的作用。专利信息中包括的法律信息是专利主管部门对申请的专利进行新颖性审查的主要依据。审查员通过检索专利信息，并进行比较和综合分析，以此作出权威性的审查结论，保证授权专利在法律上的可靠性。其他人员也可利用其法律信息来判断自己的发明是否可以申请专利或使专利申请能顺利通过审查。

（3）提供经济信息的作用。专利信息中包括的经济信息可供人们了解某专利技术在世界范围的覆盖面、专利权人、有效期及实施情况等，从中综合分析竞争对手的技术实力，投资规模，市场销售等。

9.1.5　国际专利分类表

1. 概况

《国际专利分类表》（International Patent Classification，《IPC》）于 1968年 9 月 1 日公布第 1 版，每 5 年修订一次，到 2006 年已公布实施第八版。它采用功能和应用相结合的分类原则，按发明的技术主题设置类目，对统一专利的技术内容，为专利信息的分类、检索和利用提供了极大的方便，已成为世界各国分类和检索专利信息的重要工具。

2. 分类体系

《IPC》以等级的形式将技术内容按部、分部、大类、小类、大组、小组逐级分类，组成一个完整的分类系统。

第一级：部和分部。《IPC》设有 8 个部、20 个分部。部的类号用大写字母A-H 表示，分部无类号。部和分部的类目包括了申请专利的全部领域，各部及分部内容如下：

A 部——人类生活必需（农、轻、医）

　　分部：1. 农业；2. 食品、烟草；3. 个人和家用物品；4. 卫生与娱乐

B 部——作业；运输

　　分部：1. 分离与混合；2. 成型；3. 印刷；4. 运输

C部．化学；冶金

    分部：1. 化学；2. 冶金

D部——纺织；造纸

    分部：1. 纺织；2. 造纸

E部——固定建筑物

    分部：1. 建筑；2. 采掘

F部——机械工程；照明；采暖；武器；爆破

    分部：1. 发动机和泵；2. 一般工程；3. 照明、加热；4. 武器、爆破

G部——物理

    分部：1. 仪器；2. 核子学

H部——电学

第二级：大类。是部和分部下的细分类目，它由有关部号加上数字组成。

如：A21 焙烤，食用面团

第三级：小类。是大类下的细分类目，它由大类类号后加大写的英文字母组成。

如：A21B 食品烤炉、焙烤用机械或设备

第四级：大组。每个小类下又细分为若干大组，大组类号由小类类号加上数字组成。

如：A21B1 食品烤炉

第五级：小组。是大组下的细分类目，小组类号由大组类号后跟一个"/"加上数字组成，如：A21B1/02 以加热装置为特征的食品烤炉。

综上所述，一个完整的 IPC 类号由代表部、大类、小类、大组、小组的符号组成：

一级　二级　三级　四级　五级

A　　21　　B　　1　　/02

部　大类　小类　大组　小组

《IPC》只用于发明专利和实用新型专利的分类与检索，外观设计专利的分类与检索须使用《国际外观设计专利分类表》（International Industrial Design Classification）。

9.2　中国专利

9.2.1　概述

中国专利信息的主体是发明专利说明书（包括申请公开说明书和授权说明

书）、实用新型专利说明书及其题录与文摘，其次是外观设计专利的题录及其有关附图。专利说明书的主要作用，一方面是公开技术信息，另一方面是限定专利权的范围，只有在专利说明书中才能找到申请专利的全部技术信息及准确的专利权保护范围的法律信息。专利说明书采用了国际上通用的编排方式，即每一件说明书单行本依次是由说明书扉页、权利要求书、说明书正文和附图所组成。说明书分申请说明书、公开说明书、公告说明书、审定说明书等。现行的中国专利说明书的编号体系如下：

（1）申请号（提交专利申请时给出的编号）。由 8 位数字加计算机校验码共 9 位数字组成，按年编排。例如 89103229.2。

（2）专利号（授予专利权时给出的编号）。在上述 9 位数字前冠以 ZL 构成，例如 ZL89103229.2。

（3）各种专利说明书的编号。由国别代号 CN 加 7 位数字流水号组成。

公开号：发明专利申请公开说明书的编号，例如 CN1044964A。

审定号：发明专利申请审定说明书的编号，例如 CN1009939B。

公告号：实用新型专利申请说明书的编号或公告的外观设计专利申请的编号，例如 CN2057176U 或 CN2167799Y。

授权公告号：发明专利/实用新型说明书的编号及公告的外观设计专利的编号，例如 CN1024920C/ CN2167799Y 及 CN3025749D。

其中 CN 后的第一位数字用来区分三种不同类型的专利：1—发明专利；2—实用新型专利；3—外观设计专利。流水号后的字母表示说明书的出版次数。A 表示第一次出版、B 表示第二次出版、C 表示第三次出版、U 表示第一次出版、Y 表示第二次出版、D 表示第二次出版。

9.2.2　国家知识产权局专利数据库

1. 概况

国家知识产权局专利数据库，是国内唯一为公众提供免费专利说明书的系统。它所提供的说明书为 TIF 格式文件，使用该数据库提供的专用浏览器浏览或下载专利说明书。该数据库于 2001 年 11 月开通，可检索 1985 年 9 月 10 日以来公布的全部中国专利信息，包括发明、实用新型和外观设计三种专利的著录项目及摘要，并可浏览各种说明书全文及外观设计图形。公众网址为 www. sipo. gov. cn。

2. 检索技术

（1）布尔检索。字段内检索词之间可使用的布尔逻辑算符是"AND"、

"OR"、"NOT" 或 " * "、" + "、"-"。各检索字段之间的组配关系是 "AND"。当选定某一字段时，便出现该窗口的浮动示例。

（2）模糊检索。可采用符号 "%"，实现模糊检索，即可在输入检索词时替代未知或不能确认的内容，使用这个符号将提高查全率，详细用法参见系统帮助。

3. 检索方式

登录 www. sipo. gov. cn 后点击"中国专利检索"的"高级检索"即可进入检索界面，如图 9-2-1 所示。

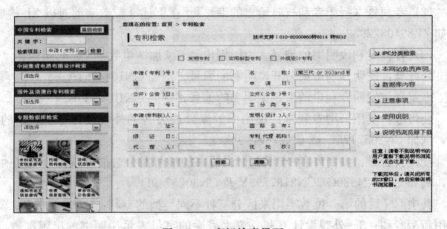

图 9-2-1　高级检索界面

该数据库提供了 6 大类共 16 个检索字段：①主题检索（名称、摘要）；②人名或机构检索（申请/专利权人、发明/设计人、代理人、专利代理机构）；③日期检索（公开/公告日、申请日、颁证日、国际公布）；④号码检索（申请/专利号、公开/公告号、优先权）；⑤分类检索（分类号、主分类号）；⑥地址检索。

（1）主题检索。名称字段检准率较高，摘要字段检全率较高。例如，废物处理（不含废水处理），在名称字段输入：（废物 and 处理）not 废水。命中发明专利 77 条、实用新型和外观设计专利各 2 条。在摘要字段输入：（废物 and 处理）not 废水，命中发明专利 294 条、实用新型专利 62 条、外观设计专利 0 条。

（2）人名或机构检索。例如，检索北京王永民的有关专利，在申请人字段输入"王永民"，在地址字段输入"北京"，命中发明专利 30 条、实用新型专利 9 条、外观设计专利 3 条。检索成都科技大学专利事务所或专利代理事务所代理的专利申请案，在专利代理机构字段输入：成都科技大学 and（专利 or 专利代理）

and 事务所，命中发明专利 213 条、实用新型 435 条、外观设计 29 条。

（3）分类检索。例如，检索近 5 年已公开的有关废水处理的专利信息，查得废水处理的国际专利分类号大概是 C02F1 或 C02F3，在分类号字段输入 C02％F1％F3，在公开（告）日字段输入 1998 to 2003，命中发明专利 98 条、实用新型专利 62 条。

（4）检索结果输出。输入检索式，点击"确定"，数据库将自动产生一个检索结果列表。每一条记录包括记录号、申请号、专利名称等 3 部分内容。点击发明名称可浏览、下载或打印专利题录（含摘要）。若点击题录左侧的专利全文页码可打开专利说明书的全文。

该数据库除了提供中国国家知识产权局的网上检索外，还提供了国内其他专利网站和国外主要专利国家的数据库检索，从首页左侧的链接即可进入。

4. 检索实例

检索课题：第三代移动通信技术的发展
1）选择检索词
第三代 3G 移动通信
2）构造提问式
（第三代 or 3G）/名称 and 移动通信/名称
3）使用高级检索方式
过程如下：

（1）在高级检索框的名称字段输入检索式，参见图 9-2-1，检索命中题录如下，如图 9-2-2 所示。

序号	申请号	专利名称
1	02104008.7	第三代移动通信安全认证中的随机数产生方法及装置
2	02117831.3	第三代移动通信系统中基站操作维护通道的自动建立方法
3	02103751.5	一种基于第三代蜂窝移动通信系统的计费方法
4	01130622.X	第三代移动通信 W-CDMA 自适应相干接收方法及接收机
5	03115710.6	一种用可编程门阵列实现的第三代移动通信标准协议中的 Turbo 码内交织器
6	03153697.2	一种控制第三代移动通信系统业务传输速率的方法
7	03149842.6	一种控制第三代移动通信系统负载的方法
8	03140060.4	一种第三代移动通信 Iu 口用户平面时间调整方法
9	03153483.X	应用于 3G 移动通信系统的移动交换中心
10	200310112398.X	第三代移动通信用户接消控制系统及处理方法

发明专利 33 条　　实用新型专利 7 条

图 9-2-2　题录显示

（2）选择第 3 条题录，得文摘如下，如图 9-2-3 所示。

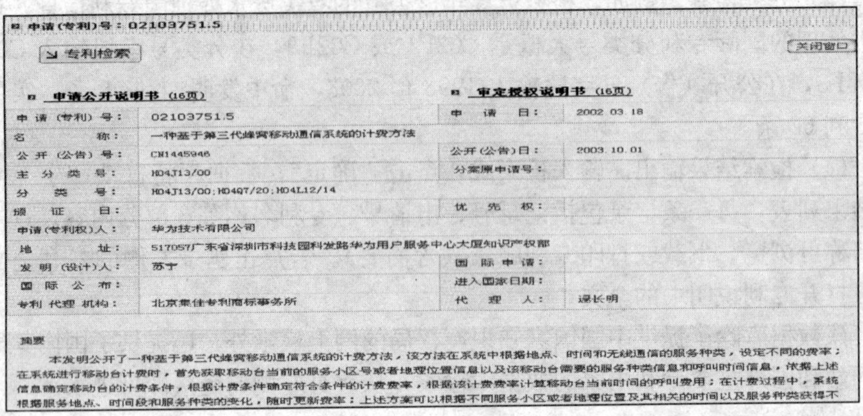

图 9-2-3　文摘显示

（3）点击"申请公开说明书"或"审定授权说明书"可阅读专利说明书的全文。

9.2.3　中国专利信息网

1. 概况

中国专利信息网始建于 1988 年 5 月，2002 年 1 月推出了改版后的新网站，它集专利检索、专利知识、专利法律法规、项目推广、高新技术传播、广告服务等功能为一体。其中的中国专利数据库收录我国自 1985 年出版专利文献以来的全部发明专利信息和实用新型专利信息，记录包括完整的题录信息和专利文摘，约 140 万件。该数据库为收费数据库，只能免费浏览、下载、打印专利说明书的题录和文摘，浏览、下载、打印专利说明书全文，则需付费，公众网址为 www. patent. com. cn。

2. 检索技术

布尔检索。各检索字段之间的组配关系是布尔算符"AND"、"OR"、"NOT"。

3. 检索方式

登录 www. patent. com. cn，先进行注册，获得用户名和密码后，重新登录输入用户名和密码，即可进入中国专利信息网，点击界面上方的"专利检索"进入检索界面。免费账号只能浏览、下载、打印专利说明书的题录和文摘以及浏览、下载、打印专利说明书的首页。该数据库检索界面的左侧给出了简单检索、逻辑组配检索和菜单检索三种检索方式。

(1) 简单检索。如图 9-2-4 所示。简单检索只能运用布尔逻辑与、逻辑或，并采用单选按钮来实现检索功能。检索字段随输入的检索词而定，例如：检索词是关键词，检索字段则为发明名称、文摘或权利要求。检索词是人名，检索字段则是申请人、发明人、代理人。由于无法限定检索时间，所以查全率比较高，而查准率比较低，所以简单检索比较适合初学者使用或检索初期的试查。检索框内若输入多个检索词，词间不能使用逻辑算符，只能在词间留一空格。例如，检索有关"城市废水与污水处理"方面的专利信息，选定第一个单选按钮后，输入：城市 废水 污水 处理，检索记录为 128 条。若检索有关"城市废水或污水处理"方面的专利信息，选定第二个单选按钮后，输入：城市废水 城市污水，检索结果为 287 条，再在二次检索中输入"处理"，检索结果为 253 条。

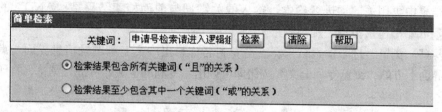

图 9-2-4　简单检索界面

(2) 逻辑组配检索。如图 9-2-5 所示。检索式 1 与检索式 2 之间的逻辑组配关系可通过运算关系选项（AND、OR、AND NOT）选择。在检索式 1 和检索式 2 右方的下拉菜单中给出了 18 种可供选择的检索字段。这 18 种检索字段是：申请号、公告号、公开号、国际分类号、公开日、公告日、授权日、国家省市、发明名称、申请人、发明人、联系地址、代理人、代理机构、代理机构地址、权利要求、摘要、全部字段。每个检索框内可输入一个检索词或一个检索式。例如，检索 1985 年 4 月 1 日至今申请的有关城市废水处理的专利信息。在第一个

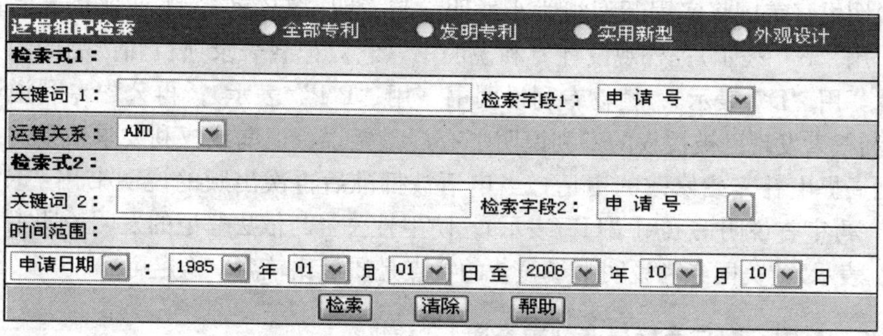

图 9-2-5　逻辑组配检索界面

检索框内输入"城市 and 处理",第二个检索框内输入"废水 or 污水",检索字段均为"发明名称",命中结果 73 条。

(3) 菜单检索。菜单检索提供了申请号、公告号、公开号、国际分类号、公开日、公告日、授权日、国家省市、发明名称、申请人、发明人、联系地址、代理人、代理机构、代理机构地址、权利要求、摘要 17 种检索字段。各字段之间的逻辑关系均为"AND"。每一字段中可运用布尔逻辑"AND"、"OR"、"AND NOT"或"＊"、"＋"、"－"。检索时间可以是某一日,用 8 位阿拉伯数字表示,例如:20030508。检索时间也可是某一时间段,用 4 位数年份表示,例如:1985～2003。

(4) 检索结果显示及处理。显示检索结果后,可对结果进行重新检索和在结果中检索。重新检索,选择关键词重新检索(默认选项);在结果中检索,在检索结果中再用关键词进行检索,输入的关键词与前面检索结果是"AND"的关系,可缩小检索范围,提高查准。

(5) 浏览、打印检索结果。点击专利名称弹出中文专利题录信息界面,点击该界面上方的"浏览专利全文"按钮即可调出该专利的全文,可进行浏览、打印。

9.3　美　国　专　利

9.3.1　概述

美国是世界上拥有专利最多的国家,每年申请的专利占全世界申请专利的四分之一。美国自 1790 年实行专利制度后,一直保持对申请案实行实质审查制,即只有经过格式审查和实质审查合格才授予专利权,因此,美国专利说明书的质量比较稳定和可靠。直到 1999 年,美国才对其专利法进行了修改,将延续了 200 多年的专利实审制改为早期公开、延迟审查制。2001 年 3 月 15 日,美国公布了第一件专利申请公开说明书。美国专利和商标局出版的专利说明书类型有专利说明书(美国将实用新型视为小发明,与发明一起统称为工业实用专利说明书,用"U"表示);外观设计专利说明书(它只记载著录项目和产品的图片或照片,用"D"表示);植物专利说明书(用"P P"表示);再公告专利说明书(专利权人发现已被授权的专利说明书有严重错误、遗漏或权利要求不妥时,向专利局提出补充或修改的申请,当申请被批准后再次出版的说明书用"R"表示);再审查说明书(用"H"表示);防卫性公告与依法登记的发明说明书(用"T"表示)。美国专利说明书最显著的特点是质量比较高,稳定可靠。

9.3.2　美国专利与商标局专利数据库

登录 www.uspto.gov,即可进入"美国专利与商标局"主页,点击界面左方的 Patents 栏目下的 Search 即可进入"美国专利与商标局"专利检索界，或输入 http：//www. uspto. gov/patft/index. html，直接进入"美国专利与商标局"专利检索界面，如图 9-3-1 所示。

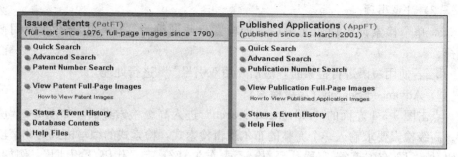

图 9-3-1　美国专利检索主页

1. 检索方式及检索步骤

由图 9-3-1 可知，检索界面分左右两部分。左边可检索 1790 年至现在的授权专利。（其中 1790 年至 1975 年的专利全文是扫描格式，应先在电脑中安装支持图形文件 TIFF 格式的软件才能正确显示专利全文，可从 http：//www. sipo. gov. cn/sipo/zljs/alternatiff-1 _ 4 _ 0. exe 下载；1976 年以来的专利全文为纯文本格式）。右边可检索 2001 年 3 月 15 日专利申请公开说明书的全文扫描格式。

授权专利部分给出了快速检索、高级检索、专利号检索三种检索方式。专利申请部分给出了快速检索、高级检索、出版号检索三种检索方式。其中 1790 年至 1975 年的授权专利只给出了专利号和美国专利分类号两种检索方式。

1）Quick Search（快速检索）

点击图 9-3-1 左面的"Quick Search"进入快速检索界面，如图 9-3-2 所示。由图 9-3-2 可知，快速检索提供了两个检索框，允许检索词之间进行布尔逻辑运算。

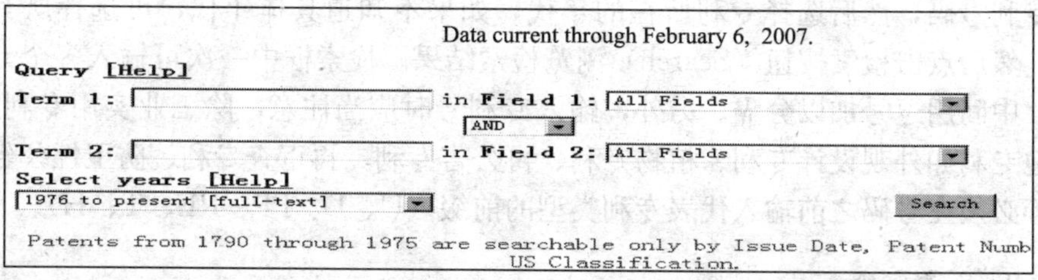

图 9-3-2　快速检索界面

　　(1) 检索步骤。选择年代（Select years）→输入检索词→选择检索词对应的字段→选择两检索词之间的布尔逻辑关系→点击检索按钮（Search）→显示检索结果。

　　(2) 注意事项。

　　a. 单个检索词可使用无限后截词检索，截词符为 "$"；短语不能使用截词符。

　　b. 若使用短语进行检索时，短语须用双引号" " 进行处理。

　　2）Advanced Search（高级检索）

　　点击图 9-3-1 左面的 "Advanced Search" 进入高级检索界面，如图 9-3-3 所示。高级检索要求输入一个完整的布尔逻辑检索式，检索式的编写格式为 "字段代码/检索词 布尔算符 字段代码/检索词 布尔算符 字段代码/检索词"。例如："ABST/Nano AND TTL/Catalyst$ AND Preparation" 表示 "纳米（摘要字段）与催化剂（标题字段）与制备（任意字段）" 的检索式。

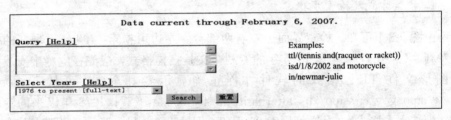

图 9-3-3　高级检索界面

　　高级检索检索式中的 "检索词" 既可以是一个单词，也可以是用布尔逻辑算符连接的多个单词。也就是说可使用嵌套式的布尔逻辑组配方式。例如：needle and not（（record and player）or sewing）。此检索式将命中所有有关 "针" 方面的专利说明书，但不包含有关电唱机和缝纫机针方面的专利说明书。

　　3）Patent Number Search（专利号检索）

　　点击图 9-3-1 左面的 "Patent Number Search" 进入专利号检索界面。已知专利号欲查找专利说明书全文时，应使用专利号检索。检索步骤为在检索框中输入专利号码，然后选择专利所在的年代，如果不知道具体年代，可选择所有年代。然后点击检索按钮（Search）浏览检索结果。检索框中一次可输入多个专利号，中间用逗号加以分隔。另外，输入专利号时应当注意，除工业实用专利外，其他专利如外观设计专利、植物专利、再公告专利、再审查专利、防卫性公告专利等必须在号码之前输入代表专利类型的前缀（U、D、PP、RE、T、H）。

　　2. 检索字段

　　无论是快速检索、高级检索或专利号检索，都要求将检索词限定在对应的检索字段中，以保证查全、查准。常用检索字段见表 9-1。

表 9-1 美国专利数据库常用检索字段

字段代码	字段英文名	字段中译名
ABST	Abstract	摘要
ACLM	Claim（s）	权力要求
ACN	Assignee Country	专利权人所在国家
AN	Assignee Name	专利权人名称
APD	Application Date	申请日
APN	Application Serial Number	申请号
APT	Application Type	专利申请类型
CCL	Current US Classification	现行美国分类号
ICL	International Classification	国际专利分类号
ICN	Inventor Country	发明人所在国家
IN	Inventor Name	发明人姓名
ISD	Issue Date	出版日期
PCT	PCT Information	PCT 信息
PN	Patent Number	专利号
PRIR	Foreign Priority	国外优先权
REIS	Reissue Data	再公告日
SPEC	Description/Specification	说明书
TTL	Title	发明名称

注：

(1) 日期字段（如，APD、ISD、REIS）：在检索时可采用以下三种输入方式：

① 年月日：年代为 4 位数，月、日采用 2 位数，例如：20040615。

② 月-日-年：月份既可用阿拉伯数字表示，也可用英文单词或英文缩写表示，日为 2 位数，年用 4 位数，例如：06-15-2004，june-15-2004 或 jun-15-2004。

③ 月/日/年：月份既可用阿拉伯数字表示，也可用英文单词或英文缩写表示，日为 2 位数，年用 4 位数，例如：06/15/2004，june/15/2004，jun/15/2004。

若检索某一时间段的专利，可利用运算符"→"，例如：ISD/06/15/1994→06/15/2004。

(2) 号码字段（如，APN）：不足 6 位，在号码前添加数字"0"。

(3) 分类字段（如，CCL、ICL）：国际专利分类号的输入格式为 ICL/B01d053/00。美国专利分类号的输入格式为 CCL/主分类/二级分类，例如：CCL/96/134。

3. 检索实例

检索课题：活性炭脱硫技术——Technology of Activated Carbon Desulphurrization

1）选择检索词

活性炭——activated carbon　　脱硫——desulphurization or desulfurization

二氧化硫——sulfur dioxide

2）构造检索式

activated carbon ＊ [desulphurization ＋ desulfurization ＋ sulfur dioxide]

3）检索过程

打开高级检索界面，在检索框输入检索式 TTL/ "activated carbon" and（"sulfur dioxide" or "desulfurization" or "desulphurization"），检索结果命中 30 条，摘录前 2 条如下：

1　6,616,905 **T** Desulfurization of exhaust gases using activated carbon catalyst

2　6,300,276 **T** Granular activated carbon from distillation residues

点击专利号或标题均可浏览专利全文。

9.4　欧洲专利

9.4.1　概述

欧洲专利目前有包括 20 个成员国在内共 63 个国家的 3100 万条专利，具体的起始时间根据不同国家（或组织）而异。这 20 个成员国是爱尔兰（IE）、奥地利（AT）、比利时（BS）、丹麦（DK）、德国（DE）、法国（FR）、芬兰（FI）、荷兰（NL）、列支敦士登（LI）、卢森堡（LU）、摩纳哥（MC）、葡萄牙（PT）、瑞典（SE）、瑞士（CH）、塞浦路斯（CV）、西班牙（ES）、希腊（GR）、土耳其（TR）、意大利（IT）、英国（GB）。将成为成员国的国家有，阿尔巴尼亚（AL）、立陶宛（LT）、拉脱维亚（LV）、前南斯拉夫共和国（MK）、罗马尼亚（RO）、斯洛文尼亚（SI）。欧洲专利说明书全文都以图形方式存储（PDF 格式），用户应当在电脑中安装 Adobe Reader 软件才能阅读和下载，专利说明书用本国文字。

9.4.2　欧洲专利局数据库

1. 检索方式及检索步骤

登录 http://ep.espacenet.com，即可进入"欧洲专利局"主页，如图 9-4-1 所示。欧洲专利局数据库提供了"Quick Search（快速检索）"、"Advanced Search（高级检索）"、"Number Search（号码检索）"和"Classification Search（分类检索）"四种检索方式，其中常用的是快速检索方式和高级检索方式。

图 9-4-1　欧洲专利局数据库主页

1）Quick Search（快速检索）

（1）选择数据库。如图 9-4-2 所示，数据库提供了"Worldwide"、"Patent Abstracts Japan"、"EP-esp@cenet"、WIPO-esp@cenet 四种检索范围，即欧洲专利局数据库除了可以检索欧洲国家的专利外，还可检索世界专利和日本专利。

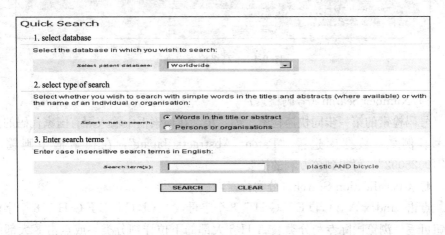

图 9-4-2　快速检索界面

（2）选择检索方式。数据库提供了"Words in the title or abstract"和"Persons or organisations"两种检索方式。"Words in the title or abstract"是指检索词在标题或摘要进行检索。"Persons or organisations"是指可从个人或机构名称进行检索。

（3）输入检索式。检索式由一个或多个检索词构成。检索词之间用布尔逻辑算符（AND、OR、NOT）连接，但两词之间空一格也表示逻辑与。可使用截词算符提高查全率，其中"＊"表示无限截词；"?"表示截 0～1 个字符；"＃"表示仅截 1 个字符。

2）Advanced Search（高级检索）

如图 9-4-3 所示，高级检索的第一步与快速检索相同，第二步提供了一份菜单检索。可从发明名称（从标题或摘要检索）、公开号、申请号、优先权号、公开日期、申请人、发明人、欧洲专利分类号、国际专利分类号 10 种字段进行检索。高级检索只提供逻辑与的功能。

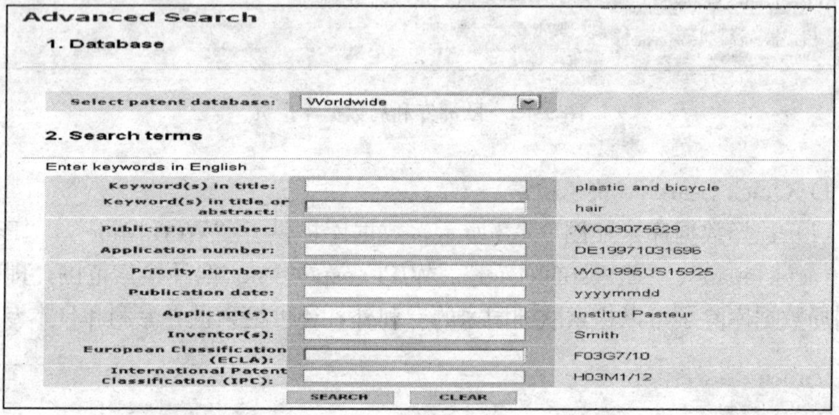

图 9-4-3　高级检索界面

3）Number Search（号码检索）

号码检索的第一步同快速检索。第二步，在检索框中输入冠有国家代码的公开号。例如：数据库选择"Patent Abstracts Japan"，在检索框中则输入"JP10028092"，可得到该专利的摘要。

4）Classification Search（分类检索）

点击"index A B C D E F G H"8 个字母或"A B C D E F G H"8 个字母按钮可逐一浏览国际专利分类表 A-H 8 大部的下位详细分类。或点击 8 大部的英文标题也能浏览国际专利分类表 A-H 8 大部的下位详细分类。例如：点击左上方或右边的字母 C 与点击英文标题"CHEMISTRY；METALLURGY"均可进入国际专利分类表的第三大部分"化学与冶金"。

2. 检索实例

检索课题：印染废水处理的新工艺

1）选择检索词

印染——dye

废水——waste water、wastewater

处理———treat＊

2）构造检索提问式

提问式 1：dye and waste and water and treat＊

提问式 2：dye and wastewater and treat＊

3）检索过程

进入欧洲专利局数据库，选择"Quick Search"。数据库范围选择 Worldwide，检索字段选择"Words in the title or abstract"，在检索框内输入检索式 1，点击 Search 按钮，得到 119 条检索记录，选择两条检索结果如图 9-4-4 所示。点击标题可阅览摘要。然后再点击摘要上方的标签 Original document 可阅读该条专利说明书的全文。如果在检索框内输入检索式 2，则得到 17 条检索记录。

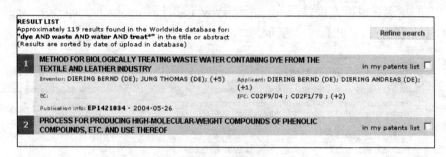

图 9-4-4　检索结果显示

9.5　日　本　专　利

9.5.1　概述

日本专利说明书在世界专利说明书中占有相当重要的地位。早在 20 世纪 50 年代末，日本在专利申请的数量上就已居世界首位。目前，日本专利和美国专利、欧洲专利堪称世界三大专利文献体系。日本专利局给予保护的工业知识产权主要有四种，分别是："特许"、"实用新案"、"意匠"和"商标"，其中前三项专利等同于我国的"发明专利"、"实用新型专利"和"外观设计专利"。日本专利说明书的类型主要分为专利说明书、公告说明书和公开说明书三种形式。专利说明书（特许发明明细书）是指专利申请人向专利局递交的申请案经专利局审查批准后，按专利号的顺序出版公布的说明书（昭和 25 年以前）。公告说明书是经过新颖性、创造性、实用性审查合格批准的专利说明书，质量较高，成熟、可靠，实用性强。日本特许厅从昭和 25 年（1950 年）开始出版这种说明书。公开说明书是指未经新颖性、创造性、实用性审查，在申请后满 18 个月予以公开的一类专利说明书，公开说明书自昭和 46 年（1971 年）开始出版发行。

9.5.2　工业产权数字图书馆

工业产权数字图书馆（Industrial Property Digital Library，IPDL）是日本专利局提供检索日本专利的数据库。该数据库目前可使用日文和英文两种语言，有 4000 余万份专利说明书供检索。日文界面，可检索到大正十年（1921 年）以来的发明专利说明书全文，1971 年以来的公开特许公报、公开实用新案公报等。英文界面（PAJ）可检索 1976 年 10 月至今所有公开的日本专利说明书（包括专利和实用新型）全文。其中 1976 年至 1992 年的专利说明书为扫描图形；1993 年至今的专利说明书为文本格式。公众网址为 http：//www.jpo.go.jp，进入日本专利局主页后，点击左下方的 Industrial Property Digital Library（IPDL）进入 IPDL 主页，也可直接登录 http：//www.ipdl.jpo.go.jp/homepg_e.ipdl 进入日本专利主页，如图 9-5-1 所示。

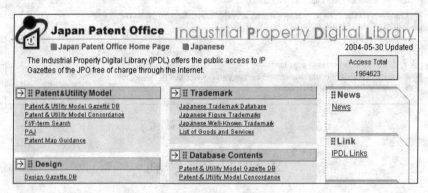

图 9-5-1　日本专利局主页

1. 检索方式及检索步骤

1）专利号检索

专利号检索用于获取已知专利号的专利说明书。点击图 9-5-1 左部的"Patent & Utiliby Model Gazette DB"（特许、实用新案公报 DB）进入检索界面，如图 9-5-2 所示。此图有 12 个检索框，可一次性检索 12 个专利号。左框填日本专利的类型。A 表示特许公开，B 为特许公告，H 为实用公开，Y 为实用公告等。例如：特许公开专利就填入 A，实用公告专利就填入 Y，最多不超过两个字符。右框填入系统认可的专利号（年号代码＋年号＋流水号）。由于日本采用的是天皇年号，所以用专利号检索时，要将已知的专利号换算成系统认可的专利号。例如已知 3 件日本专利号：Jpn. Kokai Tokkyo Koho JP 2000051880 A2、

Kokai Tokkyo Koho JP 08281284 A2 、Jpn. Kokai Tokkyo Koho JP 85257900。"Jpn. Kokai Tokkyo Koho" 表示 "日本公开特许公报"。第一个公开号 "JP 2000051880" 中，前 4 位数字 2000 说明是平成 12 年〔"平成年（H）＝公元年－1988"、"昭和年（S）＝公元年－1925"；"大正年（T）＝公元年－1911"〕，在专利公开说明书中应该表达为 "特开平 12-051880"。在 IPDL 检索系统中平成年用字母 H 表示，可输入 "H12-051880"。第二个公开号 JP 08281284 应输入为 "H08-281284"。第三个公开号 JP 85257900 应输入为 "S 60-257900"。2000 年以后的专利文献可用平成年号，也可直接用公元年号。不同年号的专利号，在 IP-DL 检索系统中分别用不同的代码表示，这是日本专利检索系统与其他国家专利检索系统较大的区别之处。检索日本专利说明书，必须准确掌握年代、文献种类及文献号，才能找到所需的资料。本例三件日本公开特许公报的具体输入方式为 A H12-051880、A H08-281284、A S60-257900。一次最多能输入 12 个专利号。点击图 9-5-2 "Search" 按钮，系统左边窗口显示了 3 件带超文本链接的专利文献号，如 JP，2000-051880，A，点击后即可浏览专利全文。

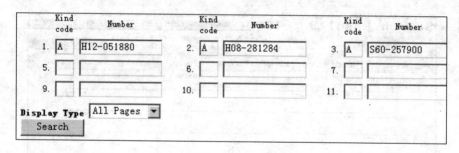

图 9-5-2　专利号检索

2）PAJ 检索

点击图 9-5-1 左侧 "PAJ" 按钮，即进入日本专利数据库（英文版）的检索界面，参见图 9-5-3。PAJ 只给出英文摘要，全文采用日文。由图 9-5-3 可知，在 PAJ 中可从发明名称、申请人、专利公布日期、国际专利分类号等途径进行检索。发明名称或申请人可单独检索，也可与专利公布日期、国际专利分类号结合使用，也可单独使用国际专利分类号检索。

在使用发明名称检索时，三个检索框之间的关系只能是逻辑与的关系。单一检索框内的检索词之间可使用逻辑 "与"、逻辑 "或"，其方法是检索词之间留一空格，在该检索框右边的下拉菜单中选择 "AND" 或 "OR"，参见图 9-5-3，点击上方 "Index Indication" 按钮，即可浏览题录信息。

2. 检索实例

检索课题：国内外城市废水处理的最新进展

1）选择检索词

城市——city

废水——wastewater or waste water

处理——treatment

净化——purify

2）构造检索式

city AND（wastewater OR waste water）AND（treatment OR purify）

3）检索过程

按规则输入检索式，限制在 1990 年 6 月至 2004 年 6 月命中 196 条，如图 9-5-3所示，点击 "Index Indication" 可得到题录，然后阅读题录选择所需的专利说明书的摘要或全文。

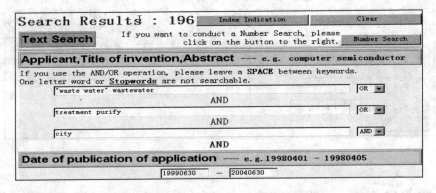

图 9-5-3　PAJ 检索式输入及检索结果显示

9.6　加拿大专利

9.6.1　概述

加拿大知识产权局（Canadian Intellectual Property Office，CIPO）数据库收录了自 1920 年以来的加拿大专利，可免费检索到 1978 年以来的专利说明书全文。1978 年 8 月 15 日以前的专利只能检索专利号、发明名称、发明人、专利权人以及分类号。该数据库可使用英语和法语两种语言，公众网址为：/www. op-ic. gc. ca。

9.6.2 加拿大专利数据库

登录 http：//www. opic. gc. ca，即可进入"加拿大专利局"主页。然后逐层点击"English"、"Patents Database"进入加拿大专利数据库检索界面，如图 9-6-1 所示。

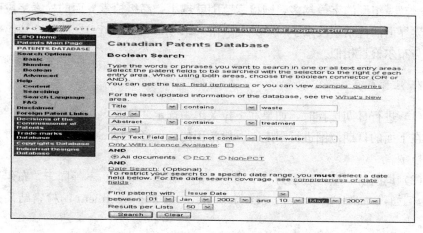

图 9-6-1　加拿大专利数据库检索界面

1. 检索方式及检索步骤

如图 9-6-1 所示，数据库提供了四种检索方式：基本检索、号码检索、布尔检索和高级检索。

（1）Basic（基本检索）。适用于单一概念的检索。在检索框内输入单个检索词或简单的词组、或发明人姓名即可。由于不能对检索字段、检索时间进行限定，也不能对发明人、申请人、专利权人作出限定，所以查全率高，查准率低。

（2）Number（号码检索）。只能使用专利号检索。在检索框内输入专利号（只需输入专利流水号，不需输入专利国别代码）。

（3）Boolean（布尔检索）。由图 9-6-1 可知，布尔检索提供了三个检索框，每个检索框均给出了任意（Any Text Field）、标题（Title）、摘要（Abstract）、权项（Claims）、发明人（Inventor）、专利权人（Owner）、申请人（Applicant）、国际专利分类号（IPC）、加拿大专利分类号（CPC）、PCT 归档号（PCT Filing No）、世界专利号（Intl Pub No）11 种字段，能提高检索的准确性。检索框之间可用"逻辑与"、"逻辑或"连接。例如，检索日期的范围为 2002 年 1 月 1 日至 2007 年 5 月 10 日，查找"废物处理但不含废水"的文献，命中结果为 22 篇，输入方式如图 9-6-1 所示。

（4）Advanced（高级检索）。加拿大专利数据库的高级检索界面与中国国家知识产权局网站的检索主页相似，都是属于菜单检索。根据课题选择检索词后，可选择任意字段（Any Text Field）、标题字段（Title）、摘要字段（Abstract）、权项字段（Claims）中的一个检索框输入检索词，然后再组配其他字段（比如，发明人、专利权人、申请人、IPC 等）加以限定，检索框之间的逻辑关系均是"逻辑与"。组配的字段越多，则检索范围就越小。高级检索界面的检索字段比布尔检索界面的检索字段多了"发明人国籍（Inventor Country）"一项，其他检索功能与布尔检索相似。

2. 注意事项

（1）进行日期选择时，如果在下拉菜单中选定"Date Search not active"，就不能在下面的日期范围进行限定。一般常用的是选择"Issue Date"，然后再选择日期范围。

（2）词间留一空格表示为一个词组，是一种单一概念，不等同于"布尔逻辑与"。例如，wastewater treatment 与 wastewater and treatment 的检索结果是不同的。

（3）复合词写法不同，其检索结果也不同。例如，wastewater 与 waste water。

第 10 章　电子图书

10.1　电子图书概述

10.1.1　电子图书及其发展

电子图书（electronic book，E-book）是以光磁等非纸介质为载体，以信息的生产、传播和再现代替图书制作发行和阅读的一种媒体工具，是以电子版的方式在互联网上出版、发行，并通过便捷式阅读终端进行有线下载或无线接收，以网上支付为主要交换方式的一种书籍形式。电子图书与传统纸质图书相比，不仅是阅读介质的变化，也是依照知识信息单元重新组合、排序而成的新型阅读文本。在计算机迅速普及的今天，作为一种新兴的记录知识和信息的载体，电子图书越来越多地影响着人类的生活与工作。

电子图书的概念最早出现于 20 世纪 40 年代的科幻小说中。此后，人们就一直试图将这种幻想变为现实，并出现了一些试验性的产品。如索尼公司曾研制出了一种名为 Bookman 的产品，可惜 Bookman 由于屏幕过小、电池支持时间短、无版权保护措施等弱点，在市场上仅昙花一现。网络时代的到来促进了电子图书的诞生。1995 年 10 月，美国出现了一种可以阅读、存储文本的袖珍装 Soft book，随即 Nuvo Medi. 公司推出火箭书（Rocket book），标志着电子图书的诞生。

电子图书的发展经历了三代。第一代电子图书，是采用 login 授权的方式从远程登录到存放书的服务器去取，这种方式无法进行版权保护。第二代电子图书，应用各种阅读器软件，将符合格式的书下载到 PC 上，用阅读器阅读。常用阅读器软件有 Adobe 公司的 Acrobat Reader、超星和数图的国产阅读器、微软的 Reader for Windows、数图浏览器等。这些阅读器制作出供下载阅读的电子图书，能够保持书本原来的版式和色彩，又可以限制拷贝和打印，但是这些阅读器软件相互之间不能兼容，阅读、复制受到限制。第三代电子图书，是真正意义上的"电子图书"。一个书本大小的电子图书阅读器硬件，几百克重，支持从网上购买和下载电子图书。由于可以对硬件加密，对版权可得到最好的保护。

10.1.2　电子图书的构成及特点

电子图书由三要素构成：一是 E-book 的内容，以特殊的格式由专门的电子图书商和网站制作而成，可在有线或无线网上传播；二是 E-book 的阅读器，它包括个人计算机、个人手持数字设备（PDA）、专门的电子设备；三是 E-book 的阅读软件，如 Adobe 公司的 Acrobat Reader、Glassbook 公司的 Glassbook、微软的 Microsoft Reader、超星公司的 SSreader 等。

电子图书与传统的纸质型图书相比，特点如下：

（1）从制作上看，电子图书具有信息容量大、制作方便、成本低廉的特点。工程师们以一种科学有效的数据结构将声音、文字和图像等信息存储起来，集成到磁盘或光盘中，一份电子图书的母版就制作完成了。目前，国际上的电子图书主要是光盘出版物。一张光盘存储量高达 400～800 兆字节，相当于 30 多万页打字纸。

（2）从发行上来看，电子图书具有发行快速、利于共享的特点。不仅可通过现有的图书、发行渠道和传统图书一起送到读者手中，也可以通过公用通信网络，将电子图书直接传递到读者手中。随着计算机网络的发展，人们在各自的终端前可同时查阅同一册电子图书。

（3）从使用上看，电子图书具有检索方便，并且生动直观的特点。可从单一词汇和相关词汇等多种途径进行检索，几秒钟内就可以查出所需要的主题资料。

10.1.3　电子图书的类型

1. 按载体材料划分

（1）电子图书阅读器。也叫手持电子图书阅读器或便携式电子图书阅读器。国外电子图书阅读器不下 10 种，包括 SoftBook Press 公司推出像写字板的 Soft-Book，NuvoMedia Inc. 公司推出标志着电子图书诞生的 RocketBook，Every-book Inc. 公司推出的带有 2 个彩色显示屏的 Everybook，索尼公司推出的 Info Carry，韩国 Korea e-Book Inc. 公司研制的 Korea e-Book 等等。国内电子图书阅读器如香港文化传信集团有限公司推出的全球首部彩色中文电子图书，辽宁出版集团推出的中国内地第一代离线手持中文电子阅读器——掌上书房。

（2）网络电子图书。即以互联网为媒介，以电子文档方式发行、传播和阅读的电子图书。网络电子图书可以跨越时空和国界，为全球读者提供全天候服务。主要有免费和收费的网络电子图书两种类型。免费的电子图书网站大体可分为公益网站、商业网站和个人网站，其中较具代表性的有"中国青少年新世纪读书网"（http：//www. cnread. net）、"黄金书屋"（http：//wenxue. lycos. com. cn）、"E 书时空"（http：//www. eshunet. com）等。需付费的网络电子图书网站的代表有"中国数字图书馆网上读书专栏"、"超星数字图书馆"、"书生之家中华读书网"和"北大方正 Apabi 数字图书馆"等等。

（3）光盘电子图书。以 CD-ROM 为存储介质，只能在计算机上单机阅读的图书。

2. 按学科内容划分

电子图书的内容非常广泛，涉及各个学科，如社会科学、数、理、化、生物、工程技术等。但目前电子图书内容涉及最多的是工具书、文学艺术类和计算机类图书等。

3. 按存储格式划分

电子图书的存储格式多样，常见的有 PDF、WDL、CHM、HLP、TXT、EXE、HTML 格式等，归纳起来主要有三类，即图像格式、文本格式和图像与文本格式。

（1）图像格式。将传统的印刷型图书内容扫描到计算机中，以图像格式存储。这种格式的图书制作起来较为简单，适合于古籍图书以及以图片为主的技术类书籍的制作，但这种图书显示速度较慢，检索功能不强，图像不太清晰，阅读效果不太理想。

（2）文本格式。将书的内容作为文本，并有相应的应用程序。应用程序会提供华丽的界面、基于内容或主题的检索方式、方便的跳转、书签功能、语音信息、在线辞典等功能。

（3）图像与文本格式。其典型代表是 PDF 格式，它是 ADOBE 公司的"便携文档格式"，即 PDF 格式的文件无论在何种机器、何种操作系统上都能以制作者所希望的形式显示和打印，表现出跨平台的一致性。

10.2 超星数字图书馆

10.2.1 概述

超星数字图书馆是国家"863"计划中国数字图书馆示范工程项目，2000 年 1 月，由北京世纪超星信息科技有限责任公司（简称超星公司）与全国各大图书馆、出版社合作，正式开通了基于计算机技术和互联网技术的超星数字图书馆，其数字资源包括：数字图书、论文、古代文献、报纸、CD 等各种载体的文献；有资深院士图书馆、考古期刊、人民画报 50 年等特色资源。图书馆设有文学、历史、法律、军事、经济、科学、医药、工程、建筑、交通、计算机和环保等几十个分馆，目前拥有数字图书 50 多万种，主要特点有：

（1）拥有海量图书，是全球最大的中文在线图书库。图书资源丰富，其中包括法律、经济、计算机等 50 余大类，全文总量 4 亿余页，论文 300 万篇，数据总量 30 000GB，并且每天仍在不断的增加与更新。

（2）在线阅读，无地域、时间限制。24 小时在线服务永不闭馆，只要上网可随时随地进入超星数字图书馆阅读有关图书，不受地域、时间限制。

（3）快速、专业。超星数字图书格式采用国际领先的 PDCr2 图像压缩技术，压缩比是常用压缩算法的几倍到几十倍；"超星阅览器"是目前技术最成熟、创新点最多的专业阅览器。

10.2.2　系统功能

1. 服务功能

超星数字图书馆中的图书不仅可以直接在线阅读，还可以下载（借阅）和打印，具有多种图书浏览方式和强大的检索功能，以帮助读者及时准确查找所需书籍。另外，书签、交互式标注、全文检索等实用功能，让读者充分体验到数字化阅读的乐趣。

2. 检索功能

提供了一个功能强大、实用的数字资源检索系统。可对数字图书资源进行立体的、全方位的检索，大大提高了数字图书馆的使用效率，提供的检索方式如下：元数据检索，是一种最基本的检索方式，通过输入关键词，可检索出对应的数字资源。对于图书，可提供题名、作者、出版日期、主题词、索书号等检索字段。目次检索，可对图书的目次进行检索，是一种实用的检索方式，由于检索到的目次结果可能非常多，或结果并不是所期望的，系统将检索结果的显示过程分为两步：第一步，输入关键词检索后，首先出现的页面是在目次中找到检索记录的图书列表，可对检索的结果选择性进行显示；第二步，点出某本书后，再显示具体这本书中检索到的目次记录，点击检索到的目次，则打开目次所对应的原文信息。全文检索，是对数字资源的正文内容进行检索，是一种比较高级的检索方式。通过全文检索，不仅可以检索到在哪本书、期刊、文献中包含有要查找的关键词，而且可以检索到这个关键词在原文中的位置。最终的检索结果将会以页为单位显示出来，点击检索到的一页可以直接打开原文，并且关键词所在的位置会被反显。

3. 阅读功能

超星图书馆的专用图书阅读器——ssreader 是目前国内知名度最高、用户数量最多、技术最成熟的数字图书馆阅读软件，支持多种数字图书和文档格式，如PDG、SIF、PDF、DOC、JPEG 等，不仅提供了功能强大、使用简便的数字图书阅读功能，而且还是一个数字图书制作、管理和交易的平台，浏览器配备 OCR 功能，可以识别并复制其中的内容到文档进行编辑。

10.2.3 使用方法

1. 进入镜像站点

在 IE 地址栏中输入超星数字图书馆的 IP 地址进入镜像站点，如图 10-2-1 所示。

图 10-2-1 超星数字图书馆主页

2. 下载并安装超星图书阅览器

超星数字图书须使用阅览器阅读，需下载最新版本的超星图书阅览器。下载方法：

（1）点击图 10-2-1 上方的"浏览器"。

（2）在弹出的文件下载窗口中选择"在当前位置运行该程序"然后点击确定。

（3）系统提示是否继续安装超星阅览器，请选择"是"。

（4）出现超星阅览器安装向导，根据向导安装阅览器。

3. 设置代理服务器

（1）双击安装好的阅览器图标打开阅览器。

（2）第一次打开会弹出登录窗口，选中"不再显示此信息"然后点取消，点击工具栏中的"设置"按钮，弹出"选项"。

（3）点击"选项"，出现"选项设置栏"，在设置栏中选择"代理服务器"。

（4）如当前机器上网需要代理服务器，请在"代理服务器"一栏中输入代理服务器地址和端口号，属 IP 授权的用户在"代理服务器"一栏中选择"不使用代理服务器"，然后点击"确定"。此时您的机器就可以正常阅览超星图书了。

4. 检索图书

（1）分类导航阅读图书。点击主页上的图书馆分类逐步打开图书馆各个分类，直到出现图书书目，点击该书目进入阅读状态。

（2）简单检索。利用简单检索能够实现书名、作者、出版社和出版日期的单项模糊查询。对于范围较大的查询，可使用该检索方式，参见图 10-2-2 的左方。

（3）高级检索。利用高级检索可以实现图书的多条件查询。对查询条件具体的图书可使用该检索方式，如图 10-2-2 所示。

图 10-2-2　超星简单检索和高级检索界面

5. 注册码程序的运行

若需下载图书，须先运行"注册码"程序。具体的运行方法是从镜像站点下载，并运行"注册机"程序，当系统将提示"注册成功"时，就可以在浏览器中下载图书了。

6. 图书阅览

1）阅读图书

超星图书的阅读界面与传统纸质型图书非常相似，而且其特殊的功能更加方便阅读。每本书也分为目录与正文，可像阅读传统图书一样逐页浏览，还可上下翻页。由于其阅读器有章节导航功能，可任意选取需阅读的页码阅读特定页的内容；对于某一特定页，还具有缩放和旋转的功能。

2）书评

在每本图书的书目下方有一个"发表书评"的入口，点击后会看到书评发表的信息栏。每一位读者都可以发表对此本书的读后感（可以用匿名发表），填写完成后，点击"提交"按钮，此时您的评论已经可以让所有的读者分享了。

3）标注

在阅读图书时，可对重点的字、句进行标注，只需点击菜单栏中的标注按钮，并在弹出的标注菜单中选择直线、圆圈等标注方式以及所需的颜色，即可对重点字句进行标注。

4）添加个人书签

对于一些阅读频率较高的图书，可以添加"个人书签"，可免去每次检索的过程，添加个人书签的具体步骤如下：

（1）点击主页左方的注册按钮，如图 10-2-1 所示，进入注册页面，按照提示填入您的个人信息，点击"提交"按钮，注册成为登录用户。

（2）注册成功后回到主页，在用户登录栏中填入用户名和密码，点击登录按钮。

（3）添加书签。在每一本图书书目的下方有一个"个人书签"的链接，单击可把此书添加为个人书签，当回到主页刷新一次页面就可看到此书签。在下次以用户名和密码登录页面后，就可以看到以前添加的个人书签，点击该书签就可以直接进入此书的阅读状态，如果想删除该书签，直接点击书签左侧的删除标记即可。

10.3　方正 Apabi 数字图书馆

10.3.1　概述

占据全球中文电子出版系统 90％以上市场份额的北大方正电子有限公司，于 2001 年 9 月推出方正 Apabi 数字图书馆。Apabi 以互联网为纽带，将传统出版的供应链相互连接起来，电子图书是贯穿始终的元素。方正 Apabi 在出版社与图书馆之间架起了一座桥梁，在整个图书管理上则体现了传统图书馆的流程，特点如下：

（1）图书资源价值高。包括了全国数百家出版社 2 万种高质量的电子书，内容涉及最新计算机电子书资源库、文学作品资源库、专业类资源库（包括机电、化工、医药、军事等）、社会科学文献资源库、大百科资源库、政治法律、语言文字、宗教哲学、艺术、休闲娱乐、辞海辞源、世界名人传记、中国古典名著、中外爱情小说、中国现代文人名著精典、外语辅导、医药保健、经营管理、财务会计等学科，基本上与出版社的纸质图书同时出版，以新书为主，时效性强，阅读选择性大，具有较高的阅读价值。

（2）显示清晰。电子图书全部由原电子文件直接转换，采用世界领先的曲线显示技术和方正排版技术，高保真显示，版面缩放不失真，保持原书的版式和原貌，包括复杂的图表、公式都完全兼容，与扫描、OCR 识别的图书相比，精度高，具有"越大越清楚"之美誉。

（3）提供标准接口。提供标准接口，与主要的图书馆自动化系统，如汇文系统、ILAS 系统、北邮系统、传奇系统、丹诚系统、SIRsI 系统等，均可实现 OPAC 与 Apabi 之间的双向连接。利用 Apabi 系统中生成的 CNMARC 小工具，生成 ISO2709 格式标准的 CNMARC 数据，然后导入到 OPAC 系统中，即可从 OPAC 中查到电子书。在 Apabi 中可实现"查询纸书"的链接，直接跳转到 OPAC 的查询结果，从而实现 OPAC 与 Apabi 的互连。

（4）解决了版权问题。方正 Apabi 的电子图书以新书居多，均直接获得著作权人及出版社的双重授权，因而彻底摆脱了版权问题对数字图书馆发展的困扰，电子图书均由出版社直接制作，因而书源持续而稳定，并以每年 50000 种的数量递增。既保证了稳定的书源和图书的质量，也从源头上解决了版权隐患，避免了版权纠纷。同时采用国际上最先进的 DRM（数字版权保护）技术，通过加密、信息安全传递等技术，防止电子书的非法拷贝，保护版权。

（5）后台管理方便。在任何地方、任一台能够联网的机器上都可随时遥控管理。对图书能够进行分类、上架、下架、推荐等日常管理。对用户注册有三种管理模式，即有密码用户、无密码用户和阅览室用户。可保证在任何地方、任一台联网的机器上都可从数字图书馆中借阅图书。具有的统计分析功能，可对读者借阅等情况进行分段分类统计，了解读者需求，掌握使用状况，科学制定下一步采购计划。

10.3.2　系统功能

1. 服务功能

方正 Apabi 数字图书馆是一套基于中文信息处理技术的图书馆系统，将常规的图书馆管理方式应用到数字图书的管理，具有复本数、借、还等概念，读者感觉是把实体图书馆整个搬到了网上，用起来比较容易。

2. 检索功能

方正 Apabi 数字图书馆在其检索界面上集中了整个系统的浏览、检索与显示等功能，有两个可供使用的检索界面，即主网站上的检索界面和专用图书阅读器中的检索界面,两个界面的检索功能基本一致。在主网站的检索界面中,有分类浏览功能,有书名、作者、出版社、ISBN 号等检索入口及组合检索方式,其页面显示具有翻页功能及跳至第几页的功能。在专用图书阅读器检索界面中,除具有网上阅读器功能外,还增加了全文检索、对检索结果一次显示等功能。

3. 阅读器功能

方正 Apabi 在阅读器的功能设置方面不仅考虑到电子图书在使用时的特性,也成功借鉴了传统阅读方式的经验,除设置了页面缩放旋转、章节导航、内容查找、有限制的文字拷贝(暂规定为 200 字)、打印(由出版单位规定权限)、全文下载(不可转存)等电子图书的功能外,还设置了上下翻页、目录页/正文页、指定页/指针定位页、自动滚屏,加书签、批注、划线、加亮、圈注、显示比例调整、更换背景颜色等比照传统阅读方式的功能。

4. 其他功能

方正 Apabi 数字图书馆除具有全文检索功能外,还具有网上借阅或购买电子图书、个人图书馆管理等多种功能。

10.3.3 使用方法

1. 下载并安装 Apabi Reader

Apabi Reader 阅读器免费提供,如图 10-3-1 所示,点击图左方的 apabi 图标即可下载,下载完毕后,双击安装程序,按照提示点击"下一步"直到"完成",即可完成安装。

图 10-3-1 方正 Apabi 主页

2. 用户信息登录

（1）如果是有密码用户，请输入管理员分配的用户名和密码，点击"登录"。第一次登录时，请在弹出的页面中填写用户信息。

（2）如果是无密码用户，请点击"匿名登录"。第一次登录时，请在弹出的页面中填写用户信息，如果其 IP 地址属于无密码用户，会提示登录成功。

（3）如果是阅览室用户，请在要注册为阅览室的机器上，以管理员或注册员身份登录后台管理的"读者管理→阅览室注册"中输入姓名（标志），如果 IP 地址允许，则可以注册成阅览室用户。

不同的用户登录后，借阅规则与自己所在的用户组的设定相关。阅览室用户借期只有一天，但没有借阅量的限制。

3. 数字资源检索

（1）快速检索。以书名或责任者或出版社或关键词或年份或全面检索为检索条件，输入检索词，点击"查询"按钮，可迅速查到要找的书目。

（2）高级检索。使用高级检索可以输入比较复杂的检索条件，在一个或多个资源库中进行查找。点击"高级检索"，出现图 10-3-2 所示页面，由图可知，高级检索分"本库查询"和"跨库查询"。可在列出的项目中任选检索条件，所有条件之间可用"并且"或"或者"进行连接。跨库查询需选择要查询的库，所有的选项设置完成后，点击"查询"即可。

图 10-3-2　方正 Apabi 高级检索界面

（3）分类浏览。在高级检索页面的左侧点击"显示分类"，可查看常用分类和中国图书馆图书分类法。点击类别名，页面会显示当前库该分类所有资源的检索结果。

4. 借阅、在线浏览、预约电子图书

在图书详细信息页面中，点击"在线浏览"或"资源可借下载"，自动启动方正 Apabi Reader 下载图书。在线浏览图书在 Reader 中自动打开该书，借阅的图书则要进入 Apabi Reader 的藏书阁中，双击该书打开阅读。在线浏览和借阅的图书均有阅读时间的限制，在用户服务区的借阅规则中可以查询。当电子图书被全部借完后，"资源可借下载"变成"资源已借完预约"，点击"预约"并按要求填写本人 E-mail 地址，一旦书可以借阅，系统就会自动发邮件提示借书。

5. 归还或续借电子图书

进入用户服务区的借阅历史，在"当前借阅图书"中点击"续借"或"归还"，在用户服务区中续借或还书，即可完成图书续借、归还的操作。

10.4　Encyclopaedia Britannica

10.4.1　概述

Encyclopedia Britannica，EB（《不列颠百科全书》，又称《大英百科全书》），由英国不列颠百科全书公司（Encyclopedia Britannica Inc.）出版。《不列颠百科全书》与《美国百科全书》（Encyclopedia Americana，EA）和《科利尔百科全书》（Collier's Encyclopedia，EC）被称为三大著名的百科全书，其中又以 EB 最具权威性。

《不列颠百科全书》初版于 1768 年，历经 200 多年的修订和再版，成为当今享有盛誉的百科巨著。《不列颠百科全书》由世界各国、各学术领域的著名专家学者（包括众多诺贝尔奖得主）为其撰写条目，囊括了对人类知识和各重要学科的详尽介绍，以及对历史及当代重要人物、事件的详实叙述，其学术性和权威性为世人所公认。

1994 年《不列颠百科全书》公司推出了 Britannica Online（不列颠百科全书网络版），是因特网上的第一部百科全书，世界各地的用户都可通过网络查询不列颠百科全书的全文。目前，不列颠百科全书网络版已被世界各地的高等院校、中、小学、图书馆及政府机构等普遍应用于教学和研究中，是世界上使用最广泛的电子参考工具之一。除印刷版的全部内容外，不列颠百科全书网络版还收录了最新的修订内容和大量印刷版中没有的内容，可检索词条达到 100 000 多条，并收录了 24 000 多幅图例、2600 多幅地图、1400 多段多媒体动画音像等丰富内容，还精心挑选了 120 000 多个优秀网站链接，提供 150 种全文期刊的内容。不列颠百科全书网络版特色内容如下：

- Encyclopedia Britannica——《不列颠百科全书》完整版；

- Britannica Students，Elementary，and Concise Encyclopedias——《不列颠百科全书》学生版、初级版及简明版；

- Britannica Internet Guide——不列颠百科因特网指南，提供了与该书内容相关的 300 000 个网址；

- Video & Media——视频与多媒体，提供 2000 种音像资料；

- Merriam-Webster Dictionary and Thesaurus——马利安-韦博斯特词典和词库提供 250 000 个含有发音指导、词语历史、同义词、反义词的条目；

- World Atlas——交互式世界地图全集，收录超过 215 个国家，同时链接地图、国旗及各国统计资料；

- Britannica Books of the Year——《不列颠百科全书》年鉴；

- Britannica Highlights——不列颠百科独家收录的特殊主题深度介绍；

- Timelines——大事纪年表，主题涵盖建筑、科技、生态、艺术等；

- 收录超过 124 000 篇文章、23 000 篇传记；可链接 150 余种在线杂志与期刊。

不列颠百科全书网络版知识分布见表 10-1。

表 10-1　不列颠百科全书网络版知识分布

艺术与文学	主要科目（建筑、舞蹈、装饰艺术、素描、文学、电影、音乐、绘画、摄影、版画、雕塑、戏剧）、区域艺术及文化传统、风格流派、艺术研究
地球与地理	地球分层、各地球物理、生物、化学过程、水貌、地貌、灾害、火山作用与地壳、人文地理、地表特征、相关学科
健康与医药	人体、健康与疾病、人类生命、心理学、医疗保健
哲学与宗教	人文学科、观念、逻辑、哲学、宗教
运动与休闲	运动、业余爱好与游戏、户外体育与休闲娱乐
科学与数学	生物科学、地球科学、数学、物理学、科学、社会科学、科学史与哲学、自然哲学
社会与社会科学	各类话题：武装部队、书刊检查制度、公民资格、规则、通信、犯罪、文化、争端、服装、经济、教育、探索、民间传说、政府、意识形态、国际关系、新闻业、语言、法律、执法、司法制度、休闲、婚姻、政治制度、贫困、财产、公共管理、刑罚、宗教、权利、仪式、奴隶制、社会契约论、社会控制、社会分化、社会互动、社会流动、社会服务、社会结构、恐怖主义、财富；社会进程、分布形态、机构、社会成员体、社会类型
工艺与技术	工业、材料、能量、研发、安全、科学、农业与食品加工、生物与医学、通信、电脑与互联网、建筑与工程、能源、通用技术、工业与制造、仪器、军事、产品、运输
历史与历史学	文明、历史编纂（按大陆或海洋区域、按事件类型）、国内政治、事件、国际政治、法律问题、主要年代、文明与历史区域、政治团体、社会、历史研究、战争与其他暴力事件

10.4.2　系统功能

不列颠百科全书在线网络版首页上展现了诸多的功能，如图 10-4-1 所示。

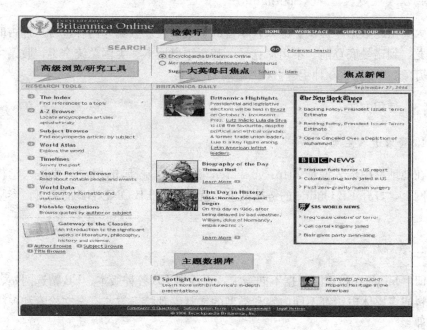

图 10-4-1　Britannica Online 主页及其功能

1. 检索功能

输入需检索字句，可于 Encyclopedia Britannica Online 或 Merriam-Webster Dictionary & Thesaurus 中间检索字句。

2. 高级浏览功能

高级浏览功能包含以下九类进阶浏览内容：内容索引（The Index）、标题浏览（A ~ Z Browse）、主题浏览（Subject Browse）、世界地图（World Atlas）、时间序列主题浏览（Timelines）、年鉴（Year in Review Browse）、世界各国数据（World Data）、名人格言（Notable Quotation）、经典文献（Gateway to the Classics）。

3. 大英每日焦点

大英每日焦点指学习近期相关的主题及当日伟人传记与历史事迹，包括：大英焦点（Britannica highlight）、今日传记（Biography of the day）、历史上的今天（This day in history）。提供当日 The New York Times 与 BBC NEWS 以及 SBS WORLD NEWS 的焦点新闻链接。

4. 大英主题数据库（Spotlights）

大英主题数据库提供更深入且丰富的主题研究。数据库内容包含从远古时代的恐龙，到诺曼底登陆、泰坦尼克号，甚至于奥斯卡、美国总统全集，收录主题包罗万象，共提供 20 种主题数据库。

10.4.3　使用方法

1. 登录进入主页

在地址栏中输入网址 http：//search. eb. com，校园的用户只要进入学校图书馆网页，打开 EB Online 的链接网址，就可进入 EB ONLINE 的主页，参见图 10-4-1。

2. 资源检索

EB Online 在检索时根据不同需求，可检索 EB 各种版本、EB 精选网站、影像资料或多媒体电影等不同内容和类型的文献，其检索方式有全文检索和模糊检索两种。

（1）全文检索。在输入框输入任何一个字词，点选想要搜寻的知识类别，然后单击「GO」，即可进行百科词条标题及正文的「全文检索」功能，得到所需信息。

（2）模糊检索。如果想检索一个词条，但对词语的拼法无把握，可使用模糊检索的功能。会得到与询问词对应的一些检索结果，以及与询问词具有相似拼法的其他字词。

在检索结果页面左边字段中，可按需求点选数据类别：大英百科（Encyclopedia Britannica）、大英简明百科（Concise Encyclopedia〉）、图片（Media）、影片（Video）或网站信息（Websites）。另外，也可高级浏览 Proquest 与 EBSCO 的相关主题文章及韦氏〈Merriam-Webster〉字典、辞典及格言等。

3. 资源浏览

EB Online 除提供了资源检索的功能外，还具有强大的浏览功能。

（1）标题浏览（A~Z Article Browse）。主要依据英文字母 A~Z 排列搜寻。以寻找 "glass" 为例，首先点选 "G"，接者点选 "Gla"，页面会出现所有 GLA 为前缀的英文字，接着依序寻找，即可找到 "Glass"。

（2）年鉴浏览（Year in Review Browse）。可依年份作为搜寻的依据，年份下又区分：日期（Dates）、人物（People）及事件（Events）三类。

（3）主题浏览（Subject Browse）。主要区分为 10 种类别，依序为艺术与文学（Arts & Literature）、地球与地理（The Earth & Geography）、健康与医学（Health & Medicine）、哲学与宗教（Philosophy & Religion）、运动与休闲娱乐（Sports & Recreation）、科学与数学（Science & Mathematics）、生活（Life）、社会（Society）、技术（Technology）、历史（History）。

（4）时间序列浏览（Timeline Browse）。主要以时间序列呈现公元前后的主题浏览。区分为 14 种类别：建筑（Architecture）、艺术（Art）、儿童时期（Childhood）、每日生活（Daily Life）、生态学（Ecology）、探险（Exploration）、文学（Literature）、医学（Medicine）、音乐（Music）、宗教（Religion）、科学（Science）、运动（Sports）、技术（Technology）、女性（Women）。

（5）世界地图（World Atlas）。将全球区分为七大区块：亚洲（Asia）、非洲（Africa）、欧洲（Europe）、北美洲（North America）、南美洲（South America）、南极（Antarctic）及澳洲与大洋洲（Australia and Oceania）。浏览原则为：先选"洲"，次选"国籍"，最后选"省/州"。

（6）世界各国数据信息浏览（World Data）。提供世界各国家的国家简介与统计资料，主要可区分为国家数据（Country Snapshots）、国家比较（Country Comparisons）、统计数据（Ranked Statistics）。国家数据主要提供世界各国的地理、人口、经济、交通、教育、贸易与健康等议题，以 PDF 档案格式呈现。国家比较主要提供国家的地理、经济、贸易、教育、健康军事等议题比较。可按使用者偏好选择近期比较（Current Comparisons）或年代序列比较（Chronological Comparisons）筛选数据类别。统计数据提供前十大、前百大（Highest Rankings）或后十大、后百大（Lowest Rankings）和特别收入（Special Attribute）等排列方式，方便使用者编辑所需数据。

4. 保存检索记录

是 EB Online 提供的一个颇具个性化的服务功能。不列颠百科全书依账号提供检索记录追踪（Workspace），以利使用者记录重要词条，方便日后的查询，具体的步骤如下：

（1）点选储存数据。

（2）点选须储存的词条。

（3）点选 SAVE 储存。

（4）输入查询者个人名称与密码。

（5）点选 OK，检出的记录被保存。当同一使用者要查询上次的检索记录时，先点选 Workspace 后，在窗口左边 "Retrieve a saved workspace" 字段输入当初注册的名称，即可浏览所储存的词条。若需要清除储存记录，则只需要先点选要清除的词条，再点选 "clear the Workspace" 即可。

10.5　其他电子图书

10.5.1　中国数字图书馆

1. 概况

中国数字图书馆于 2000 年 4 月 18 日正式运营，率先在全国建立起最完整的数字图书馆服务体系，其"网上中文图书馆"，目前已拥有 4700 万页丰富精彩的数字化图书内容，同时保持以每天 20 万页的数字化速度增长。

"网上中文图书馆"内容覆盖经济、文学、历史、医药卫生、工业、农业、军事、法律等学科。选书程序严谨，普及类图书重视可读性，关注社会热点、焦点；专业类图书注重学术性、代表性与权威性。

"网上中文图书馆"在提供图书浏览借阅的同时，开辟多种图书服务栏目，组织会员俱乐部，全面提供新作推介、特色导读、名家点书、读者评议等特色服务。在读者、图书馆与作者、出版社之间搭建起一个友好的信息交互平台。

"网上中文图书馆"包括"数图资源"和"网上读书系统"。数图资源包括文化旅游、科普园地、名家讲坛、法律园地、医药卫生、民族文化、影视文化等专题数据库。网上读书系统是中国数字图书馆有限责任公司在多年电子图书应用研究和市场拓展的基础上，吸收业界其他同类产品的先进经验，结合公司的发展目标，设计的新一代电子图书服务系统。该系统集成了电子图书资源发布、检索、阅读、版权保护、用户管理和系统管理等方面的内容。

2. 使用方法

（1）登录。通过互联网进入中国数字图书馆（www.d-library.com.cn）的主页，下载并安装专用"cdl 阅览器"。

（2）检索。阅览电子图书先选择进入"网上读书系统"，进入"网上读书系统"后，点击屏幕左侧"检索"项检索所需图书，检索到所需图书后可进行"在线阅读"或者"下载阅读"。"下载阅读"可以在本地机器上保留 10 天以供读者随时阅读，"在线阅读"不能在本地机器上保留，浏览器关闭，阅读结束。

10.5.2　书生之家数字图书馆

1. 概况

　　书生之家数字图书馆是建立在中国信息资源平台基础之上、集数据库应用平台、信息资源电子商务平台与资源数字化加工服务平台三位一体的综合性数字图书馆，集成了图书、期刊、报纸、论文、CD 等各种载体的资源，目前已有超过 16 万册的图书可全文在线阅读，其中大部分为近几年出版的新书，侧重教材教参与考试类、文学艺术类、经济金融与工商管理类图书。下设中华图书网、中华期刊网、中华报纸网、中华资讯网和中华 CD 网等子网，资源内容分为书（篇）目、提要、全文三个层次，提供全文、标题、主题词等 10 种数据库检索功能以及 CN-MARC 格式数据套录功能，提供印刷版图书报刊、光盘数据库以及其他数据库的网上订购功能，还为会员单位提供定制化的资源数字化加工服务。

2. 使用方法

　　(1) 登录。在地址栏中输入书生之家网址（http：//edu.21dmedia.com），进入主页，如图 10-5-1 所示。下载并安装了书生数字信息阅读器之后，分别输入账号、密码，就可进行书生图书的在线阅读。

图 10-5-1　书生之家数字图书馆主页

　　(2) 检索。在主页上方单击"图书"按钮后，提供了分类检索、图书全文检索、组合检索和高级全文检索 4 中检索方式。分类检索提供了"图书名称"、"出版商"、"作者"、"丛书名称"、"ISBN"、"摘要" 6 种检索入口；图书全文检索提供了按图书内容进行查找和按图书目录进行查找 2 种检索入口；组合检索提供了布尔逻辑的"与"和"或"功能；高级全文检索提供了单词检索、多词检索、位置检索等功能。

10.5.3　金图国际外文数字图书馆

1. 概况

金图国际外文数字图书馆是由北京金图国际公司开发的具有自主知识产权的数据库系统，收录了大量引进的外文资料。有英文、日文两种语言。目前数据库拥有 7000 种英文电子图书、249 种日文电子图书，每年将增加 5000 种英文电子图书、300 种日文电子图书。系统内的电子图书全部采用 PDF 或 ADF 格式，使用 Adobe Acrobat 或 ADF 阅读器，所有电子图书均属于文本型，文字清晰、可无限放大、并实现全文检索和常规检索，同时可实现变色、书签、划线、标注等多项功能，主页如图 10-5-2 所示。

图 10-5-2　金图国际外文数字图书馆主页

2. 使用方法

金图国际外文数字图书馆的使用非常简便。

（1）进入国际外文数字图书馆数据库主页，输入账号和密码，找到图标"LOGIN"，点击登陆。

（2）下载 ADF Reader 阅读器。

（3）可通过分类检索、组合检索等方式检索图书，也可通过选择英文图书或日文图书链接查找所需图书，参见图 10-5-2。

第 11 章　信息资源的分析与利用

11.1　信息资源的收集、整理与分析

11.1.1　信息资源的收集原则与整理方法

　　检索各种信息资源的目的是在于利用，信息资源作为可再生的资源，在科技领域中从研究项目的立项、研制到成果鉴定、专利的申请，从技术转让或引进到新产品的开发，根据不同的目的无不需要利用有关的信息。利用信息不仅能扩展人们的视野，避免重复别人的研究工作，同时也使已有的信息达到产生新知识的效能。因此，占有相关信息已成为科学研究工作的前提条件。

　　1. 收集原则与方法

　　1) 收集原则

信息资源的收集范围原则应依据研究课题的学科专业性质和与其他相邻学科的关系、信息需求的目的来确定收集的深度与广度。

　　2) 收集类型

收集的信息类型主要依据研究课题的特征来确定。一般而言，基础研究侧重于利用各种著作、学术论文、技术报告中提供的信息，应用研究侧重于利用各种学术论文、专利说明书、技术报告、技术标准、参考工具书中提供的信息。主要有以下几种：

　　(1) 对于科技攻关方面的课题，收集的重点通常是科技报告、专利说明书、会议论文和期刊论文等。

　　(2) 对于技术改造、革新方面的课题，收集的重点通常是专利说明书、技术标准、科技报告和期刊论文等。

　　(3) 对于综述性质的课题，收集的重点通常是近期发表的一次、三次文献，包括期刊论文、会议论文、专著、年鉴、手册、科技报告等以及综述、述评、进展报告、动态、专题论文等。

　　(4) 对于成果鉴定方面的课题，收集的重点通常是专利说明书，也包括相关的科技成果公报、期刊论文和专业会议论文。

　　3) 收集的方法

概括起来有系统检索、访问考察和科学实验法。

（1）系统检索。就是利用手工检索工具和计算机检索系统，查找已公开发布的信息。即先检索三次文献，如各种参考工具书，以便明确课题要求，汇集查找线索；再通过手工检索工具和计算机检索系统查找有价值的文献信息；最后通过有关途径获得各种原始文献。具体检索方法请参见第 3～9 章。

（2）访问考察。就是有目标地进行专访、座谈、实地参观或参加有关的国内外学术会议进行交流等收集未公开发布的信息，以弥补系统检索的不足。

（3）科学实验法。就是将实验中观察到的事物变化的过程、条件、测量的数据、实验用仪器设备等有价值的信息记录下来。

2. 整理方法

对收集的信息须进行一系列的科学整理，整理方法主要包括形式整理和内容整理。

（1）形式整理。首先将收集的信息按题名、编著者、信息来源出处、内容提要顺序进行著录；其次按各条信息涉及的学科或主题进行归类，并著录分类号和主题词；第三将著录和归类后的信息，按分类或主题进行编号、排序，使之系统化、有序化。

（2）内容整理。通读经形式整理后的信息，从信息来源、发表时间、可靠性与先进性、理论技术水平及实用价值等方面进行评价鉴别，剔除实际意义不高和参考价值不大的部分。对经通读选择出的各条信息中涉及到与研究课题有关的观点（论点、论据、结论等）和图表数据提取出来，对相同的观点进行合并，相近的观点进行归纳，各种图表数据进行汇总，编号排序供下一步分析、利用。

11.1.2 信息的分析方法

信息分析是在充分占有有关信息的基础上，把分散的信息进行综合、分析、对比、推理重新组成一个有机整体的过程。用于信息分析的方法有逻辑学法、数学法和超逻辑想像法三大类，其中逻辑学法是最常用的方法。逻辑学法具有定性分析、推论严密、直接性强的特点，属于这一类的常用方法有综合法、分析法。

1. 综合法

综合法又称综合归纳法，是把与研究课题有关的各种分散信息，如相关的情况、数据、素材等，按特定的目的汇集、归纳形成系统、完整的信息集合。也就是从事物各种错综复杂的现象中探索它们之间的内在联系，以便从整体角度全面考察事物发展的全过程，从而获得新的认识和新的结论，是一种常用的定性分析方法。综合的具体方法有简单综合、分析综合和系统综合。

（1）简单综合。把原理、观点、论点、方法、数据、结论等有关信息一一列举，进行综合归纳而成。

（2）分析综合。把有关的信息，在进行对比、分析、推理的基础上归纳综合，并可得出一些新的认识或结论。

（3）系统综合。一种范围广、纵横交错的综合方式。把获得的信息从纵的方面综合与之有关的历史沿革、现状和发展预测，从中得到启迪，为有关决策提供借鉴。从横的方面综合与之有关的相关学科领域、相关技术，从中找出规律，博采众长，为技术创新的起点或技术革新的方案提供相关依据。

2. 分析法

分析法是将复杂的事物分解为若干简单事物或要素，根据事物之间或事物内部的特定关系进行分析，从已知的事实中分析得到新的认识与理解，产生新的知识或结论。分析法按分析的角度不同，常用的有对比分析法和相关分析法。

（1）对比分析法。是确定事物之间差异点和共同点的逻辑方法，是分析综合、推理研究的基础，也是信息分析中常用的一种分析方法。按对比的目的有：①可对同类事物不同方案、技术、用途进行对比。即从对比分析中找出最佳方案、最优技术、最佳用途。②可对同类事物不同时期技术特征进行对比。即从对比分析中了解发展动向和趋势。③也可对不同事物进行类比。即从不同事物的类比中找出差距，取长补短。按对比的方式有文字分析对比、数据分析对比、图、表分析对比等。

（2）相关分析法。利用事物之间或事物内部各个组成部分之间存在的某种相关关系，如利用事物的现象与本质、起因与结果，事物的目标与方法和过程等相关关系，从一种或几种已知事物特定的相关关系顺次地、逐步地来预测或推知未知事物，或获得新的结论。

（3）数学法。是将两个或两个以上有某种函数关系的信息数据用数学公式进行研究的方法。即对事物作定量描述，把事物间的数量关系抽象成各种数据、曲线和模型，从中得出事物发展规律的一种定量分析方法。

11.2　信息资源的利用与再生

11.2.1　信息资源的利用类型

信息资源利用涉及的范围很广，它对科学研究和技术应用产生的作用具有间接性的特点，归纳起来主要有两大类型。

1. 战略性、规划性研究项目

如科技发展对策研究、产业发展对策，研究项目的立项论证等。前者是根据国力发展的需要，利用国内外科技发展中采用过的决策、先进技术或经验教训等方面的信息，为解决带有全局性、方向性、决策性的问题，制订科技发展规划、科技发展的资源、人力条件及重点与优先发展的技术领域等提供参考与借鉴。后者是针对研究项目涉及到的主要研究特征和理论、技术内容，利用相关的大量信息，对国内外相关的研究进行比较分析，论证本项目是否属重复研究，有无研究价值，是否能推广应用等，为项目立项的可行性、先进性和实用性提供参考依据。主要以技术经济信息研究和技术水平动向信息研究体现，研究范围较广。技术经济信息研究是以特定范围的技术经济信息为具体研究内容，即对一项技术的先进性、实施的可行性和经济上的合理性作技术经济方面的比较、分析，具有较强的政策性和针对性。技术水平动向信息研究是以特定技术与国内外的现实水平及未来发展趋势为具体研究内容，即将特定技术与国内外相关的技术水平进行比较、分析，找出之间的差距，确定研究工作的起点，具有较强的预测性和针对性。

2. 战术性、短期性研究项目

如研究成果鉴定和专利申请查新，研究过程中的技术攻关等，利用各类信息中所提供的相关原理、方法、技术、工艺、设备等为研究成果的鉴定级别提供相关的背景材料，为专利申请是否具备新颖性条件提供依据，为技术攻关提供参考借鉴。又如技术引进或转让、新产品的开发研究等，也需要利用相关的信息来论证引进技术的先进性，是否适合国情，转让技术是否会侵犯别人的知识产权，新产品的开发是否具有新颖性和市场价值等。主要以专题信息研究体现，研究范围较窄。即以与某项专门课题有关的信息为具体研究内容。为一项新技术、一种新工艺、一个新产品、一套新装置、一类新材料等的研制与应用提供技术参考借鉴或水平评价的背景材料。

11.2.2　信息资源的再生

信息资源的再生是对有关信息进行分析、利用产生新知识的结果，须用一定的形式表现出来。根据利用信息的目的和类型，可用信息研究报告和学术论文的形式再现。信息研究报告是在占有大量信息的基础上，以信息为主要研究对象，对有关问题进行分析、预测撰写而成。学术论文是将占有的有关理论、方法、经验、结论等信息进行处理、转换或直接借鉴，并与研究实践相结合撰写而成。

1. 信息研究报告的撰写

1) 信息研究报告的类型与特点

信息研究报告的目的一般是为领导决策部门、行业决策部门提供参考，是在占有大量信息的基础上，结合课题的研究目标与需求，对有关信息进行系统整理、分析、归纳综合叙述，并提出分析结论或建议。信息研究报告根据研究的目标和使用的对象不同，主要以综述、述评和专题报告的形式再现。

（1）综述。具有高度浓缩同类或相似内容，使之系统化，只述不评的特点。根据涉及的内容和叙述的形式，有综合性综述、专题性综述和文摘性综述。综合性综述是针对某一学科或专题所作的全面、系统的叙述。专题性综述是针对某项特定的技术或产品所作的专门叙述。文摘性综述是将某一学科或专题的有关信息，用文摘方式所作的叙述。这类综述是近年发展起来的一种形式，既有综合性综述的特点，又具有一定的检索作用。

（2）述评。是在高度浓缩有关理论、观点、数据、结论等信息的基础上，并带有一定评价性，因而，述评除具有综述的特点外，其突出的特点是文中还包括作者本人的观点和建议。

（3）专题报告。是对某项专门课题，如某项技术的引进或出口、某项产品的开发与利用前景预测、某个项目的立项决策等而进行的专题信息研究。研究的结果可以是针对所提问题的判断和预测，也可以是某种建议或方案，因而同时具有综述和述评的特点。

2）信息研究报告的结构

以上三类信息研究报告的结构主要由前言、正文、结论或建议、附录四部分组成。

（1）前言。包括：①对研究课题的目的、意义，研究内容、目标的简述；②信息检索范围；③检索策略；④检索结果。

（2）正文。主要内容的叙述部分。在整理分析信息的基础上，对涉及到的国内外同类技术、同类产品、同类设备等信息进行归纳、分析与综合叙述。具体可按照综述或述评标题所涉及到的事物，或专题研究的事物，以时间为序叙述，也可以事物的不同特征、不同应用领域分别叙述，然后归纳综合。如为述评还应包括分析、评论和建议。

（3）结论或建议。根据信息归纳、分析综合概述，按照研究课题的内容、目标，提出定性或定量的分析结论，其结论应与正文的叙述或评论紧密呼应。如为述评或专题报告，还应包括预测性建议。

（4）附录。将信息研究报告所引用的各条信息按主题或分类的原则编制成题录或文摘，可作为报告的附录，以供需要时查考。

2. 学术论文的撰写

学术论文是将新的学术观点或创造性研究成果或技术应用中新的发现等撰写成有论有据的、有所创新的科学记录，是将已有的信息和新获得的信息进行系统化处理并进行文字加工、科学编辑，实现信息再创造的过程。按论文撰写的不同目的，有科技论文和学位论文之分。

1）科技论文的撰写

（1）科技论文的特点。科技论文是表达、论证科学技术研究成果的一种科技写作文体，它有如下特点：

a. 科学性。科技论文反映的科研成果是客观存在的自然现象和规律，论文中采用的数据、资料必须是真实可靠的，对各种概念的描述、专业术语的应用都是准确无误的。

b. 创造性。科技论文价值的大小还要看它是否在前人研究的基础上有所发明和创新。

c. 专业性。科技论文是针对某个或几个学科专业来论证阐述自己的观点，行文中使用的都是科学的专业术语。

（2）科技论文的结构。科技论文主要以期刊、会议文集的形式发表，一般由标题、作者署名、摘要、关键词和分类号、正文、参考书目组成。

a. 标题。又称题名、题目，是文章中心内容的高度概括，即以简短、恰当的词语概括论文最重要的内容。因此标题的拟定必须准确表达文章的主要内容，恰当反映研究的范围和深度，用词要准确、精炼，所用的词语必须考虑到有助于关键词的选择，因此标题要选用实质性的词语，一般不超过 20 字，外文（英文）标题一般不宜超过 10 个实词。

b. 责任者姓名。包括论文作者姓名和第一作者工作单位。个人成果应由个人署名，集体成果由承担研究工作的人员按贡献大小先后署名，既能体现研究成果的荣誉归属，又能体现文责的归属。

c. 摘要。是论文内容不加注释和评论的简短陈述。摘要应具有独立性和自含性，应包含与论文同等量的主要信息，是一篇完整的短文。一般应说明研究的目的、采用的研究手段、实验方法、结果和最终结论，不阅读全文，就能获得必要的信息。摘要中一般不用图、表、化学结构式和非公知公用的符号和术语，其篇幅中文摘要一般不超过 200～300 字，外文摘要不超过 250 个实词。

d. 关键词和分类号。关键词是从论文标题和全文中抽选最能代表论文主题的实质性词汇，一般为 3～8 个，应尽量选用《汉语主题词表》或其他相关词表提供的规范词，同时应注有对应的英文关键词。分类号是以论文主题涉及的学科门类为依据使用《中国图书馆图书资料分类法》选择确定，同时应尽可能注明《国际十进分类法》（UDC）类号，便于信息处理和交换。

e. 正文。正文是论文的主体，可由研究对象、采用的实验方法与技术、所用的仪器设备、材料、实验观测结果、计算方法和编程原理、数据资料、图表、形成的论点、导出的结论等组成，要求客观真实、论点明确、重点突出、论据充分、逻辑严密。

f. 参考书目。即论文参考和引用的文献。科学具有继承性和连续性，在论文后列出所参考或引用过的参考书目，既反映了严肃的科学态度，也体现了尊重他人的劳动成果，同时也给论文使用对象提供查考原文信息的线索。根据国家标准，著作类按下列格式著录：作者姓名（译著者姓名）. 著作名称（书名）. 出版地. 出版社，出版年。论文类按下列格式著录：作者姓名. 论文标题. 期刊名称，出版年，卷（期）：起讫页码。专利说明书可按专利号，发明名称，公开年份著录。

2）学位论文的撰写

（1）学位论文的特点。学位论文是本科生和研究生从事学习和科学研究活动的学术论文，与一般论文的写作不同，质量要求更高，结构更为严谨，概括说来，学位论文的特点主要有如下几点：

a. 学术性。学位论文是对研究生或本科生多年学习成果及科研能力的检验，要体现一定的学术科研水平，对论文学术性的要求是比较高的。

b. 具备一定规模。一般的学术论文只要有一定的创见，对篇幅的大小是没有强制性规定的。而学位论文对选题和规模均有相关规定，一般而言，学士学位论文应达到 1 万字左右，硕士学位论文应达到 2～4 万字，博士学位论文则要求 5 万字以上。

c. 观点明确、结构严谨。学位论文经过了慎重选题和较长时间及较广范围的资料收集，是较为成熟的学术性文章，具有观点明确、结构严谨的特点。

d. 语言规范，措辞得当。学位论文对于数字、标点、章节编号等均有书写标准，不能随意使用；要使用正规的书面语言，避免使用敏感字眼和毫无根据的绝对性判断语句。

e. 写作格式和装订方式统一。各院校的学位论文都有统一的写作格式和装订版式要求。

（2）学位论文的结构。学位论文主要以独立的形式提交存档，一般由封面、摘要和关键词、目次页、引言、正文、结论、致谢、参考书目、附录组成。

a. 封面。

b. 摘要和关键词。摘要的撰写和关键词的选择与科技论文基本相同。为了便于国际交流，应有相应的英文摘要和关键词。为了评审，学位论文的摘要可以不受字数规定的限制。

c. 目次页。由论文的章、节、条等的序号、名称和页码组成。

d. 引言（或绪论）。为反映作者是否掌握了坚实的基础和系统的专门知识，是否对研究方案作了充分论证，引言应包括有关的综述以及理论分析等。

e. 正文。是论文的核心部分。由于学位论文级别的不同，研究工作涉及的

```
┌─────────────────────────────────────────────────────────┐
│  分类号 ----------                        密级 ----------  │
│  UDC --------                            编号 ----------   │
│              学  位  论  文                                │
│      题名 -------------------------------------           │
│      副题名 -----------------------------------           │
│      作者姓名 ----------                                   │
│      指导教师姓名（职务、职称、学位、单位名称及地址）------   │
│      申请学位级别 ----------    专业名称 -----------        │
│      论文提交日期 ----------    论文答辩日期 ----------     │
│      学位授予单位和日期 ----------------------             │
│                          答辩委员会主席 --------           │
│                          评阅人 -------                    │
│                          2004年   月   日                 │
└─────────────────────────────────────────────────────────┘
```

选题、研究方法及深度、结果表达等都有一定的差异，不作统一规定。但实验结果应尽量采用具有直观性的图表，可提高论文的说服力。图一般用绘图纸绘制标准图，少使用照片图。论文中涉及到的计量单位应使用法定计量单位，可参照国家标准 GB3100-93（国际单位制及其应用）和 G3101-93（有关量、单位和符号的一般原则）。

f. 结论。是对研究工作及过程中获得的事实为依据，对已有的结果或推论进行概括和评价，不是正文中各章节的简单重复，宜采用简洁的文字准确表达。

g. 致谢。包括对各种基金、合同单位、资助的组织或个人；协助完成研究工作和提供条件的组织或个人；提出建议和提供有关帮助的人；其他应感谢的组织或个人。

h. 参考书目。见科技论文部分。

11.3　信息研究报告撰写示例

课题名称：磷化工国内外专利信息研究

1. 前言

1.1　研究的目的、意义及内容

从磷矿石采选到磷化工产业是化学工业的一个重要分支。磷化工包括磷矿、元素磷、磷酸、磷酸盐、磷肥、磷化物、磷系农药、有机磷酸酯八大类产品。至今磷化工产品的品种已超过 250 多种，其应用范围涉及农业、工业、国防和尖端高科技等 18 个学科领域的 60 多个分支。我国的磷化工品种已有 100 多种，主要生产基地分布在云南、四川、湖北、上海、江苏、浙江、安徽等省、市，其综合生产能力已跃居世界第二位。但是在我国，技术含量和附加值高的磷化工产品的品种和数量仍较落后，有些品种甚至还是空白。本课题的研究目的是针对磷及其磷化物（元素磷、磷酸及其盐类）、磷肥、磷系农药及有机磷酸酯的国内外专利信息进行全面、系统的收集，并对已有的相关专利技术进行综合与分析，为发展我国磷化工产业，使其具有一定的国际市场竞争力提出预测性建议。

1.2　检索策略与检索结果

1.2.1　检索策略

1）选择检索系统

根据信息需求，选择以下检索系统：

（1）中国专利数据库（光盘）。

（2）IBM 知识产权信息网。

（3）美国专利数据库。

2）确定检索词

根据研究课题的研究内容和目的，对信息检索应满足全面、系统的要求，确定检索词如下：

（1）中文检索词：1. 磷；2. 黄磷；3. 磷酸；4. 磷酸盐；5. 磷酸酯；6. 磷肥；7. 磷复（混）肥；8. 过磷酸盐；9. 磷酸铵；10. 钙镁磷；11. 磷酸钙；12. 磷酸二氢钾（钙）；13. 尿素磷铵；14. 农药；15. 杀虫剂；16. 杀菌剂

（2）外文检索词：1. manufacture；2. preparation；3. production；4. synthesis

（3）国际专利分类号（IPC）：1. C01B25—磷；及其化合物；2. C01B15/16—含磷的氧化物；3. C05—肥料；肥料制造

3）检索提问式

（1）中文检索提问式：

检索式 1：1 ＋2＋3＋4＋5＋6＋7＋8＋9＋10＋11＋12＋13

检索式 2：1 ＊（14＋15＋16）

（2）外文检索提问式：

检索式 3：C01B25 ＊（manufacture＋preparation＋production＋synthesis）

检索式 4：C01B15

检索式 5：C05B ＊（manufacture＋preparation＋production＋synthesis）

检索式 6：phosphoric ＊（pesticide＋insecticide＋bactericide）

1.2.2　检索结果

1）中国专利数据库（光盘）

使用检索式 1、2，命中 261 条（详见附录 A：磷化工中国专利信息文摘）。

2）IBM 知识产权信息网和美国专利数据库

使用检索式 3，命中 2233 条；使用检索式 4，命中 324 条；使用检索式 5，命中 694 条；使用检索式 6，命中 711 条（详见附录 B、C、D、E：磷化工国外专利信息题录）。

2. 磷化工中国专利技术概况综述

2.1 磷、黄磷、红磷制备工艺及设备（略）

2.2 磷酸及其盐类的生产工艺及设备（略）

2.3 磷肥生产新工艺及技术（略）

2.4 含磷复混肥的生产方法及技术（略）

2.5 有机磷酸酯的制备方法与技术（略）

2.6 磷系农药的制备方法（略）

3. 磷化工国外专利技术概况综述

3.1 磷及其化合物产品

磷及其化合物产品的技术主要集中在日本、美国、欧洲专利组织、捷克、英国、加拿大、澳大利亚、俄罗斯。除一般的磷化物，如元素磷、黄磷、红磷、磷酸、磷酸盐的生产技术外，以上各国比较有代表性的磷系化合物技术分述如下。（略）

3.2 过磷酸盐

过磷酸盐的生产技术主要集中在美国，包括各类磷酸盐其生产方法，如连续生产法、两步法、离子交换法、电析法。净化方法以及精制方法等（略）。

3.3 磷系肥料

磷系肥料的生产技术主要集中在美国、日本、欧洲专利组织、捷克，其次为俄罗斯、澳大利亚、英国、挪威和南非（略）。

3.4 磷系农药

以磷酸酯、有机磷酸酯及磷酸衍生物构成磷系农药的几大类型，其中，以美国、日本、加拿大、欧洲专利、英国等国技术为领先。（略）

4. 分析与建议

4.1 国内有关技术分析

经所得文献分析可知，有关磷酸及其盐类、磷肥、有机磷方面的专利技术的地理分布主要在四川省、辽宁省、云南省、山东省、北京市；磷系农药方面的专利技术主要分布在山东省、天津市、北京市、广西壮族自治区、四川省、辽宁省和江苏省。时间分布主要在 20 世纪 90 年代以后，1989 年以前公开有关技术 40 件；1990～1994 年公开有关技术 117 件；1995～1998 年公开有关技术 104 件。磷化工研究机构主要是四川大学、郑州工学院、云南磷业公司；农药研究机构主要是南开大学、山东农业大学。

4.2　国外有关技术分析

磷及其化合物方面共包括 27 个国家和组织的专利技术，合计 2233 件，排列前十位的是：日本（854 件）、美国（334 件）、欧洲专利组织（211 件）、捷克（176 件）、英国（127 件）、加拿大（120 件）、澳大利亚（84 件）、前苏联与俄罗斯（72 件）、中国（68 件）、世界专利组织（33 件）；过磷酸盐共包括 20 个国家和组织的专利技术，合计 324 件，排列前五位的是：美国（259 件）、欧洲专利组织（14 件）、澳大利亚（7 件）、日本（6 件）、英国（5 件）；磷肥共包括 27 个国家和组织的专利技术，合计 694 件，排列前五位的是：美国（241 件）、日本（115 件）、中国（49 件）、欧洲专利组织（48 件）、捷克（38 件）；磷系农药共包括 15 个国家的专利技术，排列前五位的是：美国（350 件）、加拿大（152 件）、日本（92 件）欧洲专利组织（57 件）、英国（33 件）。

4.3　建议

根据以上国内外概况与分析，充分利用国内丰富的磷资源，发展磷化工产业，扩展磷化工产品的品种，加入国际市场的竞争，在国内已具备较好的基础。应以四川、云南两省为重点发展基地，联合辽宁省、山东省、北京市、天津市等地的技术力量，进行磷资源及磷化工的开发和深加工。同时对国外的磷化工产品及技术要组织专门的研究，在磷化物品种方面要侧重研究日本、美国、欧洲专利组织、捷克、英国、加拿大、澳大利亚等国的技术；在过磷酸盐品种方面侧重研究美国、欧洲专利组织的技术；在磷系肥料品种方面侧重研究美国、日本、欧洲专利组织、捷克等国的技术；在磷系农药品种方面侧重研究美国、加拿大、日本、欧洲专利组织、英国等国的技术。以先进的技术为依托，以开发高附加值的磷的深加工产品为主导，使我国的磷化工产品具有相对特色，从而占有一定的国际市场。

附录　磷化工国内外专利信息文摘与题录

文摘与题录编制说明：

1) 中国专利信息文摘的编制

(1) 按 IPC 前四级分类号排检。

(2) 每类下按专利公布日期排检。

2) 国外专利信息题录的编制

(1) 分为磷及磷化物、磷酸盐及过磷酸盐、磷系肥料、磷系农药五部分。

(2) 每部分按国别代码字顺排检，同一国家按专利号顺序排检。

（3）每条题录由专利号、英文名称和中译文组成。

附录 A　磷化工中国专利信息文摘（略）

附录 B　国外专利信息题录——磷及磷化物（略）

附录 C　国外专利信息题录——磷酸盐及过磷酸盐（略）

附录 D　国外专利信息题录——磷系肥料（略）

附录 E　国外专利信息题录——磷系农药（略）

参 考 文 献

陈英．2005．科技信息检索．第2版．北京：科学出版社

王荣民．2003．化学化工信息及网络资源的检索与利用．北京：化学工业出版社

储荷婷，张晓林，王芳．1999. Internet 网络信息检索——原理 工具 技巧．北京：清华大学出版社

谢尔曼．2003．看不见的网站——Internet 专业信息检索指南．沈阳：辽宁科学技术出版社

王曰芬，李晓鹏等．2003．网络信息资源检索与利用．南京：东南大学出版社

孟广均等．1998．信息资源管理导论．北京：科学出版社

张惠惠．2000．信息检索．北京：机械工业出版社

彭蕾，赵乃瑄．2005．国内最具影响的三种电子图书系统．图书馆理论与实践，(3)

刘迅芳．2004. Apabi 电子图书特点及使用．图书情报通讯，(1)

郑泳，余秀琴．2004．超星数字图书馆的评介．现代情报，(9)

邓克武．2005．常用网络信息资源的检索利用．图书馆工作与研究，(2)：52～55

孙成艺．2005．网络信息资源及其评价．图书馆理论与实践，(3)：82～83

马忠庚，赵金海．2005．国外网上信息检索工具的选择与利用．情报科学，23 (2)：213～217

罗良道．2003．对电子图书浏览器的理性思考．图书馆杂志，(12)

余兴增等．2003. DIALOG 检索辅助手段．情报科学，(9)：992

唐曙南等．2003．联机检索与网络检索．现代情报，(1)：50

简南红．2003. STN 国际联机中化学文献检索方法的比较研究．图书情报工作，(8)：60

王亚秋，秘书亮．2000．国际联机检索系统 DIALOG 和 STN 的数据库比较．情报杂志，(3)：28

http：//Library. dialog. com

http：//www. cqvip. com. cn

http：//www. wanfangdata. com. . cn

http：//www. cnki. net

http：//www. engineeringvillage2. com

http：//isiknowledge. com

http：// www. uspto. gov

http：//www. sipo. gov. cn.

http：//ep. espacenet. com

http：//www. jpo. go. jp

http：//www. opic. gc. ca

http：//www. ssreader. com. cn

http：//www. apabi. com

http：//www. cnnic. net. cn

http：//www. dowchina. com/phil/20001215. htm

http：//search. eb. com

科学出版社 高等教育出版中心
教学支持说明

科学出版社高等教育出版中心为了方便教师的教学工作，特对教师免费提供本教材的电子课件。

获取电子课件的教师需要填写如下情况的调查表，以确保本电子课件仅为任课教师获得，并保证只能用于教学，不得复制传播。否则，科学出版社保留诉诸法律的权利。

登陆科学出版社网站：www.sciencep.com "教材天地" 栏目可下载本表。请将本证明签字盖章后，传真或者邮寄到我社，我们确认销售记录后将立即赠送。

地　址：北京东城区东黄城根北街 16 号 　（100717）
　　　　科学出版社 高等教育出版中心 工科出版分社
联系人：巴建芬
　Tel：010-6401 0637　　010-6403 3787（Fax）
　E-mail：bajianfen@mail.sciencep.com

证　明

兹证明＿＿＿＿＿＿大学 ＿＿＿＿＿＿学院/＿＿＿系
第＿＿学年□上/□下学期开设的课程，采用科学出版社出版的＿＿＿＿＿＿＿＿＿ /＿＿＿＿＿（书名/作者）作为上课教材。任课老师为＿＿＿＿＿＿＿＿ 共＿＿人，学生＿＿个班共＿＿＿人。

任课教师需要与本教材配套的电子课件。

电 话：＿＿＿＿＿＿＿＿＿＿＿
传 真：＿＿＿＿＿＿＿＿＿＿＿
E-mail：＿＿＿＿＿＿＿＿＿＿＿
地 址：＿＿＿＿＿＿＿＿＿＿＿
邮 编：＿＿＿＿＿＿＿

学院/系主任：＿＿＿＿＿＿＿
（学院/系办公室章）
＿＿＿年＿＿月＿＿日